KB217964

데미안

데미안

d   e   m   i   a   n

헤르만 헤세 지음 | 이순학 옮김

더클래식

난 진정, 내 안에서 솟아 나오려는 것.
그것을 살아 보려 했다.
왜 그것이 그토록 어려웠을까.

내 이야기를 시작하자면, 아주 오래전으로 거슬러 올라가야 한다. 되도록이면 아주 오래전 내 유년 시절의 처음까지. 아니, 더 아득한 나의 근원까지 되돌아가야 한다.

작가들은 소설을 쓸 때 마치 자신이 하나님이라도 된 것마냥 누군가의 인생을 훤히 내려다보는 것처럼 아는 체를 한다. 그러고는 하나님이 직접 이야기하듯 어느 대목에서나 감춰진 것 하나 없이 핵심을 보여 줄 수 있는 양 굴곤 한다. 나는 그럴 수 없다. 작가들 역시 그래서는 안 된다. 어떤 작가든지 자신의 이야기가 중요하겠지만, 내 이야기는 내게 그보다 더 중요하다. 내 자신의 이야기이자 한 인간에 대한 이야기이기 때문이다.

다시 말해서 소설가가 가공해 낸 인물이나 있을 법한 혹은 이상적인 인물, 어떤 형태로든 존재하기 힘든 그런 인간의 이야기가 아니다. 단 한 번뿐인 인생을 살고 있는, 아주 현실적인 살아 있는 인간의 이야기다.

현실적으로 살아 있는 인간이란 무엇인가. 아무튼 요즘은 그 어느 때보다도 더 혼란스러워져 버렸다. 단 한 번뿐인 귀한 사람의 목숨을 무더기로 쏘아 죽이기도 한다. 단 한 번뿐인 귀한 목숨이 아니라면, 우리들의 존재가 총알 하나로 세상에서 완전히 지워진다면, 이야기를 써 내려갈 이유가 없었을 것이다.

그러나 저마다 사람은 자기 자신일 뿐만 아니라, 단 한 사람일 뿐이며 어떤 상황에서도 주목할 만한 존재 그 자체다. 세상의 많은 현상이 오로지 한 번 그곳에서 교차되고 두 번 다시 반복되지 않는 것과 같다. 또한 저마다 살면서 어떻게든 세상에서 뜻을 펼치고 있다는 점에서 각자의 이야기가 중요하고 영원하며 숭고한 것이다. 인간 누구든 신의 피조물로서 괴로움을 느끼며 십자가에 매달린 한 명의 구세주와 함께 살아간다.

오늘날, 인간이란 존재가 무엇인가 아는 사람은 적다. 그것을 많은 사람이 느끼고 있기는 해도 느낀 만큼 쉽게 죽어 간다. 나 역시 이 이야기를 쓰고 나면 그렇게 될 것이다.

나를 지식인이라 할 수는 없다. 나는 끊임없이 무언가를 찾고자 하는 사람이었고 지금도 그렇다. 하지만 이제는 별을 바라보거나 책을 들춰 보며 찾지 않고, 단지 내 몸 안의 피가 내는 소리를 듣기 시작했다. 내 이야기는 즐겁지 않고, 만들어진 이야기처럼 달콤하거나 조화롭지 않다. 그대신 무의미함과 혼란, 광기 그리고 꿈의 맛이 난다. 마치 자신을 속이며 살지 않겠다는 모든 사람들의 삶처럼 말이다.

저마다 삶은 자아를 향해 가는 길이며, 그 길을 추구해 가는 것이다. 자기 자신에게 도달하고자 끊임없이 추구하는 좁은 길을 암시한다. 지금껏 그 어떤 사람도 완전히 자기 자신이 되어 본 적이 없었음에도 누구나 자기 자신이 되려고 애쓴다. 어떤 이는 모호하게, 어떤 이는 좀 더 투명하게, 누구든지 그 나름대로 최선의 노력을 한다. 누구나 출생의 찌꺼기, 태고의 점액과 알껍데기를 삶의 끝까지 갖고 간다. 더러는 전혀 사람이 되지 못한 채 개구리에 그쳐 버리고, 도마뱀에 그쳐 버리고, 개미에 그쳐 버린다. 또 더러는 상체만 사람이고 아래는 물고기인 채로 남기도 한다. 하지만 이 모두가 인간이 되기를 바라는 마음으로 세계가 던진 돌이다. 그리고 모든 사람은 같은 협곡에서 나오고, 어머니가 같고, 유래가 같다.

우리는 같은 심연에서부터 시작된 시도이고 투척이다. 하지만 자신 나름대로의 목표를 실천하며 노력한다. 우리가 서로를 이해할 수는 있지만, 삶의 의미는 자기 자신만이 판단할 수 있다.

두 세계

고향에서 라틴어 학교를 다니던 열 살 때의 경험으로 이야기를 시작하려 한다.

그때의 추억들이 진하게 밀려들어 와 가슴을 파고들며 슬픔과 즐거운 전율로 마음을 뒤흔든다. 어두컴컴한 골목들과 환한 건물, 교회 탑들과 시계 소리, 사람들의 얼굴과 아늑하고 따뜻한 방, 비밀에 둘러싸여 유령이 나올 것 같은 공포로 가득한 방들, 따뜻하고 비좁은 방과 토끼와 하녀들의 냄새, 집에서 약 달이는 냄새와 말린 과일 향이 난다. 그곳엔 두 세계가 얽혀 있었고, 밤과 낮이 세계의 양쪽 끝에서부터 나왔다.

한 세계는 아버지의 집이었다. 그러나 이 세계는 비좁아서 그곳에는 오직 부모님만이 살고 있었다. 내게 너무도 익숙한 어머니와 아버지라는 이름의 세계는 사랑과 엄격함, 모범과 학교라는 이름의 세계이기도 했다. 이 세계에 속하는 것은 부드러운 광채, 청명함과 깨끗함이었다. 여기에는 부드럽고 친절한 이야기들, 깨끗이 씻은 손, 깔끔한 옷, 좋은 예의범절이 깃들어 있었다. 아침에는 찬송가를 불렀으며, 크리스마스 파티가 열리는 세계였다. 이 세계에는 곧바로 미래로 통하는 곧은길이 있었고, 의무와 책임, 양심의 가책과 고해, 용서와 좋은 목적들, 사랑 그리고 존경, 성경 말씀과 지혜가 있었다. 인생이 맑고 명확하며 아름답게 정돈되어 있으려면 이 세계를 향해야만 했다.

한편 또 다른 세계가 이미 우리 집 한복판에서 시작되고 있었는데, 이것은 완전히 다른 세계였다. 냄새도 달랐고, 말투도 달랐고, 기대하고 요구하는 것도 달랐다. 이 두 번째 세계에는 하녀들과 직공들이 속했고, 유령 이야기와 추한 소문이 있었다. 그곳에는 섬뜩하고 요사스럽고 끔찍한 수수께끼 같은 일들이 넘쳤고, 도살장과 감옥, 주정뱅이들과 고함치는 여자들, 새끼 낳는 암소, 쓰러진 말들, 강도, 살인, 자살 같은 일들이 일어났다. 아름답고도 무서운, 거칠고 잔인한 이러한 모든 일이 바로 내 주위에, 옆 골목에, 이웃집에서 일어나고 있었다. 경찰과 불량배들이 거리를 돌아다녔고, 주정뱅이들이 아내를 팼고, 저녁이면 젊은 여자들이 공장에서 쏟아져 나왔다. 늙은 여인들은 주술을 걸어 누군가를 병이 나게 할 수 있었고, 숲에는 도둑들이 살았으며, 방화범들이 경찰에게 잡히기도 했다. 어디서나 이 격렬한 두 번째 세계가 넘쳐 나고 악취를 풍겼다. 어머니와 아버지가 계시던 우리 집만 빼고. 참으로 다행이었다. 우리 집에 평화와 질서와 안정, 의무와 책임, 용서와 사랑이 있다는 것이 놀라웠다. 그리고 그 많은 다른 것들, 소란스럽고 요란한 것, 어둡고 폭력적인 것이 가득한 곳에서 한걸음에 어머니 품으로 도망칠 수 있다는 것도 놀라운 일이었다.

무엇보다 놀라운 것은 두 세계의 경계가 가깝게 닿아 있다는 사실이었다. 두 세계가 얼마나 가까운지! 예를 들면 우리 집 가정부 리나는 저녁 예배를 드릴 때 거실 문가에 앉아 깨끗하게 씻은 두 손을 다림질 된 앞치마 위에 올려놓고 맑은 목소리로 같이 찬송가를 불렀는데, 그럴 때 리나는 아버지와 어머니와 우리들의 밝고 올바른 세계에 속했다. 하지만 부엌이나 장작을 쌓아 둔 광에서 머리 없는 난쟁이 이야기를 내게 들려주거나 작은 푸줏간에서 이웃집 여인들과 싸울 땐 다른 세계의 사람이 되어 다른 어두운 세계에 속해 있었다. 모든 게 비밀에 둘러싸여 있었다. 특히 내 자신이 그랬다. 분명 나는 밝고 올바른 세계에 속했고 내 부모님의 자식이었다. 그러나 내 눈과 귀가 향하는 곳 어디에나 다른 세계가 있었다. 나는 다른 세계 속에서도 살고 있었다. 비록 양심의 가책을 느끼고 불안함을 느끼면서도 내가 한동안 살고 싶었던 곳은 그런 금지된 세계였다. 그래서 밝은 세계로 귀환하는 것이 지극히 당연하고 옳은 일인데도 마치 아름답지 않고 지루하며 무미건조한 세상으로 돌아가는 것만 같았다. 물론 내 인생의 목표가 우리 부모님처럼 밝고 맑고 훌륭하고 절도 있게 되는 것임을 잘 알고 있었지만, 거기까지 이르는 길은 너무 멀었다. 거기까지 가기 위해선 학교 생활을 견디고 공부를 해야 했으며 온갖 시험을 치러야 했다. 하지만 그 길은 또 다른 어두운 세계의 옆이나 한가운데로 이어져 있어서, 어두운 세계에 머무르거나 어쩌면 그 안으로 빠져 버릴 수도 있는 일이었다. 어둠의 세계로 빠져 버린 방탕아들이 아버지에게로, 선한 것의 품으로 돌아오는 그 귀환은 언제나 구원받을 수 있는 위대한 방법이었다. 나는 그것만이 옳고 바람직하다고 느꼈다. 하지만 한편으로는 악당들과 방탕아들에 관련된 일들이 나를 더 사로잡았다. 그런데 솔직히 말하면 어떤 때는 방탕아가 참회를 하고 다시 밝은 생활로 받아들여지는 것이 그야말로 불만스럽게 여겨졌다. 어둠의 세계를 떠올리며 나는 종종 악마를 상상했다. 악마는 변장을 하고 본래의 모습을 숨기면서 우리 집이 아닌 길거리나 시장, 술집 어딘가에 있으리라 막연히 생각했었다.

이런 생각들을 가진 나와 달리, 누나들은 밝은 세계에 완벽하게 속해 있었다. 내 눈에 누나들은 나보다 훨씬 더, 본질적으로 아버지 어머니와 가까운 듯 보였다. 나보다 더 착하고 도덕적이었으며 나쁜 점이 없었다. 물론 누나들도 부족한 부분과 나쁜 버릇이 있었지만 그렇게 심각하지 않았고 무엇보다도 어두운 세계에 훨씬 더 가까이 있어서 악과 대면하는 것이 너무나 힘들고 괴로웠던 나와는 달랐다. 누나들은 부모님처럼 칭찬받고 존중받을 자격이 있었다. 누나들과 다퉜을 때에도, 시간이 흐른 뒤에 양심적으로 되돌아보면 내가 늘 나빴기 때문에 용서를 빌어야 하는 것도 언제나 나였다. 누나들을 모욕하는 것은 부모님을, 선과 도덕을 모욕하는 일이었다. 내가 가깝게 지낸 타락한 부랑아들은 누나들에 비하면 같이 지내는 시간은 많지 않았지만, 나눌 수 있는 비밀이 오히려 많았다. 세상이 밝고, 양심에 거리낌 없이 기분 좋은 날에는 누나들과 훌륭하고 품위 있게 같이 놀면서, 그 빛 속에 착하고 귀한 내 자신의 겉모습을 볼 때면 뿌듯했다. 천사라면 분명히 그랬을 것이다! 천사가된다는 건, 우리가 알던 것 중에 최고이고, 달콤하고 경이로운 일이었다. 밝은 음악과 향기 속에 있는 크리스마스의 행복처럼 내가 천사같이 굴었던 날은 매우 드물었다. 나는 가끔 우리들에게 허락된 어린아이다운 좋은 놀이를 하다가도 못된 성질을 참지 못해 누나들에게 싸움을 걸었다. 그러다 화가 치밀면 스스로의 화를 못 참아 닥치는 대로 말과 행동을 하고, 내가 생각하기에도 너무한 폭언을 내뱉기도 했다. 그런 후에는 초라하고 어두운 후회로 가득 차서 보내는 시간이 왔다. 그다음에는 용서를 빌어야만 하는 고통스러운 순간이 찾아오고, 그 후에야 다시 밝은 빛줄기가 내리고 갈등 없는 조용하고 고마운 행복이 몇 시간 혹은 짧은 순간 돌아오곤 했다.

나는 라틴어 학교에 다녔다. 우리 반에는 시장의 아들과 산림관의 아들이 있었는데, 가끔 우리 집에 놀러 오곤 했다. 둘 다 난폭한 사내아이긴 했지만 선하고 안정된 세계에 속했다. 그럼에도 나는 같은 반 친구들이 늘 경멸하던 공립 학교에 다니는 이웃 아이들과도 가까운 관계를 맺고 있었다. 그들 중 한 명에 관한 이야기를 지금 시작하려 한다.

어느 날 수업이 없던 오후—열 번째 생일이 막 지났을 무렵이었다.—나는 집 근처를 두 친구와 배회하고 있었다. 그때 덩치 큰 아이가 다가왔다. 열세 살쯤 되어 보이는, 힘세고 난폭한 공립 학교 남학생인 프란츠 크로머였다. 그 애의 아버지는 재단사 일을 하는 술주정뱅이였으며, 가족 모두 평판이 좋지 않았다. 나는 프란츠 크로머를 잘 알고 있었고, 그 애가 무서웠다. 그 애가 우리들 사이로 불쑥 껴들자 꺼림칙한 기분이 들었다. 그 애는 벌써 어른스러운 티가 났고, 젊은 직공들의 걸음걸이와 말투를 흉내 내고 있었다. 우리는 그 애가 시키는 대로 다리 옆에서 강가로 내려갔고, 바로 앞 다리 기둥 밑에 있는 사람들의 눈에 잘 띄지 않는 장소로 갔다. 아치형의 다리 기둥과 천천히 흐르는 강물 사이의 강가는 온통 쓰레기, 유리 조각, 녹슨 철

사 줄과 그밖에 다른 잡동사니들로 지저분했다. 물론 그중에서
는 가끔씩 쓸 만한 물건들을 발견할 수도 있었다. 우리들은 프
란츠 크로머가 시키는 대로 그 주변을 샅샅이 뒤져 찾아낸 것
을 보여야 했다. 그러면 그 애는 그중에서 물건을 골라 자기 호
주머니에 집어넣거나 강물에 던져 버렸다. 크로머는 우리들에
게 납, 구리, 주석으로 된 물건이 없는지 잘 살피도록 했고 그
런 것은 모두 자기 호주머니에 집어넣었다. 뿔로 된 낡은 빗도
챙겨 넣었다. 그 애와 함께 있는 내내 마음은 몹시 조마조마했
다. 아버지가 아셨다면 분명 그 애와의 만남을 말리실 거라는
생각이 들기도 했고 프란츠 크로머가 무섭게 느껴졌기 때문이
다. 한편 그 애가 나를 한패로 생각해 다른 아이들과 똑같이 대
해 주는 것은 기뻤다. 그 애는 명령했고 우리는 복종했다. 그것
은 마치 오래전부터 해 오던 것처럼 느껴졌다. 내가 그 애와 함
께 어울리는 일이 처음인데도 말이다.

　마침내 우리는 땅바닥에 앉아 쉬었다. 크로머는 어른처럼 강
물에다 잇새로 침을 뱉었는데, 원하는 곳이라면 어디든 맞혔다.
크로머가 이야기를 시작하자 친구들은 우리 또래의 학생이 저
지를 수 있는 온갖 허풍과 나쁜 짓들을 자랑삼아 떠들어 댔다.
나는 말없이 있었지만 내 침묵이 크로머의 신경을 거슬리게 하
지는 않을까 두려워했다. 함께 있던 두 친구는 처음부터 내게
떨어져 크로머에게 붙었고, 나는 그들 사이에서 무리에 섞이

지 못하는 이방인이었다. 내가 입고 있는 옷이나 나의 태도가 그 아이들 눈에 거슬리게 느껴질 수도 있었다. 라틴어 학교 학생에 좋은 집안의 아들인 나를 프란츠 크로머가 좋아할 리 없었다. 두 친구들도 여차하면 내가 골탕을 먹어도 못 본 체할 거라는 걸 잘 알고 있었다. 그것이 두려운 나머지 나는 황당무계한 이야기를 꾸며 대기 시작했다. 대담한 도둑 이야기를 꾸며 냈는데, 그 영웅적인 도둑이 바로 나 자신이었다. 변두리 물방앗간 옆 과수원에서 어느 날 밤 한 친구와 사과를 한 자루나 훔쳤는데, 그것도 흔한 사과가 아니라 라이네테와 골드파르메네 같은 최고급 사과였다고 거짓말을 했다. 나는 순간의 어색함을 모면하기 위해 거짓 이야기 속으로 들어간 것이다. 나는 거짓말을 곧잘 그럴듯하게 들리게 했다. 말이 금방 그치면 더 난처한 일이 생기지 않을까 하는 조바심에 온갖 기교를 부렸다. 한 명이 나무 위로 올라가 사과를 던지는 동안 다른 한 사람은 밑에서 망을 보아야 했는데, 한 번에 들지 못할 정도로 자루가 너무 무거워서 반만 가져왔기 때문에 삼십 분쯤 뒤에 다시 가서 나머지를 가져와야 했다고 이야기했다.

이야기를 다 끝냈을 때 나는 박수를 기대했다. 그만큼 내가 꾸며 낸 이야기에 스스로 도취했던 것이다. 두 친구는 상관없다는 듯 무표정했지만 크로머는 반쯤 뜬 실눈으로 날카롭게 나를 쏘아보더니 위협하는 투로 물었다.

"그 이야기 정말이야?"

"정말이야."

내가 말했다.

"정말로 그런 짓을 했단 말이지?"

"그럼, 진짜로 있었던 일이야."

나는 단호하게 대답했지만 속으로는 불안해서 숨이 막힐 지경이었다.

"맹세할 수 있어?"

나는 깜짝 놀랐지만 그렇다고 말할 수밖에 없었다.

"그럼 맹세해! 하나님의 이름으로!"

결국 나는 외쳤다.

"하나님의 이름으로!"

"그렇단 말이지."

그러더니 크로머는 몸을 돌렸다.

이걸로 일이 끝났다고 생각했던 나는 크로머가 조금 뒤 돌아가자고 말하자 기뻤다. 다리 위에 이르렀을 때 나는 머뭇거리며 이제 집에 가야 한다고 말했다.

"집에 가는 걸 그렇게 서두를 필요는 없어."

크로머가 웃으며 말했다.

"우리 가는 길이 같잖아."

그 애가 천천히 걸었는데도 나는 도망칠 수가 없었다. 그런데 그 애는 우리 집 쪽으로 향하고 있었다. 우리 집의 대문과 묵직한 구리 손잡이, 햇빛이 반사된 창문, 어머니 방의 커튼이 보이자 나는 저절로 깊은 안도의 숨을 내쉬었다. 아, 집으로 돌아왔구나! 밝고 평화로운 세계로 돌아갈 수 있다는 것은 얼마나 좋은 일인가!

재빨리 문을 열고 살짝 들어가 문을 닫으려는 참이었는데, 프란츠 크로머가 뒤따라 문을 밀치고 들어왔다. 문밖의 마당에는 햇빛이 들어왔다. 빛이 들어오지 않는 서늘하고 침침한 타일 복도에서, 크로머는 나의 팔을 붙잡고 낮은 목소리로 말했다.

"너, 그렇게 서두르지 마!"

나는 깜짝 놀라 그의 얼굴을 바라보았다. 내 팔을 잡은 그 애의 손은 무쇠처럼 단단했다. 도대체 무슨 생각을 하는 거지, 나를 괴롭히겠다는 건가. 지금 내가 소리를 지르면 어떨까 생각해 보았다. 요란하게 큰 소리를 내면 누군가 제때 달려 나와 나를 구해 줄 수 있을까? 그러나 나는 체념했다.

"뭘 어쩌겠다는 거야?"

내가 물었다.

"별거 아냐. 잠깐 너한테 뭘 물어보려는 것뿐이야. 다른 사람들은 들을 필요 없는 걸 말이야."

"그래? 도대체 나한테 무슨 이야기를 더 하라는 거야? 난 올라가 봐야 해. 알잖아."

"너도 알고 있겠지. 물방앗간 옆 과수원이 누구네 것인지?"

크로머가 나직이 말했다.

"아니, 난 몰라. 물방앗간집 주인 거겠지."

크로머가 한쪽 팔을 내 어깨에 두르더니 내 몸을 자신에게로 바싹 끌어당겼다. 그 때문에 바로 코앞까지 그 애의 얼굴이 다가와 있었다. 심술궂은 두 눈과 음흉한 웃음을 띠고 있는 얼굴에는 잔인한 기운이 넘쳤다.

"그래? 그럼, 그 과수원이 누구네 것인지 내가 말해 주지. 난 그 집이 사과를 도둑맞고 있다는 걸 오래전부터 알았어. 게다가 주인이 훔쳐 간 사람을 말해 주는 사람한테는 2마르크를 주겠다고 했던 것도 알고 있지."

"오, 맙소사!"

나는 소리쳤다.

"그렇지만 설마 네가 주인에게 말하겠다는 건 아니겠지?"

나는 그 애의 양심에 호소하는 건 아무 소용없다는 걸 확실히 느꼈다. 그 애는 다른 세계에 살고 있었고, 그 애에겐 배신 따위는 죄책감을 느낄 만한 일이 아니었다. 이런 일에 다른 세계의 사람들은 우리들과 본질적으로 다르다는 것을 뼈저리게 느꼈다.

"무슨 말을 하지 말라고?"

크로머가 웃었다.

"이봐, 넌 내가 2마르크를 만들어 낼 수 있는 화폐 위조범이라도 된다고 생각하니? 난 가난뱅이야. 너처럼 부자 아버지도 없으니, 2마르크를 벌 수 있는 이런 기회를 놓칠 수야 있나. 어쩌면 그 주인이 조금 더 줄지도 모르는데."

그러더니 갑자기 나를 놓아주었다. 우리 집 현관은 더 이상 평화와 안전의 향기가 나지 않았고, 나를 감싸던 세계가 무너졌다. 그 애가 주인에게 내가 도둑이라고 일러바치겠지. 아버지께도 말할 테고, 어쩌면 경찰이 날 잡으러 올지도 모르지. 모든 혼돈한 공포가 나를 위협해 왔다. 세상에 존재하는 갖가지 위험이 나에게 맞서고 있었다. 내가 도둑질을 하지 않았다는 건 전혀 문제가 되지 않았다. 나는 맹세까지 하지 않았던가! 아, 이럴 수가, 하나님 맙소사!

눈물이 핑 돌았다. 그 애에게 돈을 주고 벗어나야겠다는 생각이 들자, 절망감에 빠져서 모든 호주머니를 샅샅이 뒤졌다. 내게는 사과 하나, 칼 한 자루도 없었다. 그때 문득 시계 생각이 났다. 낡은 은시계. 은시계는 할머니의 것이었는데, 고장이 나서 제 기능을 하지 못했고 할머니는 그 상태 그대로 나에게 물려주셨다. 나는 재빨리 시계를 꺼냈다.

"크로머, 제발 나를 고발하지 말아 줘. 그건 너한테도 좋을 게 없어. 내가 시계를 줄게. 자, 좀 봐. 정말 가진 게 없어서 그래. 이 시계를 가져, 은으로 된 거야. 내부 장치도 고급이야. 좀 고쳐야 되긴 하지만.”

나는 말했다.

그 애는 웃으며 시계를 큰 손안에 받아 쥐었다. 그 손을 보며 나는 그 애의 손이 얼마나 난폭한지, 얼마나 나에게 깊은 적개심을 갖고 있는지, 내 삶과 평화를 파괴하려 하는지를 확실히 느꼈다.

“그거 은시계야.”

나는 떨면서 말했다.

“낡아 빠진 은시계가 무슨 소용이야. 너나 고쳐서 써.”

경멸로 가득 찬 말투였다.

“하지만 크로머.”

나는 그 애가 바로 가 버리지 않을까 하는 두려움에 떨면서 소리쳤다.

“잠깐만 기다려 봐. 이 시계를 받아! 정말 은이야, 은이라고. 진짜야. 난 가진 게 이것 말고는 아무것도 없어.”

그 애는 싸늘한 시선으로 나를 바라보았다.

“그래, 내가 누구에게 가려는지 알긴 아는구나. 경찰에 가서 말할 수도 있어. 난 순경들을 잘 알거든.”

그 애는 몸을 돌려서 가려고 했다. 나는 그 애의 소매를 붙잡았다. 그대로 가게 두어선 안 됐다. 그 애가 이대로 가 버릴 경우 일어날 온갖 일들을 겪느니 차라리 죽어 버리는 편이 훨씬 나을 것이다. 나는 초조한 나머지 쉰 목소리로 애걸했다.

"크로머, 바보 같은 짓 하지 마! 너 농담이지?"

"물론 농담이야, 하지만 넌 비싼 대가를 치러야 할 거야."

"크로머, 내가 어떻게 하면 되겠니? 말을 좀 해 봐. 내가 할수 있는건 뭐든지 할게."

그 애는 눈을 내리깐 채 나를 아래위로 바라보더니 다시 웃었다.

"그렇게 멍청하게 굴지 좀 마!"

그 애는 선심이라도 쓴다는 태도로 말했다.

"너도 나처럼 훤히 잘 알고 있잖아. 나는 2마르크를 벌 수 있는 거야. 그리고 그걸 쉽게 포기할 만큼 부자도 아니고. 그건 너도 알겠지. 하지만 넌 부자야, 시계도 갖고 있잖아. 넌 내게 2마르크만 주면 돼. 그러면 끝이지."

난 그 말을 잘 이해했다. 그러나 2마르크라니! 그건 나에게 10마르크나 100마르크, 1000마르크와 마찬가지로 손에 닿을수 없는 큰돈이었다. 나는 돈이 없었다. 어머니에게 맡겨 놓은 조그만 저금통이 있지만, 그 속에는 아저씨가 오셨을 때나 비슷한 다른 기회에 받은 10페니짜리와 5페니짜리 동전 몇 개가 들어 있을 뿐이었다. 그것 말고는 가진 것이 없었다. 나는 용돈을 받을 수 없는 어린 나이였다.

"난 가진 게 없어. 정말 돈이 한 푼도 없어. 하지만 다른 물건이라면 얼마든지 줄게. 난 인디언 책과 병정들과 나침반도 있어. 그걸 가져다줄게."

내가 슬프게 부탁했다.

크로머는 다만 입술을 심술궂게 씰룩거리다 바닥에 침을 탁 뱉었다.

"웃기지 마! 내게 고물 잡동사니들을 주겠다고? 나침반이라고! 날 더 이상 화나게 만들지 말고 돈을 가져와!"

그 애는 명령하듯 말했다.

"하지만 정말 돈이 없는걸. 돈은 구할 수가 없어. 정말 어쩔 수 없단 말이야."

"내일까지 여유를 줄 테니, 내게 2마르크를 가져와. 학교가 끝나고 저 아래 시장에서 기다릴게. 그러면 되는 거야. 돈을 안 가지고 오면, 그땐 알지!"

"그렇지만 어디서 그런 돈을 가져오란 말이야? 하나님 맙소사, 난 돈이 없는데."

"너희 집에는 돈이 충분히 있잖아. 그다음은 네가 알아서 할 일이야. 그럼 내일 학교 끝나고 보자. 알았지? 돈을 가지고 오지 않는다면 어떻게 될지……."

그 애는 무서운 눈빛으로 나를 쏘아보고, 침을 한 번 더 뱉고는 그림자처럼 사라졌다.

나는 계단을 올라갈 수가 없었다. 나의 삶은 산산조각이 나

버렸다. 이대로 도망쳐 다시는 돌아오지 않거나 물에 빠져 죽어 버릴까도 생각했다. 하지만 이런 생각들을 실행할 확신이 서지 않았다. 어둠 속 현관 맨 아래 계단에 웅크리고 앉아 불행에 내 몸을 맡기고 있을 뿐이었다. 장작을 가지러 광주리를 들고 내려오던 리나가 앉아 우는 나를 보았다.

나는 리나에게 식구들에게 아무 말도 하지 말아 달라고 부탁하고 이 층 방으로 올라갔다. 유리문 옆의 옷걸이에는 아버지의 모자와 어머니의 양산이 걸려 있었다. 부모님의 물건들을 보니 우리 집의 분위기와 애정이 나에게 밀려들었다. 내 마음은 세상 모든 것에서 버림받은 방탕아가 그립던 고향에 있는 자신의 방에 돌아와 제 방의 향기를 맡을 때처럼 애틋함과 감사함으로 가득 찼다. 그러나 이 모든 것은 이제 내 것이 아니었다. 그 모든 것은 아버지와 어머니의 밝은 세계였으며, 나는 죄를 한껏 짊어진 채 낯선 홍수 속에 깊숙이 잠겨 있었다. 모험과 죄악에 얽혀서 적에게 협박을 받은 나를 기다리는 것은 위협과 불안과 치욕뿐이었다. 모자와 양산, 오래된 사암이 깔린 고급 바닥, 장식장 위에 걸린 커다란 그림, 안방에서 들려오는 누나의 목소리, 이 모든 것이 그 어느 때보다도 더 사랑스럽고 소중하게 느껴졌다. 하지만 이미 더 이상 그런 것들은 내게 위로가 될 수 없었으며, 확실히 내 것도 아니었다. 오로지 질책일 뿐이었다. 나는 그 밝고 고요한 세계에 끼어들 수가 없었다. 나는 내

구두에 더러움을 묻혀 왔다. 발깔개에 문질러도 지워지지 않는 더러운 발. 나는 우리 집의 세계에 전혀 알 수 없는 그림자를 몰고 왔다. 지금까지 수많은 비밀과 불안을 가졌다 해도 오늘 내가 가져온 것에 비하면 모두 장난이나 웃음거리에 지나지 않았다. 운명이 뒤쫓아 와 내게 손을 뻗쳤다. 운명의 손아귀에서 어머니조차도 나를 구해 낼 수 없고, 어머니가 내가 처한 상황을 알아서도 안 되었다. 내 죄가 도둑질이든 거짓말이든—나는 하나님의 이름을 걸어 거짓 맹세를 하지 않았던가?—그건 이런저런 문젯거리도 아니었다. 나의 죄는 내가 악마에게 손을 내밀었다는 그 사실 자체였다. 왜 나는 그 애를 따라갔을까? 아버지 말에 순종하는 이상으로 왜 크로머를 따랐을까? 왜 그따위 도둑질 이야기를 꾸며 대고, 영웅이 된 것마냥 으스댔을까? 악마가 내 손을 잡고 있고, 이제 적이 내 뒤를 쫓고 있다.

한순간 나는 앞으로 닥쳐올 공포보다, 내 앞길이 점점 내리막으로 향하다가 마침내는 암흑으로 빠져 들어갈 것이라는 확신에 몸을 떨었다. 지금 이 잘못으로 인해 새로운 잘못들을 저지를 것이고, 누나들과 다정히 지내는 것과 부모님께 인사하고 입맞춤하는 것도 모두 거짓이 될 것이며, 나만이 알고 있으며 숨길 수밖에 없는 운명과 비밀을 갖게 되리라는 것을 나는 똑똑히 느꼈다.

아버지의 모자를 보는 순간, 잠깐 어떤 믿음과 희망이 내 마음속을 스쳤다. 아버지께 모든 이야기를 하고 아버지의 처분에 따라 벌을 받으면, 아버지를 내 비밀의 공유자이자 구원자로 만들 수 있지 않을까. 그것은 여태껏 해 왔던 것처럼 잘못을 비는 시간, 힘들고 가슴 아픈 시간, 후회로 가득 차서 용서를 비는 시간에 불과했다.

이런 생각은 얼마나 달콤하게 느껴졌던가! 얼마나 아름다운 유혹이었던가! 그러나 아무 소용없었다. 나는 내가 그러지 못하리라는 것을 잘 알고 있었다. 분명한 것은 내가 지금 비밀 하나와 죄 하나를 가지고 있고, 그것을 나 스스로 감당해 내야 한다는 사실이었다. 어쩌면 나는 지금 갈림길에 서 있는 것인지도 몰랐다. 이 순간부터 영원히 나쁜 길로 빠져들어 악한 사람들과 비밀을 나누고 그들이 시키는 대로 복종하고, 분명 그들과 비슷한 사람이 되겠지. 나는 어리석게도 어른인 척, 영웅인 척했다. 이제 나는 그 결과를 받아들이지 않을 수 없다.

내가 방으로 들어갔을 때 아버지께서 내 젖은 신발만 보고 꾸중하신 것은 차라리 다행스러운 일이었다. 아버지는 그것만 꾸중하시느라 내가 지금 겪고 있는 나쁜 상황을 알아차리지 못하셨다. 나는 아버지의 꾸지람을 묵묵히 견뎌 내면서 남몰래 다른 일과 아버지의 꾸지람을 연관시켰다. 그러다 보니 새롭고 묘한 감정이 마음속에 불꽃처럼 튀었다. 그것은 날카롭게 날이 선 듯한 반항심이었다. 순간 나는, 내가 아버지보다 우월하다고 생각했다. 젖은 신발만 꾸짖으며 나의 상황에 대해 아무것도 모르는 아버지가 경멸스럽게 느껴졌다. 아버지가 아신다면! 살인죄를 지어 심문받아야 할 판에, 조그만 빵 한 조각을 훔친 것을 심문받는 사람이 된 심정이었다. 그것은 추악하고도 적대적인 느낌이었다. 하지만 강하고 깊은 매력이 있었고, 이 느낌은 다른 어떤 생각보다도 더 단단하게 나를 내 비밀과 죄에 결박시켰다. 어쩌면 지금 이 순간 크로머가 경찰에 나를 신고했을지도 모르고―비록 우리 가족들은 나를 어린아이처럼 다루고 있지만―내 머리 위로 폭풍이 휘몰아쳐 올지도 모를 일이었다.

지금까지의 모든 체험 중에 가장 중요한 순간이었다. 그것은 아버지의 권위에 내가 새긴 최초의 칼자국이었고, 내 유년 시절을 이루는 기둥에 가한 최초의 칼질이었다. 그것은 모든 이가 각자 자기 자신이 되기 위해 스스로 무너뜨려야 하는 기둥이었다. 누구도 감지하지 못한 이런 체험으로 우리들의 운명에 내면적이고 본질적인 선이 그어져 간다. 그런 칼질과 균열은 점점 늘어나고 아물다가 잊혀져 가지만, 우리 마음속 가장 비밀스러운 암실에서는 여전히 살아남아 계속 피를 흘린다.

그 새로운 느낌 때문에 곧 나 자신이 무서워졌다. 나는 곧바로 엎드려 아버지의 발에 키스라도 해 용서를 빌고 싶었다. 그러나 마음속 본질적인 것은 그 무엇도 사죄할 수 없었다. 어린아이도 그 정도는 어떤 지식인보다 잘 느끼고 있었다.

나는 내 문제를 잘 생각해 내일의 난관을 빠져나갈 좋은 방법을 모색할 필요를 느꼈지만, 생각보다 쉽지 않았다. 또 달라져 버린 집안의 분위기에 익숙해지기 위해 저녁 내내 애를 써야만 했다. 벽시계와 책장, 성경과 거울, 책꽂이와 벽에 붙은 그림들이 나에게 작별을 고했고, 나는 내 삶의 온갖 행복들이 모두 과거가 되어 버린 채 나에게서 멀어져 가는 것을 두려운 마음으로 바라보고 있을 수밖에 없었다. 나 자신이 스스로 어둡고 낯선 세계에, 겪어 보지 못한 미지의 세계 한가운데에, 흡입력 있는 새로운 뿌리를 내리고 서 있음을 감지했다. 나는 처음으로 죽음을 맛보았고, 그 맛은 쓰디쓴 맛이었다. 왜냐하면 죽음은 새로운 생명의 탄생이자 두려운 새 삶에 대한 불안과 걱정이었기 때문이다.

나는 겨우 침대에 누웠을 때 비로소 기뻤다! 조금 전, 저녁 기도는 최후의 죄를 사하는 지옥 불처럼 내 위에 쏟아졌고, 가족들은 내가 제일 좋아하는 찬송가 하나를 불렀지만 난 차마 그 노래를 따라 부를 수가 없었다. 멜로디 하나하나가 나에게는 쓸개즙이자 독이었다. 아버지가 축복 기도를 하실 때도 함께 기도를 할 수 없었고, 아버지가 '우리와 함께하소서!' 하고 기도를 끝냈을 때는 심한 마음의 경련이 나를 단란한 가족의 테두리에서 갈라놓았다. 차갑게 떨며 몹시 지쳐서 나는 내 방으로 갔다.

자리에 누워 있는 동안 따뜻함과 안정감이 부드럽게 나를 감쌌지만 마음은 다시 불안해졌고 지나가 버린 일에 대한 두려움으로 온몸이 떨렸다. 어머니는 여느 때처럼 내게 잘 자라는 인사를 해 주었다. 어머니 발소리의 여운이 아직 방 안에 남아 있었으며, 어머니가 든 촛불의 빛이 아직도 문 틈새로 들어오고 있었다. 어머니가 다시 한 번 내게 와 준다면 어머니는 느끼실 것이다. 나에게 다정하게 입 맞추고 물어보겠지. 너그러이 희망을 안기며 묻겠지. 그러면 나는 울 것이고, 목구멍에 걸려 있는 돌덩이가 녹아 버릴 것이다. 어머니의 품에 안겨 용서를 빌면 모든 것은 다 해결되고 나는 구원을 받을 수 있을 것이다! 문 틈새로 비치던 촛불의 빛이 다 사라져 버린 후에도 나는 한동안 귀를 기울이며 그렇게 되기를, 그래야만 한다고 간절히 원하고 있었다.

　　얼마 후 나는 다시 낮의 일을 떠올렸고 적의 눈을 응시했다. 나는 또렷하게 그를 보았다. 그는 실눈을 뜨고 야비한 웃음을 지었다. 그를 바라보면 바라볼수록 이젠 도무지 피할 길이 없다는 절망감이 커졌으며 그의 얼굴은 점점 더 크고 악마처럼 변해 내가 잠들 때까지 내 곁을 떠나지 않았다. 그런데 그날 밤 꿈에 크로머는 없었다. 그저 휴일의 평화와 환희에 둘러싸여 있는 부모님과 누나, 그리고 내가 한 배를 타고 있었다. 밤중에 잠에서 깨기 전까지 그 행복의 뒷맛이 느껴졌으며, 누나들의 흰 여름옷이 햇빛에 반짝이던 모습이 눈에 선했다. 그러다 나는 천상의 낙원에서 어느 한순간 현실로 굴러떨어져 다시 사악한 적의 눈과 마주 서 있었다.

다음 날 아침, 어머니가 왜 늦게까지 잠자리에 누워 있느냐고 소리쳤을 때 나는 창백한 안색이었고, 어머니가 어디 아프냐고 묻자마자 토하고 말았다.

덕분에 나는 얼마간 좀 괜찮았다. 조금 아픈 덕에 아침 내내 카밀러 차를 마시며 누워 있을 수 있었다. 어머니가 옆방에서 청소하는 소리와 리나가 바깥 복도에서 고기 장수와 흥정하는 소리를 재미있게 들었다. 학교에 가지 않는 오전은 어떤 환상과 동화의 세계처럼 햇빛이 찬란하게 방 안을 어른어른 비추었다. 학교의 초록 커튼에 가린 그런 햇살은 아니었다. 하지만 오늘은 그런 것도 흥미롭지 않았으며 뭔가 박자가 어긋난 멜로디 같았다.

그래 만약 내가 죽어 버린다면! 그러나 난 가끔 그랬던 것처럼 단지 조금 몸이 아플 뿐이었고 이 정도로는 아무것도 해결할 수가 없었다. 학교에 가지 않을 좋은 핑계였지만 열한 시에 시장에서 나를 기다리고 있을 크로머에게서는 보호해 주지 못했다. 어머니의 친절한 간호 역시 아무런 도움이 될 수 없었고 오히려 귀찮고 미안한 마음뿐이었다. 나는 곧 잠든 척하고 누워서 이런저런 생각을 해 보았지만 아무 소용이 없었고 나는

32

열한 시에 시장에 가 있어야 했다. 그래서 열 시쯤 일어나 몸이 다시 좋아졌다고 했다. 이럴 경우 대개 다시 자리에 눕거나 학교에 가야 했기 때문에 나는 학교에 가겠다고 했다. 계획 하나를 세워 두었던 것이다.

돈 없이 크로머에게 갈 수는 없었기에, 내 작은 저금통에 손을 댈 수밖에 없었다. 물론 그 안에도 돈이 충분하지 않다는 것은 잘 알고 있었다. 그 돈으로 크로머를 달래기는 어렵지만 돈 한 푼 없이 가는 것보다는 나을 거라고 본능적으로 느꼈다.

양말 바람으로 살그머니 어머니의 방에 들어가 책상에서 내 저금통을 꺼냈을 때는 기분이 아주 나빴다. 하지만 어제만큼 나쁘지는 않았다. 가슴이 거칠게 뛰어 숨이 막힐 지경이었다. 계단 아래로 내려와서야 처음으로 저금통을 살펴보고 잠겨 있다는 것을 알았을 때도 심장이 두근거렸다. 저금통을 깨뜨려서 뜯는 일은 아주 쉬웠다. 얇은 양철 막대 하나를 두 동강으로 부수기만 하면 되었다. 그러나 저금통이 부서진 자리를 보니 무척 슬펐다. 이것으로서 나는 처음 도둑질을 한 셈이었다. 나는 그때까지 나쁜 짓이라곤 사탕이나 과일 같은 간식을 몰래 꺼내 먹은 정도의 일밖엔 없었다. 이것이 비록 내 저금통이다 하더라도 나는 지금 도둑질을 한 셈이었다. 크로머와 그가 속한 세계에 내가 한발 더 가까워졌고 그 세계에 빠져들지 않도록 저항했지만, 계속해서 타락의 길로 빠져들고 있다는 것을 느꼈다. 하지만 이제 와서는 악마가 나를 데려간다 해도 되돌아갈 길이 없었다. 나는 불안함에 돈을 세어 보았다. 저금통 안에 가득 찼던 돈이 막상 손 안에 쥐고 보니 비참하게도 적었다. 65페니였다. 나는 아래층 마루 밑에 저금통을 감추어 놓고 돈을 꼭 쥔 채 집을 나섰다. 지금까지 현관을 지나던 때와는 다른 기분이었다. 누군가 이 층에서 나를 부르는 것만 같아서 얼른 도망쳐 나왔다.

아직 십 분 정도의 시간적 여유가 있었다. 나는 일부러 지름길이 아닌 새로운 길로 걸어갔다. 나를 내려다 보는 듯한 집들과, 나를 의심스럽게 바라보는 사람들의 시선을 피하고 싶었다. 언제인가 학교 친구 하나가 가축 시장에서 1탈러(독일의 옛 화폐 단위)를 주웠던 것이 문득 떠올랐다. 하나님이 내게도 그런 행운을 주시기를 기도하고 싶었지만 나는 이미 기도할 권리가 없었다. 기도를 할 수 있다 하더라도 저금통이 이전 상태로 되돌아오지는 않을 것이다.

멀리서 프란츠 크로머가 나를 알아보았다. 나를 신경도 쓰지 않는다는 듯 천천히 나에게 걸어왔다. 내 곁에 가까이 오더니 명령하는 듯 따라오라는 눈짓을 하고 한 번도 뒤돌아보지 않고 슈트로 거리를 따라 계속 내려가 좁은 다리 하나를 건너 작은 골목 끝에 있는 공사 중인 집 앞에서 멈춰 섰다. 그곳에는 작업하는 사람도 하나 없었고 문도 창문도 없는 담벼락만이 덩그러니 서 있었다. 크로머는 주위를 살핀 후 안으로 들어갔고 나도 그 뒤를 따라갔다. 그 애는 벽 뒤로 돌아가더니 나에게 오라고 신호하고는 손을 내밀었다.

"갖고 왔어?"

그는 싸늘한 말투로 물었다.

나는 주머니에서 움켜쥐고 있던 돈을 빼서 그 애의 손바닥에 떨어뜨렸다. 마지막 5페니짜리 동전의 찰랑거리는 소리가 그치기도 전에 그 애는 그 돈이 얼마인지 알았다.

"65페니뿐이야?"

그 애가 나를 쳐다보았다.

"그래."

나는 겁에 질려 대답했다.

"이게 내가 가진 전부야. 너무 부족하다는 건 나도 잘 알지만 어쩔 수가 없었어. 이젠 정말 한 푼도 없는걸."

"꽤 똑똑한 녀석이라고 생각했는데."

그는 비교적 온화한 말투로 나를 비난했다.

"명예를 중요시하는 남자들 사이에는 질서가 있어야지. 난 결코 너한테 부당한 걸 요구하려는 게 아니야. 그런 니켈 돈 따위는 집어치워. 너도 잘 알겠지. 내가 곧장 일러바치러 가면 그 과수원 주인은 값을 깎지는 않겠지. 값을 정확하게 전부 받을 수 있어."

"하지만 나한테는 이것밖에 없어. 더는 없다고! 이건 내가 저금한 전부야."

"그건 네 사정이지. 뭐, 널 괴롭히려는 건 아냐. 넌 나한테 아직 1마르크 35페니를 빚진 거야. 언제 갚을 거지?"

"크로머! 그래, 꼭 줄게. 내일이나 모레, 어쩌면 곧 더 많이 생길지도 몰라. 내가 이걸 아버지한테 말할 수 없다는 건 너도 알겠지."

"그건 나완 상관없어. 널 괴롭힐 생각이 없다고 했잖아. 다만 오늘 오전 중에 그 돈을 받았으면 해. 너도 알다시피 난 가난해. 아마도 넌 나보다 좋은 옷에, 훨씬 맛있는 점심을 먹었을 거야. 그렇지만 아무 말 않을게. 조금 더 기다려 주지. 모레 오후에 휘파람을 불 테니 그땐 정확히 가지고 와야 해! 내 휘파람 소리 알지?"

그 애는 내 앞에서 휘파람을 불었다. 전에도 들어 본 적이 있는 소리였다. 나는 대답했다.

"응, 알고 있어."

단지 우리 둘 사이에 거래가 있었을 뿐, 더는 아무 일도 일어나지 않았다. 나와는 아무 상관도 없다는 듯 그 애는 나를 두고 가 버렸다.

지금도 다시 크로머의 휘파람 소리를 듣는다면 나는 깜짝 놀랄 것이다. 그때부터 나는 가끔 그 휘파람 소리가 들리는 것 같다. 어디에 있든, 무슨 일이나 놀이를 하든, 무슨 생각을 하든 그 휘파람 소리가 나를 뚫고 들어와 따라다니며 나를 구속했다. 그리고 끝내는 그것이 나의 운명이 되어 버렸다. 온화하고 풍요로운 어느 가을 오후에 나는 가끔 아끼던 정원에 나와 서 있곤 했다. 그때 나는 어린 시절 즐겨 했던 놀이를 다시 해 보고 싶은 충동이 일어나, 어리고 착하고 자유롭고 죄 없이 보호받던 소년 역할을 맡았다. 그럴 때면 예상은 했지만 늘 두려운 마음을 들게 하는 크로머의 휘파람 소리가 어디선가 들려와 내 마음의 줄을 탁 끊어 놓았고, 어린 시절 추억과 상상들을 산산조각 냈다. 또다시 협박하는 이의 뒤를 따라가야 했다. 추하고 증오심을 일으키는 곳에서 그 애에게 계속 변명을 하고 돈을 재촉당해야 했다. 그런 모든 일이 불과 몇 주일쯤 계속되었지만, 나에게는 그것이 수년처럼, 아니 영원히 계속되는 것 같았다. 가끔 리나가 부엌 식탁 위에 그냥 놓아둔 시장바구니에서 5페니나 10페니를 훔쳐 가지고 갔다. 그때마다 나는 크로머에게 욕을 먹었다. 크로머는 자신이 요구한 액수만큼 가져오지 않는 내가 그를 불행하게 만드는 원흉이라고 말했다. 살면서 이때처럼 고통스러운 적도, 더 큰 절망과 더 큰 굴욕을 느껴 본 적도 없었다.

저금통은 장난감 돈으로 채워서 다시 제자리에 가져다 두었다. 그 저금통엔 아무도 관심을 갖지 않았지만 언제 들킬지 몰라 마음은 늘 불안했다. 어머니께서 조용히 내게 다가오실 때는 혹시나 저금통의 행방을 물어볼까 봐 크로머의 휘파람 소리가 들릴 때보다 더욱 두려움에 떨었다.

대체로 내가 돈을 하나도 구하지 못한 상태로 악마에게 갔기 때문에, 그는 다른 방법으로 나를 괴롭히고 이용하기 시작했다. 나는 그를 위해 일해야만 했다. 그 애는 자신이 해야 하는 아버지의 심부름을 대신 시켰다. 혹은 십 분 동안 한쪽 다리로 뛰게 한다든지 지나가는 사람의 윗옷에 종잇조각을 붙이고 오라든지 하는 하기 힘든 일을 시키기도 했다. 이러한 일들에 대한 가책으로 나는 며칠 밤을 악몽에 시달리며 식은땀을 흘려야만 했다.

결국에 나는 아팠다. 자주 토하고 오한이 났으며, 밤에는 식은땀이 흐르고 열이 올랐다. 어머니는 뭔가 잘못되었음을 알아차리고 내게 더욱 관심을 보였는데, 그것이 나를 더 괴롭게 했다. 어머니의 관심에 믿을 만한 행동을 할 수 없었기 때문이었다.

어느 날 저녁, 내가 일찌감치 잠자리에 들었을 때, 어머니가 초콜릿 하나를 가져오셨다. 착하게 하루를 잘 보내면 저녁에 잘 자라고 상으로 초콜릿을 주시곤 했던 어린 시절이 떠올랐다. 어머니가 지금 여기 서서 내게 초콜릿 한 조각을 내밀고 있었다. 나는 어찌나 가슴 아프던지 단지 머리를 흔들 수 있을 뿐이었다. 어머니는 어디가 아프냐고 물으며 내 머리를 쓰다듬어 주셨다.

"아니, 아니야! 아무것도 먹고 싶지 않아요."

나는 이렇게 소리칠 수밖에 없었다. 어머니께서는 초콜릿을 내 침대 머리맡에 놓고 나가셨다. 이튿날 어머니가 그 일에 대해 캐물으려 하자 나는 아무것도 모르는 척 행동했다. 한번은 어머니가 의사를 데려오셨는데, 의사는 나를 진찰하고는 아침에 냉수욕을 하라는 처방을 내릴 뿐이었다.

그 시절의 나는 일종의 정신착란 상태였다. 우리 집의 정돈된 평화 가운데서 나는 겁먹고 고통받으며 유령처럼 지내고 있었다. 다른 사람과 함께 생활할 수도 없었으며, 잠깐이라도 내 자신을 잊어버리고 지내지도 못했다. 아버지는 자주 화를 내며 이유를 물어 왔지만, 나는 차갑게 마음을 닫고 냉정한 태도를 보였다.

카인

　구원은 전혀 상상하지 못했던 방향에서 왔다. 그리고 동시에 무언가 새로운 것이 내 삶 속으로 들어왔는데, 그것은 지금까지도 나에게 영향을 미치고 있다.

　얼마 전 우리 라틴어 학교에 새로 전학 온 학생이 한 명 있었다. 우리 도시로 이사 온 부유한 미망인의 아들이었는데, 그는 상장(喪章)을 달고 다녔다. 그는 나보다 나이도 많고 한 학년 높았지만, 모든 학생이 그랬던 것처럼 나 역시 그에게 관심이 갔다. 이 이상한 학생은 보기보다는 훨씬 성숙하고 어른스러운 것 같았다. 누구에게도 소년처럼 보이지 않았다. 우리 유치한 어린 소년들 사이에서 그는 어른처럼 뭔가 다르게, 신사처럼 행동했기 때문에 인기 있는 편은 아니었다. 우리들의 놀이에는 끼지 않았고 싸움은 더더욱 한 적이 없었다. 단지 아이들은 선생님을 대할 때의 어른스럽고 단호한 그의 음성을 마음에 들어 했다. 그의 이름은 막스 데미안이었다.

우리 학교는 가끔 합반을 하곤 했는데, 어느 날 무슨 이유에선지 교실이 넓은 우리 반에 다른 반이 함께 수업을 하게 되었다. 그게 데미안의 반이었다. 하급생인 우리 반은 성경을 공부하는 시간이었고, 상급생들은 작문을 연습했다. 우리가 카인과 아벨의 이야기를 배우는 동안, 나는 자주 데미안의 얼굴을 쳐다보았다. 그의 얼굴은 묘하게 나를 매료시켰다. 이 총명하고 환하고 비범해 보이는 얼굴이, 주의 깊고 지혜롭게 작문 과제에 몰두하고 있는 것을 바라보았다. 그는 전혀 과제를 하는 학생처럼 보이지 않았고, 자신만의 문제를 연구하는 학자처럼 보였다. 엄밀히 말하자면 호감이 가는 건 아니었다. 오히려 나는 그에게 거부감을 느꼈다. 그는 너무 우월해 보였고 침착했다. 그의 성격은 도전적으로 느껴질 만큼 자신만만했다. 눈은 마치 어른의 표정을 띠고 있었으며—그런 것을 아이들은 결코 좋아하지 않는다.—약간 슬픔이 어린 냉소를 머금고 있었다. 그럼에도 나는 계속해서 그를 바라볼 수밖에 없었다. 그는 내게 어떤 호감을 주기도 했고, 반감을 느끼게도 했다. 그러다 그와 시선이 마주치기라도 하면 나는 깜짝 놀라 고개를 돌려 버리곤 했다. 지금 와서 생각해 보면 그 당시 그가 학생으로서 어떤 모습이었는지 이렇게 말할 수 있다. 그는 모든 면에서 평범한 학생들과 달랐으며 전체적으로 특별하고 개성이 강해서 남의 이목을 끌었다. 그런 한편으로 그는 남의 눈에 띄지 않으려고 온갖 노력을 다했다. 마치 농부의 자식들 사이에서 그들처럼 보이려고 애쓰는 변장한 왕자님 같았다.

학교가 끝나고 집으로 가는 길에 그가 내 뒤쪽에서 걸어오고 있었다. 다른 아이들이 차츰차츰 흩어지자 그가 내 곁에 다가와 인사를 했다. 그의 인사 역시 또래 아이들처럼 평범한 말투였지만 너무 어른스럽고 공손하게 들렸다.

"우리 잠깐 같이 갈까?"

그가 친절하게 물었다. 나는 기분 좋게 고개를 끄덕였다. 그러고는 우리 집이 어디인지 자세히 말해 주었다.

"아, 거기?"

그가 미소를 띠며 말했다.

"그 집이라면 벌써 알고 있어. 현관문 위에 있는 독특한 장식물이 흥미로웠거든."

나는 그가 말하는 게 무엇인지 금방 알아차리지 못했다. 그가 우리 집에 대해 나보다 더 잘 알고 있다는 데에 당황했을 뿐이었다. 아마도 우리 집 현관 아치의 쐐기돌에 새겨진 일종의 문장을 말하는 것 같았는데, 그것은 가끔 덧칠을 하긴 했어도 긴 세월이 지나는 동안 납작해져서 거의 알아보기가 힘들었다.

내가 아는 한 그 문장은 우리 가문과는 아무런 상관이 없었다.

"난 그것에 대해서는 아는 게 없어."

나는 수줍게 말했다.

"그건 아마 새이거나 그 비슷한 무늬일 거야. 그런데 아주 오래돼서 알아보기 힘들어. 우리 집 건물이 예전에는 수도원의 일부였대."

"그럴 수도 있지."

그가 고개를 끄덕였다.

"한번 잘 살펴봐. 그런 것들은 아주 흥미롭거든. 내가 보기에 그건 매 같았어."

우린 계속 함께 걸었다. 속으로 나는 몹시 당황하고 있었다. 데미안이 갑자기 재미난 생각이라도 떠오른 듯이 웃었다.

"그래, 조금 전 수업 시간에 우린 같은 반에 있었지."

그가 활기찬 목소리로 이야기했다.

"이마에 표적을 단 카인의 이야기를 배우는 것 같던데, 그렇지? 그 이야기가 마음에 들었니?"

물론 아니었다. 우리가 배워야 했던 과목을 통틀어 무엇 하나 내 마음에 드는 게 없었다. 하지만 그렇다고 있는 그대로 이야기할 수는 없었다. 마치 어른에게 말하는 듯한 기분이었기 때문이었다. 그래서 나는 그 이야기가 마음에 들었다고 말했다.

데미안이 친근하게 내 어깨를 두드렸다.

"이봐, 나한테까지 그렇게 속일 필요 없어. 하지만 그 이야기는 수업 시간에 배우는 다른 이야기들보다는 훨씬 생각해 볼 가치가 있어. 선생님께서는 그 이야기에 관해 많이 가르쳐 주지 않으셨어. 다만 신과 죄에 관한 상식적인 이야기를 하셨을 뿐이니까. 하지만 내 생각에는 말이야."

그는 말을 멈추고 미소 띤 얼굴로 나에게 물었다.

"그런데 너 이 이야기에 관심 있니?"

그가 계속해서 말했다.

"내 생각에는 말이야, 카인의 이야기는 완전히 다르게 해석할 수도 있어. 우리가 배우는 대부분이 분명 완벽한 진실이고 정의인 명제들이지만, 이 모두를 선생님들의 가르침과는 다르게 볼 수도 있는 거야. 다른 관점에서 볼 때 대개 더 나은 가치를 갖게 돼. 예를 들어 카인의 이야기의 경우, 그의 이마의 표적에 관해 우리는 선생님의 설명만으로 만족할 수 없어. 너도 그렇게 생각하지 않니? 어떤 사람이 싸우다가 형제를 죽이는 일은 분명 일어날 수 있는 일이야. 그래서 나중에는 겁을 먹고 굴복하게 된다는 이야기도 가능한 일이지. 하지만 그의 비겁함 때문에 일부러 특별한 표적을 달아 주었는데, 그 표적이 그를 보호하고 다른 모든 사람을 겁준다면 그건 정말 이상한 일 아니니?"

"그래, 그렇지."

나는 흥미를 느끼며 대답했다. 그 문제가 내 마음을 사로잡았던 것이다.

"그렇지만 그 이야기를 어떻게 다르게 생각할 수 있다는 거야?"

그는 내 어깨를 쳤다.

"아주 간단해. 처음에 문제가 되고 이야기의 주제가 되는 건 바로 표적이야. 만약 남들에게 두려움을 느끼게 하는 무언가를 얼굴에 가진 어떤 사람이 있다고 치자. 누구도 감히 그 사람을 건드리지 못했고, 그 자손들도 그 사람처럼 다른 사람들을 압도했어. 어쩌면 그들 이마의 표적은 소인이 찍힌 우표처럼 붙어 있었던 것은 분명히 아닐 거야. 세상 사는 데 그렇게 단순한 일은 별로 없으니까. 사람들을 압도하는 말로 표현할 수 없는 무언가가 그들에게 있었을 테고, 그들의 눈빛에서 담력과 지혜가 느껴졌을 거야. 이 남자는 힘이 있었고 사람들은 그것이 두려웠겠지. 그는 '표적'을 가지고 있었어. 그걸 사람들이 각자 자기 식대로 설명하는 거야. 하지만 '사람들'은 자기한테 편리한 대로 자기를 정당화하려고 하지. 사람들은 카인의 자손들이 무서웠던 거야. 그래서 사람들은 그 표적을 원래대로 우월한 훈장처럼 설명하지 않고 반대로 설명한 거야. 이 표적을 지닌 사람들은 무섭다고 말한 거지. 또 실제로 그렇기도 했겠지만. 용기와 개성을 가진 사람이 있다는 건 평범한 사람들에게는 두려움이니까. 두려움 없는 강한 족속이 자신들과 함께 있다는 것이 매우 견디기 힘들었겠지. 사람들은 그래서 강한 족속들을 위험에 빠뜨릴 음모를 꾸민 거야. 자신들이 두려움에 떨었던 것에 대한 반감으로 주홍 글씨 같은 낙인과 소문을 만들어서 퍼뜨린 거지. 내 말, 이해하겠어?"

"응, 그건 다시 말해 카인은 실제로 하나도 나쁘지 않았다는 말이지? 성경에 나오는 이야기가 전부 사실은 아니란 말이네?"

"그럴 수도 있고, 그렇지 않을 수도 있어. 아주 오래된 옛이야기가 대부분 진실일 수 있지만 그 진실들이 언제나 사실 그대로 기록되고 올바로 해석돼 왔다고 볼 수는 없어. 쉽게 말해, 난 카인이 엄청난 사람이었다고 생각해. 단지 사람들이 그를 두려워했기 때문에 그런 이야기를 지어냈을지도 몰라. 카인의 이야기는 사람들이 가볍게 떠들어 대는 터무니없는 소문에 불과한 거지. 하지만 정말 카인과 그 자손들이 '표적'을 지니고 있었고 다른 사람들과는 전혀 달랐다는 것만은 진실이라고 생각해."

나는 엄청 놀랐다.

"그럼 동생을 죽인 것도 진짜라고 믿어?"

충격을 받은 나는 이렇게 물었다.

"물론 진실이지. 그건 분명히 사실일 거야. 강자가 약자를 죽였던 거야. 정말 그들이 형제였는지는 의심스럽지만, 그건 그렇게 중요하지 않아. 결국엔 모든 사람이 형제라고 할 수 있으니까, 강자가 약자를 죽인 것에 불과해. 그것이 얼마나 영웅다운 행동이었는지는 알 수 없지만, 어쨌든 약자들은 두려움을 느끼고 한숨을 쉬었겠지. 하지만 누군가 약자에게 '왜 그들을 해치우지 못한 거야?'라고 물었다면, '우리가 겁쟁이라서'라고 대답하지는 않았을 거야. '해치울 수가 없어. 그들은 표적을 지니고 있거든. 신이 그들에게 표적을 주셨어.' 하고 말한 거지. 이렇게 단순하고 터무니없는 이야기가 꾸며졌을 거야. 아, 널 너무 오래 붙잡아 두고 있었구나. 잘 가!"

그는 알트 거리로 접어들었고, 홀로 남은 나는 지금까지보다 훨씬 더 당황스러웠다. 그가 떠나자마자 지금까지 데미안이 한 이야기가 전부 믿기지 않는 사실로만 여겨졌다. 카인은 강자고 아벨은 겁쟁이라니! 카인의 표적이 훈장처럼 훌륭한 것이라니! 그건 비이성적인 이야기였고, 신에 대한 모독이며 오만한 생각이었다. 그렇다면 신의 사랑은 어디에 있었단 말인가? 신은 아벨의 제물을 받지 않았고, 아벨을 사랑하지 않았단 말인가? 아니, 그럴 리가 없다. 그건 허무맹랑한 이야기에 불과하다. 데미안이 나를 놀려서 당황스럽게 만들기 위해 꾸며 댄 이야기일 뿐이다. 실로 명석한 녀석이긴 했다. 말도 논리적으로 잘했고. 하지만 그럴 수는 없었다. 사실이 아닐 것이다.

나는 성경에 나오는 이야기나 다른 부류의 어떤 이야기도 그런 식으로 생각해 본 적이 없었다. 또 오랫동안, 아니 저녁 내내 그렇게 말끔하게 프란츠 크로머의 존재를 잊어 본 적도 없었다. 집으로 돌아오자마자 나는 성경에 쓰인 카인의 이야기를 꼼꼼히 읽어 보았다. 하지만 그 내용은 단순 명료했다. 그리고 거기서 특별히 숨은 뜻을 찾아낸다는 것은 미친 짓이었다. 그렇다면 모든 살인자는 신의 사랑과 보호를 받은 사람이라고 말할 수 있어야 할 것 아닌가! 아니다, 그건 정신이 나간 소리였다. 단지 마음 깊이 끌렸던 건 데미안은 모든 것이 쉽고 명확하다는 듯이 멋지게 논리적으로, 그렇게 진심 어린 눈빛으로 이야기했다는 것이다.

나 역시 정상적인 상태가 아니었고 혼란스러움에 빠져 있었다. 얼마 전까지 나는 밝고 깨끗한 세계에 속해 있었다. 나는 일종의 아벨이었다. 하지만 지금의 나에게는 '다른' 것이 너무 깊이 박혀 있어서, 그 세계 속에 깊이 떨어져 버려서 헤어 나올 수 없을 만큼 가라앉아 버렸다. 나만의 잘못이 아니라고 해도 어떻게 일이 이 지경까지 와 버렸을까? 그렇다. 그때 문득 내 마음속에 한 가지 기억이 떠올라 한순간 숨이 막힐 뻔했다. 불행한 이 상황이 시작되었던 그 고통스러웠던 밤. 나는 한순간 아버지는 물론 아버지로 대표되는 밝은 세계와 지혜를 단칼에 꿰뚫어 보며 경멸했다. 그렇다. 그때의 나는 분명 카인이었고 이마에 표적까지 달고 있었지만 수치심을 느끼기보다는 이것은 표창이라고 우쭐댔다. 나는 죄악과 고통으로 인해 아버지와 선하고 경건한 사람들보다도 더 우월한 존재라고 생각하고 있었다.

그 당시의 내가 분명한 사고 체계를 갖추었던 것은 아니다. 하지만 크로머와 있었던 모든 일들이 분명하지 않은 사고 체계에 포함되어 있었다. 크로머와 있었던 일로 몹시 괴로워했고 또 그와는 반대로 묘한 자부심을 느끼기도 했다.

생각해 보면 데미안은 매우 이상하게도 강자와 약자에 초점을 맞추어 이야기해 주었다. 카인의 표적에 관한 해석도 마찬가지였다. 그 순간 데미안의 눈이 마치 어른처럼 얼마나 빛났던지! 문득 머리를 스치는 생각이 나를 혼란스럽게 했다. 데미안이야말로 카인 같은 존재가 아닐까? 데미안 스스로 자신이 카인의 족속이라 생각하지 않고서는 카인을 옹호할 이유가 없지 않을까? 왜 그의 눈빛에는 그런 힘이 담겨 있을까? 데미안은 왜 그토록 하나님의 마음에 드는 경건한 '다른 사람들', 겁 많은 사람들을 빈정댔을까?

나는 이런 생각들을 끝없이 이어 갔다. 나의 어린 영혼의 샘물에 돌멩이 하나가 떨어진 것이었다. 매우 긴 시간 동안 카인의 살인과 표적에 관한 문제가 나의 인식과 의구심을 키웠고, 비판적인 사고를 하려는 시도의 출발점이 되었다.

나는 금방 다른 학생들도 데미안에게 관심이 있다는 사실을 알았다. 데미안이 얘기했던 카인에 대한 이야기를 누구에게도 하지 않았는데, 다른 아이들도 데미안에게 관심을 갖기 시작했다. 그즈음 전학생인 데미안에 대한 소문이 나돌기 시작했다. 만약 그 소문을 미리 들었다면 데미안의 전모를 파악하는 데 도움이 되었을 것이다. 하지만 내가 알고 있었던 것은 데미안의 어머니가 부자라는 소문뿐이었다. 데미안의 어머니는 교회에는 절대 나가지 않으며, 아들 역시 그렇다는 말도 있었다. 데미안 모자가 유대인이라는 사람도 있었고, 비밀스러운 회교도라고 말하는 사람도 있었다. 한술 더 떠서 막스 데미안의 힘에 관한 무용담이 나돌았다. 데미안의 반에서 힘이 제일 센 아이가 싸움을 걸어오자 데미안은 거절했는데, 겁쟁이라고 비웃는 녀석을 데미안이 거뜬하게 해치워 버렸다는 것이다. 아이들의 목격담을 빌리자면, 데미안이 그냥 한 손으로 목덜미를 잡고 눌렀을 뿐인데 상대 아이가 하얗게 질려서 항복하고 도망쳤으며, 그 아이는 며칠 동안이나 팔을 못 썼다고 했다. 어느 날 저녁에는 그 아이가 죽었다는 소문도 났다. 온갖 소문들이 무성하게 퍼져 나갔고 사람들은 소문이 사실이라고 굳게 믿었다. 소문은 모두 자극적이었고 놀라움을 불러일으켰다. 그러다가 한동안 잠잠해졌지만 얼마 지나지 않아 학생들 사이에 새로운 소문이 돌았다. 데미안이 여자를 사귀고 있으며, 그가 이미 '알

건 다 안다'는 소문이었다.

그 사이에도 여전히 나는 프란츠 크로머와 고통스러운 관계를 이어 가고 있었다. 가끔 그 애가 나를 가만히 내버려 둔다고 해도 나는 옴짝달싹 못하고 얽매여 있었다. 그는 꿈에서도 그림자처럼 나를 쫓아다녔고, 그 애가 현실에서 저지르지 않았던 악행들이 내 환상에서 펼쳐졌으며 결국 꿈에서까지도 나는 완전히 크로머의 노예가 되었다. 나는 현실보다 꿈속에서 더 많이 살았다.—나는 원래 꿈을 많이 꾸는 편에 속하는 아이였다.—그래서 나를 쫓는 그림자 때문에 힘과 활기를 잃어 가고 있었다. 특히 크로머가 나를 못살게 굴고 침을 뱉고 내 무릎을 짓이기며 더 잘못된 범죄로 나를 유인하는 꿈을 자주 꾸었다.—유인보다는 강한 힘 때문에 강요당했다는 것이 맞겠다.— 가장 무서웠던 꿈은 아버지를 살해하는 꿈이었다. 나는 거의 미칠 지경이 되어서야 잠에서 깰 수 있었다. 꿈에서 크로머가 칼을 갈아서 주고 우리는 가로수 뒤에서 몸을 숨기고 있었는데, 그때까진 내가 누구를 기다리는지 몰랐다. 누군가 우리 가까이로 걸어오자 크로머는 내 팔을 건드려 내가 찔러야 할 사람이라는 걸 알려 주었다. 그 사람은 바로 우리 아버지였다. 그때 나는 잠에서 깼다.

아버지를 살해하는 꿈 때문에 카인과 아벨의 이야기를 계속 생각하게 되었다. 카인의 이야기를 생각하며 데미안을 떠올리진 않았다. 그런데 데미안이 내게 다시 나타난 것은 희한하게도 꿈속에서였다. 학대와 폭력에 시달리는 꿈이었는데, 참아 내는 것 말고는 방법이 없었다. 그런데 내 무릎을 짓밟는 사람이 크로머가 아니라 데미안이 아닌가! 꿈에서 크로머가 나를 괴롭힐 때는 고통과 혐오감만이 느껴졌는데, 데미안이 나를 괴롭히는 꿈에서는 기쁨과 불안감을 동시에 느꼈다. 이 꿈을 두 번이나 꾸었다. 그러고 난 후에는 데미안이 자리했던 곳에 다시 크로머가 나타났다.

꿈에서 겪은 일과 실제로 겪은 일이 확실히 구별되지 않았다. 아무튼 나와 크로머의 고통스러운 관계는 계속되었다. 좀도둑질을 해서 크로머에게 진 빚을 다 갚았을 때도 우리의 관계는 끝나지 않았다. 오히려 크로머는 내가 했던 도둑질을 상세히 알게 되었다. 그는 내가 돈을 가져올 때마다 어디서 난 돈인지 캐물었다. 그러면 나는 어쩔 수 없이 도둑질을 했다는 사실을 말해야 했고, 그럴수록 크로머의 손아귀에 더 단단하게 잡혀 들어갔다. 아버지에게 모든 것을 일러바치겠다는 크로머의 협박이 두려웠다. 처음부터 그런 거짓말을 하지 않았더라면 하는 후회가 크게 밀려왔다. 하지만 이상하게 참을 수 없이 괴로웠던 와중에도 지금까지의 모든 일이 전부 후회스럽기만 한 것은 아니었다. 적어도 모든 순간이 후회스럽지는 않았다. 어떤 때는 이런 일들이 필연처럼 느껴지기도 했다. 불길한 숙명이 내 머리 위로 드리워졌는데 그 그늘에서 벗어나려 발버둥치는 것은 바보짓 같았다.

부모님은 이런 내 상태를 매우 걱정하셨을 것이다. 낯선 영혼이 나를 덮쳐 왔고, 이제 나는 더 이상 밝은 세계의 사람이 아니었다. 잃어버린 낙원을 그리워하며 밝은 세계를 향한 견딜 수 없는 향수를 느꼈다. 어머니는 나를 문제아보다는 아픈 아이처럼 취급했고, 내 상태가 어떤지는 누나들의 태도에서 가장 잘 느껴졌다. 누나들은 나에게 무척 다정했다. 하지만 그것이 오히려 나를 끝없이 비참하게 했다. 누나들에게는 내가 한숨이 절로 나고 동정을 일으키는 상태였지만, 한편으로는 언제 악마처럼 발작을 일으킬지 모르는 경계 대상이었다. 이제 가족들은 나를 위해 지금까지와는 다른 기도를 하고 있었다. 나도 그 기도의 내용을 알고 있었다. 하지만 그 기도가 부질없다는 걸 더 잘 알고 있었다. 모든 괴로움을 내던지고 싶은 간절한 소망이 생길 때면, 잘못을 뉘우치고 고백할까 하는 생각도 했지만 아버지와 어머니께 모두 사실대로 이야기할 수 없었고, 도저히 설명할 수 없겠다는 마음도 들었다. 잘못을 빌면 다정한 용서와 따뜻한 위로를 받고 동정을 얻었겠지만 완전한 이해를 구할 수는 없었을 것이다. 이 모든 것이 나의 숙명이었는데도 부모님은 단순한 탈선으로 치부해 버렸을 것이다.

많은 사람들이 열한 살도 채 되지 않은 꼬마가 이런 생각을 할 수 있으리라고 믿지 않을 것이다. 사람들에게 내 처지를 이해시키려는 것은 아니다. 그저 인간의 본질을 더 잘 알고 있는 사람에게 이야기하고 싶다. 자신의 감정을 이성으로 변화시키는 걸 익힌 어른들은 꼬마들에게도 이런 이성이 존재할거라 상상하지 못할 뿐만 아니라 꼬마들의 경험도 무시한다. 하지만 나는 평생에서 그때처럼 절박한 경험과 고민을 한 적이 없었다.

비가 내리던 어느 날 크로머가 성문 앞 광장으로 나오라고 했다. 나는 광장에서 크로머를 기다리며 물에 젖은 밤나무 밑에서 쉼 없이 떨어져 내리는 잎들을 발끝으로 헤집고 있었다. 돈을 구할 수가 없어서 대신에 과자 두 조각을 옆구리에 챙겨 들고 나온 참이었다. 어느덧 나는 이렇게 모퉁이에 서서 하염없이 크로머를 기다리는 데 익숙해졌다. 대부분의 사람들이 자신이 어쩔 수 없는 일 앞에서는 체념을 하듯이 나도 이 상황을 받아들이고 있었다.

마침 크로머가 왔다. 오늘은 오래 기다리지는 않았다. 크로머는 내 가슴팍을 두어 번 쥐어박고 기분 좋은 일이 있는 듯 낄낄거렸다. 과자를 빼앗아 들고, 내게 젖은 담배를 권했다. 물론 나는 받지 않았다. 크로머는 평소와는 달리 유별나게 친절했다.

"그래."

헤어지려던 순간 크로머가 말했다.

"잊어버리기 전에 말하는데 다음에는 누나를 데려와. 큰누나 말이야. 이름이 뭐였더라?"

나는 크로머의 말을 전혀 이해할 수 없어서 대답도 못 하고 있었다. 그저 어리둥절하게 크로머를 바라볼 뿐이었다.

"내 말 못 알아들어? 네 누나를 데리고 오란 말이야."

"알아들었어, 크로머. 하지만 그건 불가능해. 못해. 누나가 따라오지도 않을 거야."

나는 크로머가 평소처럼 꼬투리를 잡을 구실로 한 말이라고 생각했다. 크로머는 가끔씩 이렇게 불가능한 걸 요구하면서 나를 겁주고 꼼짝없이 얽매이게 만들어서 자기 말을 고분고분 듣도록 만들었다. 그러면 나는 약간의 돈을 더 구해다 바치든지 다른 선물로 크로머의 화를 누그러뜨려야만 했다.

그런데 이번에는 완전 딴판이었다. 내가 거절했는데도 크로머는 화를 내지 않았다.

"그래."

그는 얼버무리듯 대꾸하고는 말을 이었다.

"근데 잘 생각해 봐. 너희 누나랑 사귀어 보고 싶단 말이지. 언제 한번 기회를 만드는 거야. 너는 그냥 누나와 같이 산책하러 나오기만 하면 돼. 그럼 내가 거기로 갈게. 내일 휘파람으로 다시 부를 테니까 그때 다시 의논해 보자."

크로머가 가고 나서야 어렴풋이 그의 말뜻을 헤아렸다. 나는 그때 완전히 어린애였다. 하지만 우리들이 조금 더 나이를 먹으면 비밀스럽고 야릇한 금지된 일들을 남녀가 할 수 있다는 것쯤은 알고 있었다. 갑작스러운 이 상황이 얼마나 망측하고도 엄청난 일인가! 나는 결코 그런 짓을 하지 않겠다고 확고히 결심했다. 하지만 그다음에는 나에게 무슨 일이 일어날까. 크로머가 어떤 식으로 나에게 앙갚음할지 생각할 엄두가 안 났다. 새로운 고문이 시작되었다. 아직도 내가 겪은 고통이 충분치가 않았나 보다.

참담한 심정으로 주머니에 손을 푹 찔러 넣고 텅 빈 광장을 가로질러 걸었다. 새로운 고통, 새로운 압박감이 나를 짓눌렀다.

그때 누군가 청명하고 낮은 목소리로 나를 불렀다. 나는 깜짝 놀라 달아났다. 누군가 내 뒤를 따라와서는 한 손으로 나를 살며시 끌어당겼다. 막스 데미안이었다.

나는 잡힌 척했다.

"데미안, 난 또 누군가 했네."

나는 불안한 마음을 감추며 말했다.

"깜짝 놀랐잖아."

그가 나를 바라보았다. 이때처럼 데미안의 눈빛이 어른스럽게 압도적으로 사람을 꿰뚫어 보는 힘이 있다고 느껴진 적은 없었다. 오랫동안 우리는 서로 이야기를 나누지 않았는데도 말이다.

"미안."

그는 공손하지만 분명한 어조로 말했다.

"그런데 그렇게 놀랄 필요 없잖아."

"물론 그렇지. 하지만 놀랄 수도 있지."

"그럴 수도 있겠지. 하지만 싱클레어, 네가 아무 상관없는 사람 앞에서 그렇게 깜짝 놀란다면 상대방이 이상하게 여길 거야. 호기심이 생기겠지. 뭔가 네가 수상할 정도로 깜짝 놀랐어. 사람은 뭔가 불안함에 떨 때 잘 놀란다고 생각하지. 겁쟁이들은 언제나 불안함에 떨고 있으니까. 그런데 나는 네가 겁쟁이는 아니라고 생각하거든. 그렇지 않아? 뭐, 네가 영웅이라는 말도 아니지만. 너에겐 두려워하는 뭔가가 있어. 네가 무서워하는 누군가가 있다는 거지. 하지만 이런 일은 있을 수 없어. 말도 안 되는 일이지. 사람이 사람을 두려워한다니. 물론 내가 두려웠던 건 아니겠지? 안 그래?"

"아니야, 네가 무섭지는 않아."

"그것 봐, 하지만 너 두려운 사람이 있구나?"

"글쎄, 모르겠어……. 날 가만히 내버려 둬. 대체 뭘 바라는 거야?"

데미안은 나와 보조를 맞추며 걸었고—나는 데미안에게 도망칠 생각으로 빨리 걷고 있었다.—곁에서 데미안의 시선이 느껴졌다.

"만약에 말이야."

데미안이 다시 이야기를 시작했다.

"난 네게 호의로 이야기하는 거야. 나를 두려워할 필요는 없어. 너한테 한 가지 실험을 해 볼게. 엄청 재미있고 배울 것도 있는 실험이지. 자, 잘 들어 봐!―난 가끔 독심술을 시험해 봐. 나쁜 요술을 부리는 건 아니지만 어떻게 하는 건지 모르는 사람에게는 무척 신기할 거야. 그걸로 사람을 깜짝 놀라게 할 수 있으니까.―자, 우리 한번 시험해 볼까. 내가 너를 좋아하고 있고 너에게 관심이 있다고 치자. 그래서 네 마음이 어떤지 알고 싶어진 거지. 이미 난 탐색을 시작한 셈이야. 내가 너를 놀래켜 봤으니까.―그랬더니 넌 깜짝 놀랐어. 그건 네가 두려운 일이나 두려워하는 사람이 있다는 증거야. 왜 그럴까? 사람은 누구 앞에서든지 다른 사람을 두려워할 필요가 없어. 그런데도 누군가가 두렵다는 건 나를 다스리는 힘을 타인에게 맡겨 버렸기 때문이야. 예를 들어 네가 무슨 나쁜 짓을 저질렀다고 치자. 그런데 그 일을 다른 사람이 알아챘다면 그 사람이 너를 지배하는 힘을 갖게 되는 거지. 알겠어? 이제 분명하지, 안 그래?"

나는 어쩔 줄 몰라 데미안의 얼굴을 들여다보았다. 그의 얼굴은 언제나처럼 진지하고 영리하고 호의적이었지만 정겹기보다는 엄격해 보였다. 정의 혹은 그와 비슷한 무언가가 데미안의 표정에 담겨 있었다. 나는 무슨 영문인지 알 수 없었다. 데미안은 마치 마법사처럼 내 앞에 서 있었다.

"이해했어?"

데미안이 다시 한 번 물었다.

나는 고개를 끄덕였을 뿐 아무 말도 할 수 없었다.

"내가 독심술이 요술처럼 보일 수 있다고 말하긴 했지만 이건 자연스럽게 되는 거야. 예를 들면 언젠가 우리가 카인과 아벨 이야기를 나눴었던 그때 네가 날 어떻게 생각했는지 꽤 명확하게 맞힐 수도 있어. 지금 상황과 상관없는 말이지만 넌 한 번쯤 내 꿈을 꾸었겠지. 하지만 그런 이야기는 관두자! 넌 영리한 아이야. 대부분의 아이들은 멍청한데 말이야. 난 가끔씩 내가 신뢰하는 영리한 아이와 이야기 나누는 걸 좋아해. 괜찮지?"

"그래, 괜찮아. 하지만 난 전혀 이해가 안 가는걸."

"그럼 다시 즐거운 실험을 계속해 볼까? 실험으로 우린 다음과 같은 것들을 발견했어. 어떤 소년이 잘 놀란다. 그 소년은 누군가를 두려워한다. 분명 그 애는 누군가와 불편한 비밀이 있다. 대략 맞지?"

나는 꿈에서처럼 데미안의 목소리와 영향력에 압도당하고 있었다. 나는 그저 고개만 끄덕였다. 그 목소리는 내 꿈에서만 들리던 게 아니었나? 그 목소리만이 모든 것을 알고 있던 게 아니었나? 이렇게 모든 것을 분명하게 알다니! 나보다 더 잘, 더 분명하게 알고 있다니!

데미안이 내 어깨를 힘차게 두드렸다.

"그럼 내 말이 맞는 거네. 그럴 줄 알았어. 그럼 이제 질문은 딱 하나 남았어. 방금 전 너랑 헤어져서 가 버린 그 애 이름이 뭐지?"

나는 흠칫 놀랐다. 비밀을 들켜 버린 것이 너무나 고통스러워서 다시 움츠러들었다. 비밀이 밖으로 드러나는 것을 원하지 않았다.

"누구 말이야? 나 말고는 아무도 없었어."

데미안이 웃었다.

"말해 봐!"

그가 웃었다.

"그 애 이름이 뭔데?"

나는 거의 들릴락 말락 한 목소리로 말했다.

"프란츠 크로머 말이야?"

흡족하다는 듯이 데미안이 고개를 끄덕였다.

"잘했어! 넌 정말 영리한 녀석이야. 우린 친구가 되겠는데. 그런데 조금 더 할 말이 있어. 그 크로먼가 뭔가 하는 녀석은 아주 나쁜 녀석이야. 그 녀석 얼굴에 악당이라고 쓰여 있어. 넌 어떻게 생각해?"

"응, 그래."

난 한숨을 푹 쉬었다.

"아주 나빠, 악마 같은 녀석이라고! 하지만 그 녀석한테 아무 것도 들키면 안 돼. 제발 아무 말도 하지 말아 줘. 너 그 애를 알아? 크로머도 너를 알고?"

"진정해, 그 녀석은 이미 갔어. 그리고 그 애는 나를 몰라, 아직은. 하지만 그 녀석에 대해 알고 싶어. 그 애도 공립 학교에 다니니?"

"응."

"몇 학년이야?"

"5학년. 하지만 아무 말도 하지 말아 줘. 제발 부탁이야! 아무 말 하지 말아 줘!"

"걱정 마, 너에게 아무 일도 없을 거야. 크로머에 대한 이야기를 조금 해 줄 수는 없겠니?"

"그럴 수 없어. 그건 안 돼. 나를 좀 내버려 둬."

데미안은 말없이 한동안 서 있었다.

그러다가 그가 말했다.

"유감이네. 우린 실험을 좀 더 할 수도 있었는데. 하지만 널 괴롭히고 싶지는 않아. 그래도 네가 그 녀석을 두려워하는 건 옳지 못한 일이라는 걸 너도 알지, 그렇지 않아? 두려움이 우리를 망치게 하는 거야. 하루빨리 벗어나야 해. 네가 진짜 사나이가 되려면 그 두려움을 벗어던져 내야 해. 알겠지?"

"물론 네 말이 전부 맞아……. 하지만 그렇게 안 되는걸. 넌 정말 모를 거야……."

"네가 생각했던 것보다 내가 훨씬 많이 안다는 걸 너도 봤잖아. 너 혹시 그 녀석에게 빚이라도 진 거야?"

"그래, 그렇기도 해. 하지만 그게 중요한 문제는 아니야. 말할 수 없어. 절대로 말할 수 없어."

"만약에 내가 그 녀석에게 진 빚을 대신 갚아 준다고 해도 말이야? 내가 줄 수도 있는데."

"아니야, 그런 게 아니야. 제발 부탁이야. 아무에게도 그런 말은 하지 마. 한마디도! 내 부탁을 들어주지 않는다면 난 엄청 불행해지고 말 거야."

"날 믿어, 싱클레어. 언젠가는 그 비밀을 나한테 털어놓게 될 거야."

"절대로, 결코 그런 일은 없을 거야."

나는 다급하게 소리쳤다.

"너 좋을 대로 해. 난 단지 시간이 좀 지나고 나면 내게 말할 거라고 생각해. 물론 네 스스로 말이야. 설마 나도 너에게 크로머와 같은 짓을 하리라고 생각하는 건 아니지?"

"물론이야. 하지만 넌 그 일에 대해 아는 게 전혀 없잖아."

"그래, 아무것도 몰라. 난 단지 그것에 대해 곰곰이 생각할 뿐이야. 나는 절대로 크로머처럼 너를 괴롭히는 짓을 하지 않을 거야. 그건 믿을 수 있지? 네가 나에게 빚진 건 아무것도 없으니까."

우리는 한참을 말없이 서 있었다. 그러는 동안 내 마음은 조금씩 진정되었다. 하지만 데미안이 어떻게 그런 것들을 알았는지 점점 더 궁금해졌다.

"이젠 집으로 가야겠다."

말을 하며 빗속에서 외투를 단단히 여몄다.

"우린 벌써 많은 이야기를 나눴으니까 한마디만 더 할게. 넌 그 녀석에게서 벗어나야 해. 다른 방법이 없다면 그 녀석을 때려죽여서라도 말이야. 네가 그럴 수 있다면 좋겠어. 내가 널 도와줄게."

나는 새로운 불안함을 느꼈다. 카인의 이야기가 다시 떠올랐고 두려움에 나는 흐느껴 울기 시작했다. 너무나 소름 끼치는 일들이 내 주위를 둘러싸고 있다는 생각에 견디기 힘들었다.

"그럼 좋아."

막스 데미안이 미소를 지었다.

"이제 너희 집으로 가, 우린 분명히 그 녀석을 해치울 수 있을 거야. 때려죽이는 게 가장 간단한 방법이지. 이런 문제를 해결할 때 가장 간단한 방법이 가장 최선인 법이거든. 그 녀석 손에 놀아나는 건 좋지 않아."

나는 집으로 왔다. 마치 일 년쯤 떠돌다 돌아온 것 같았다. 모든 것이 달라 보였다. 나와 크로머의 관계도 뭐라고 할까, 미래나 희망 같은 것들이 있었다. 나는 더 이상 혼자가 아니었다. 그제야 비밀을 끌어안고 몸살을 앓았던 몇 주간이 얼마나 무섭게 외로웠는지 확실히 느꼈다. 나는 그동안 여러 번 깊이 생각했던 것들을 떠올렸다. 부모님께 내 잘못을 모두 고백하고 용서를 빌면 내 고통은 덜어지겠지만 그것이 나를 완전하게 구원해 줄 수는 없다. 하지만 나는 방금 전 고해를 할 뻔했다. 다른 사람, 그것도 낯선 사람에게. 그렇게 할 수만 있다면 구원받을 수 있다는 예감이 진한 향기처럼 밀려왔다.

그 후에도 나의 불안감은 오랫동안 지속되었다. 나는 적과 무섭고 긴 대결을 펼칠 각오를 하고 있었다. 모든 일이 그렇게 완벽하게 비밀스럽고도 평화롭게 흘러가는 것이 신기할 따름이었다.

우리 집 앞에서 들려오던 크로머의 날카로운 휘파람 소리가 하루, 이틀, 사흘, …… 일주일이 지나도 들리지 않았다. 나는 이런 사실이 도무지 믿어지지 않았다. 크로머가 전혀 예기치 못한 순간에 다시 나타나지는 않을까 조바심을 내며 망을 보았다. 그러나 크로머는 우리 집에 찾아오지도, 불쑥 나타나지도 않았다. 이 놀라운 자유가 믿기지 않았다. 마침내 어느 날 나는 프란츠 크로머를 우연히 마주치게 되었다. 그때까지도 나는 이 자유에 불안감이 있었다. 크로머는 자일러 거리에서 내 쪽으로 오는 중이었는데, 나를 보고 흠칫 놀라고는 얼굴을 잔뜩 찌푸리고 나를 피해 곧바로 돌아서서 가 버렸다.

지금까지 이런 순간은 없었다. 나의 적이 내 앞에서 도망치다니! 악마가 나를 두려워하다니! 기쁨과 놀라움이 온몸을 관통해 지나갔다.

그 무렵의 어느 날 데미안이 다시 나타났다. 그는 학교 앞에서 나를 기다리고 있었다.

"안녕."

나는 인사를 했다.

"안녕, 싱클레어. 잘 지냈어? 어떻게 지내는지 만나고 싶었어. 이제 크로머도 더 이상 널 괴롭히지 않을 거야. 그렇지 않니?"

"네가 그렇게 한 거야? 대체 어떻게? 어떻게 했어? 난 도무지 영문을 모르겠어. 그 녀석이 아예 나타나질 않아."

"잘됐네. 그러지는 않겠지만, 워낙 뻔뻔스러운 놈이니까 그 녀석이 다시 나타나기라도 하면 그땐 그 녀석에게 데미안을 떠올리라는 말만 해."

"그게 무슨 말이야? 그 녀석하고 싸워서 실컷 때린 거야?"

"아니, 난 싸우는 건 별로 좋아하지 않아. 너랑 한 것처럼 그 녀석하고도 이야기를 했을 뿐이야. 너를 가만히 내버려 두는 것이 그 녀석에게도 이로울 거라고 분명하게 말했어."

"그 녀석한테 돈을 준 건 아니겠지?"

"아니야, 그런 방법이라면 네가 이미 시험해 봤잖아."

나는 더 자세하게 물어보려 했지만 데미안은 자리를 떠났다. 나는 예전부터 데미안에게 느꼈던 감사와 두려움, 놀라움과 불안감, 호감과 내면에서의 반항심이 뒤섞인 답답함을 느끼며 그 자리에 남아 있었다.

나는 빠른 시일 내에 다시 데미안을 만나서 크로머와 있었던 모든 일에 대해, 또 카인의 문제에 대해 더 많은 이야기를 나누고 싶었다.

하지만 그렇게 되진 않았다.

나는 감사라는 감정 자체를 전혀 믿지 않았다. 그리고 어린 아이에게 감사의 표시를 요구하는 것은 잘못이라고 생각했다. 그래서 내가 데미안에게 감사해하지 않았다는 것은 그리 놀라운 일이 아니다. 물론 데미안이 나를 크로머의 손아귀에서 구해 주지 않았다면 나는 평생 병들고 쇠약했을 거라고 확신한다. 그 당시에도 이 구원의 순간이 내 소년 시절의 가장 큰 경험이라고 느꼈다. 하지만 구원의 손길을 건네며 기적을 이루어 낸 사람을 금방 잊어버린 것이다.

이미 말했듯이 감사해하지 않았다는 것은 별일이 아니었다. 특이한 것은 내가 호기심을 느끼지 않았다는 것이다. 데미안과 나를 만나게 했던 비밀들을 더 자세히 캐내지 않고서도 편안하게 지낼 수 있었다는 게 신기했다. 나는 어떻게 카인에 대해서, 크로머에 대해서, 독심술에 대해서, 더 많이 이야기하고 싶은 호기심을 억눌렀을까?

이런 일을 전혀 이해할 수 없었지만 사실이 그러했다. 갑작스럽게 나는 악마의 손아귀에서 풀려났고 내 앞에는 다시 밝고 즐거운 세계가 놓여 있었다. 더 이상 불안한 발작과 숨이 막힐 듯한 심장 고동 소리에 시달리지 않았다. 저주는 풀렸고 나는 더 이상 죄인이 아니었다. 다시 평소처럼 학생으로 돌아간 것이다. 나의 본성은 될 수 있는 한 빨리 이전처럼 균형과 평온 속으로 되돌아가려고 했다. 무엇보다 그 많은 끔찍한 일들과 고통스러운 일들을 빨리 떨쳐 내고, 잊어버리려고 노력했다. 나의 죄, 고통의 긴 역사는 어떤 외상도 남기지 않은 채 너무도 빨리 내 기억에서 잊혀 갔다.

나를 도와주고 구원해 준 사람을 빨리 잊어버리려 했다는 것도 이제는 이해된다. 저주받은 죄의 구렁텅이 속에서, 크로머에게 당했던 무서운 속박에서, 상처받은 영혼이 온 힘과 노력을 다해 도망쳐서 예전의 행복하고 만족스러운 세계로 돌아온 것이다. 다시 열린 잃어버린 낙원으로, 아버지와 어머니의 밝은 세계로, 누나들에게로, 정결한 좋은 향기로, 아벨이 누렸던 신의 사랑으로 나는 되돌아왔다.

데미안과 짧은 이야기를 나누었던 그다음 날, 다시 찾은 자유에 충분한 확신이 서고 다시 이 자유가 사라지지 않는다는 믿음이 생겼을 때 내가 그토록 간절히 염원하고 소망했던 일을 실행에 옮겼다. 고해를 한 것이다. 나는 어머니께 열쇠가 망가지고 장난감 돈이 채워진 저금통을 가져다 보여 드리고, 바보 같은 거짓말 때문에 얼마나 오랫동안 못된 녀석에게 시달림을 당했는지 고백했다. 어머니는 전부 이해하시지는 못했지만, 저금통과 변한 내 눈빛을 보고, 달라진 나의 목소리를 듣고서 내가 어머니의 아들로 되돌아왔다는 것을 느끼셨다.

흥분된 마음으로 나는 귀환의 축제를 벌이고 방탕아의 귀향 의식을 거행했다. 어머니는 나를 아버지께 데리고 가셨다. 나의 고백은 되풀이되었고, 부모님은 내게 질문을 하며 놀라시더니 내 머리를 쓰다듬으시며 오랜 시간 걱정으로 짓눌린 마음에서 벗어나 안도의 한숨을 쉬셨다. 모든 것이 멋있고 동화 속 이야기 같았다. 모든 것이 놀랍게도 순조로웠다.

나는 사력을 다해 이 평온 속으로 도피해 들어갔다. 평화를 되찾고, 다시 아버지와 어머니의 신뢰를 받는다는 건 아무래도 싫증 나지 않았다. 나는 모범적인 소년이 되었고, 예전보다 누나들과도 잘 어울렸으며, 예배를 드릴 때는 구원받고 회개한 사람으로서 감사함이 넘치는 마음을 담아 내가 좋아하던 옛 찬송가를 함께 불렀다. 이런 일들은 조금의 거짓도 없이 진심에서 우러나왔다.

그럼에도 모든 일이 완전히 해결된 것은 아니었다. 바로 이 지점에서 데미안을 잊고 있었던 이유를 해명할 수 있다. 나는 데미안에게 고해를 했어야 했다. 그렇게 했다면 그 고해가 집에서처럼 화려하고 감동적이지는 않았겠지만, 더 큰 해방감을 느끼는 결과를 주었을 것이다. 그때의 나는 사력을 다해 옛날의 낙원에 집착했고, 귀향한 것처럼 관대하게 받아들여졌다. 하지만 데미안은 이 세계에 속한 사람이 아니고, 이 세계에 어울리지도 않았다. 데미안은 크로머와는 달랐지만 어떤 의미에서는 그 또한 나를 유혹하는 사람이었다. 다시는 알고 싶지 않은 또 다른 나쁜 세계와 나를 엮으려는 유혹이었다. 나 스스로가 이제야 겨우 아벨로 돌아왔는데 또다시 아벨을 버리고 카인을 찬양하는 일을 도울 수는 없었고 또 그렇게 하고 싶지도 않았다.

이것은 표면적인 상황이었고, 내면적인 상황은 달랐다. 나는 크로머의 손아귀에서 풀려났지만 내 스스로의 힘으로 벗어났던 것은 아니다. 나는 세상의 작은 길을 똑바로 걸어가려고 애를 썼지만 그 길은 내게 너무 위험했다. 친절한 손길 하나가 위험에 처한 나를 구해 준 지금, 나는 한눈팔지 않고 곧장 어머니의 품, 경건하고 아늑한 어린 시절의 보호 속으로 되돌아왔다. 나는 원래의 내 모습보다 더 어리고 더 의존적으로 어린애처럼 굴었다. 이미 나는 혼자 자립해서 걸어갈 능력을 잃어버렸기 때문에 크로머에게 순종했던 것을 대체할 만한 의존적인 무언가가 필요했다. 그래서 나는 맹목적이다 싶을 정도로 아버지와 어머니의 보호 속에 있는 '밝은 세계'에 의존하고자 했다. 그 세계가 유일한 것이 아니라는 것을 알면서도 말이다. 그렇게라도 하지 않았더라면 나는 분명히 데미안에게 의지해 속마음을 전부 털어놓았을 것이다. 내가 그렇게 하지 않은 이유는 그 당시 나의 상식적인 사고에서는 데미안의 이단적인 생각이 불신의 대상이었기 때문이다. 사실을 말하자면 그것은 두려움이었다. 데미안은 부모님이 요구하는 것 이상으로 많은 것을, 훨씬 더 많은 것을 나에게 요구했을 것이다. 그러고는 자극과 경고로, 조롱과 풍자로 나를 지금보다 자립적인 인간으로 만들려고 애썼을 것이다. 지금에서야 난 알았다. 인간에게 자아를 향해 나아가는 일보다 더 어려운 일은 없다는 것을!

그럼에도 나는 그 유혹을 뿌리치지 못하고, 반 년쯤 뒤에 산책길에서 아버지께 아벨보다 카인이 더 훌륭하다는 말을 어떻게 생각하는지 물었다. 아버지는 그 질문에 무척 놀라면서 새로울 것이 없는 견해라고 설명해 주셨다. 그 관점은 기독교 이전 시대에도 등장해서 여러 종파들로 전수되었는데, 그 종파들 중 하나가 '카인교도'라도 불렸다고 하셨다. 하지만 이러한 이단적인 학설은 우리의 신앙을 파괴하려는 악마의 시험과 다를 바가 없고, 카인이 옳고 아벨이 잘못되었다고 한다면 신이 오류를 범한 것이기 때문에 성경의 신은 올바른 유일신이 아닌 잘못된 신이 되어 버리고 만다. 실제 카인교도들은 이와 비슷한 견해를 가르치고 주장했을 것이다. 하지만 이런 이교도들은 오래전에 인류의 역사에서 사라져 버렸다. 아버지는 나의 학교 친구가 이런 것들을 알고 있다는 게 놀랍다고 생각하셨다. 그리고 이런 사고는 당연히 배척해야 한다고 진지하게 경고하셨다.

예수 옆에 매달린 도둑

내 유년 시절은 어머니와 아버지의 보호 아래 온화하고 사랑스럽고 밝은 환경에서 즐겁고 만족스럽게 사랑받으며 성장할 수 있도록 보살핌을 받는 온갖 아름답고, 부드럽고, 사랑스러운 단어들로 표현할 수 있는 생활이었다. 하지만 내가 가장 관심 있는 것은 자아에 도달하기 위해 걸었던 발자취뿐이다. 유년 시절의 아름다운 휴식처, 행복의 섬과 낙원들의 매력을 모르는 건 아니다. 하지만 이 모든 것은 아득한 광채 속에 남겨 놓으려 한다. 그 시절로 나는 다시 돌아가고 싶지 않다.

그래서 유년 시절에 관해서는 나에게 어떤 새로운 일들이 닥쳐와서 나를 앞으로 내몰고 찢겨 냈는지에 대해서만 더 이야기하려 한다.

이런 충격은 언제나 '다른 세계'에서 왔으며 불안함과 강요와 양심의 가책을 함께 가져다주었고 언제나 놀랄 만큼 혁신적이어서 내가 머무르려고 애썼던 평화로운 상태를 뒤흔들어 놓았다.

내 안에 꿈틀거리는 본능적인 충동을 밝은 세계에서는 드러나지 않도록 숨길 만한 곳이 필요하다는 것을 아는 나이가 되었다. 누구라도 그러하듯이 성에 관한 호기심이 나에게 적이자 파괴자로, 금기로, 유혹으로, 죄악으로 찾아들었다. 성에 관한 호기심은 내게 꿈과 쾌락과 두려움, 그리고 사춘기의 비밀 같은 것이 유년 시절의 평화와는 어울리지 않다는 것을 가르쳐 주었다. 나는 다른 사람들과 똑같이 행동할 수밖에 없었다. 어린아이가 아니었으면서도 아이처럼 생활하며 이중적으로 굴었다. 나의 의식은 세상이 허용하는 밝은 세계에 속해 있으면서 희미하게 모습을 드러내는 새로운 세계를 강하게 부정했다. 하지만 동시에 나는 은밀한 꿈과 충동과 갈망 속에서 살았다. 그리고 그 위에 점점 위태로워지는 의식적인 생활의 다리를 걸쳐 놓았다. 나의 내면은 이미 유년의 세계가 모두 무너져 내렸다.

우리 부모님 역시 대부분의 부모들처럼 드러내서 말하기 어려운 사춘기의 살아 있는 충동을 모르쇠 하셨다. 다만 갈수록 비현실적이고 판타지일 수밖에 없는 유년 시절에 머무르려고 현실을 거부하는 나의 헛된 노력을 도와주실 뿐이었다. 부모님들이 이런 부분에서 할 수 있는 역할이 무엇인지 나는 아직도 잘 모르겠기에 우리 부모님을 비난할 마음은 없다. 자신을 관리하고 자신이 나아갈 길을 찾는 것은 자신 스스로 해내야 할 일이었다. 하지만 나는 여느 명문가 자식들이 그러하듯이 자신의 문제를 잘 처리하지 못하고 있었다.

누구나 이런 경험을 한다. 이 경험들은 평범한 사람에게는 인생의 분기점이 된다. 자기 삶의 욕구가 주변 세계와 갈등에 빠지고, 혼신의 힘을 다해 싸워서 쟁취해야만 앞으로 나아갈 수 있다. 대부분 사람들은 사랑했던 모든 것이 갑작스럽게 우리를 떠나려고 하고 고독과 죽음처럼 치명적인 추위에 둘러싸인 공간이 우리 곁으로 다가왔다고 느낄 때, 유년 시절이 무너져 내리고 그제야 우리들의 숙명인 죽음과 새로운 탄생을 받아들일 수밖에 없다는 사실을 체험한다. 이러한 경험은 평생에 걸쳐 단 한 번 가능한 것이다. 많은 사람이 이 경험을 제대로 극복하지 못한 채 돌이킬 수 없는 과거에 집착하고, 잃어버린 낙원을 꿈꾸며, 수많은 꿈 중에 가장 악질적이고 가장 살인적인 꿈에 매달려 헤어 나오지 못한다.

다시 내 이야기로 돌아가자. 내 유년 시절의 끝을 알리던 감정과 환상들은 그리 중요하지 않아서 이야깃거리는 되지 않는다. 다만 중요한 것은 '어두운 세계'와 '다른 세계'가 다시 등장했다는 것이다. 한때 프란츠 크로머였던 무엇이 이제는 내 자신 속에 들어앉아 있었다. '다른 세계'가 나를 지배하는 힘을 다시 외부에서 얻은 것이다.

크로머와의 일이 있은 지 몇 년이 흐른 뒤였다. 어린 시절 극적이고 죄에 가득 찬 기억들은 저 먼 곳으로 물러나 짧은 악몽처럼 사라져 버린 후였다. 오래전부터 프란츠 크로머는 내 삶 속에 존재하지 않았고, 크로머와 마주치는 경우에도 주의를 기울일 필요가 없었다. 하지만 내 비극에서 중요한 또 다른 한 명의 주인공 막스 데미안이 완전히 사라지지는 않았다. 오랫동안 데미안은 멀리 떨어진 곳에서 가끔 보이긴 했지만 어떤 영향을 주지는 않았다. 그런데 이제 데미안이 점점 가까이 다가와서 힘과 영향력을 다시 발휘하기 시작했다.

그 시절의 데미안에 대해 내가 아는 전부를 떠올려 보면, 일 년, 아니 그 이상 데미안과 한 번도 대화를 나눈 적이 없었던 것 같다. 되도록 내가 데미안을 피했고, 데미안도 결코 나에게 다가오지 않았다. 언젠가 우리가 우연히 마주쳤을 때 데미안은 고개를 끄덕였다. 그런 뒤에는 간혹, 어쩌면 나의 착각일지도 모르겠지만, 데미안의 친절함은 냉소와 묘한 비난이 뒤섞여 있는 것 같아 신경을 거슬리게 했다. 데미안과 내가 함께 겪은 일과 그 당시 나에게 미쳤던 영향을 나도 데미안도 거의 잊은 듯했다.

데미안의 모습을 생각해 내어 볼까. 이제 다시 데미안의 모습을 떠올려 보니 잊은 듯했지만 데미안은 언제나 그곳에 있었고, 내 눈에 자주 띄었다는 걸 알았다. 데미안이 학교에 가는 모습, 혼자 있거나 다른 키 큰 아이들 틈에 끼어 있는 모습, 자신만의 특별한 분위기에 감싸인 채로 자신만의 법칙 아래에 살면서 진귀하고 고독하고 조용하게 아이들 사이에서 마치 그렇게 별처럼 걷는 모습이 눈에 선하다. 그 누구도 데미안을 사랑하지 않았으며, 데미안과 친하지도 않았다. 오직 데미안의 어머니만이 예외였다. 하지만 데미안을 아이처럼 대하지 않고 성숙한 어른처럼 대하는 것 같았다. 선생님들은 되도록 데미안을 내버려 두었다. 데미안은 좋은 학생이었지만 누구의 마음에 들려고 애쓰지 않았다. 우리는 가끔 선생님이 심한 도전이나 비아냥거림으로 여길 만한 어떤 말이나 비평이나 항의를 데미안이 했다는 소문을 들었다.

눈을 감고 떠올려 보면 데미안의 모습이 선하다. 그곳은 어디였을까? 이젠 머릿속에 그곳이 떠오른다. 우리 집 앞 골목이었다. 하루는 그곳에서 노트를 들고 서 있는 데미안을 보았다. 그는 우리 집 현관문 위에 있는 낡은 새 모양의 문장을 그리고 있었다. 나는 창가의 커튼 뒤에 숨어 데미안을 바라보았는데, 문장을 꿰뚫어 보듯이 응시하는 예리하고도 차갑고 환한 그의 얼굴이 놀라웠다. 그건 어른의 얼굴이었고, 연구가나 예술가의 얼굴처럼 보였으며, 탁월하고 의지로 가득 찬 얼굴이었고, 이상하리만큼 환하고 차갑고 총명한 두 눈을 가진 얼굴이었다.

또다시 데미안의 모습이 보인다. 며칠 후 거리에서였다. 학교가 끝나고 집으로 돌아가는 길에 우리들은 모두 쓰러진 말 주위를 에워싸고 있었다. 말은 아직도 끌채에 묶인 채로 농가용 마차 앞에 쓰러져 있었다. 말은 무언가를 애원하듯이 간신히 콧구멍을 벌름거리며 숨을 헐떡거렸고, 우리 눈에 보이지는 않지만 어딘가의 상처에서 흘러내린 피가 말 옆구리와 거리의 하얀 먼지를 검붉게 물들이고 있었다. 메스꺼움에 그 광경에서 몸을 돌렸을 때 나는 데미안의 얼굴을 보았다. 그는 앞으로 비집고 나오려 하지 않고 그와 어울리게 맨 뒤쪽에서 편안하고 여유 있는 모습으로 서 있었다. 데미안의 시선은 말의 머리에 고정된 것 같았다. 여전히 깊고 고요하고 열광적이지만, 한편으로는 놀랄 만큼 냉정하게 느껴지는 집중력이었다. 나는 오랫동안 데미안을 쳐다보지 않을 수 없었다. 나는 분명하게 의식한 것은 아니지만, 바로 그때 매우 독특한 것을 느꼈다. 나는 데미안의 얼굴을 보고 있었다. 나는 데미안의 얼굴에 소년의 얼굴이나 어른의 얼굴 말고도 더 많은 다른 것이 담겨 있다는 걸 발견했다. 데미안의 얼굴은 소년의 얼굴이 아닌 또 다른 무엇이었다. 여자의 얼굴도 조금은 담긴 것 같았다. 데미안의 얼굴은 어른이나 아이, 나이 들었거나 어리거나를 넘어서서 왠지 수천 살쯤 되거나 시간을 초월한 모습처럼 보이기도 했고, 우리가 사는 곳과는 다른 시간대의 세계에서 온 것처럼 보이기도 했다. 짐승이나 나무나 별이 그렇게 보일 수 있을지도 모른다. 내가 어른이 되어서 지금에야 말하는 것들을 그때 당시에는 정확히 몰랐고 제대로 느끼지도 못했다. 단지 무언가 비슷한 것을 느꼈다. 아마도 데미안은 미남이었던 것 같고, 그런 그가 어쩌면 내 마음에 들었던 것일 수도 있고 내 눈에 거슬렸을 수도 있다. 그 어떤 것도 확실하지 않다. 나는 데미안이 우리들과는 다른 한 마리 짐승처럼, 혹은 영혼이나 환상과도 같은 존재처럼 느껴졌다. 그때 데미안이 진짜 어떤 모습이었는지 모르겠지만 우리들의 생각으로는 닿지 않을 만큼 다른 사람이었다.

더 이상은 아무것도 기억나질 않는다. 이것마저도 일부분은 그 후의 인상들에서 재구성해 낸 건지도 모른다.

몇 년이 흐른 뒤에야 비로소 나는 데미안과 다시 가까워졌다. 데미안은 동급생과 같은 시기에 교회의 견진성사를 받지 않았다. 이런 일은 당시 관습에는 어긋나는 것이라 금방 사람들의 입에 오르내렸다. 학교에서는 그가 원래 유대인이다 이교도다 하는 소문들이 파다했다. 어떤 아이들은 데미안과 그의 어머니는 무신론자라고도 했고, 말도 안 되는 사이비 종교를 믿고 있다고도 했다. 소문은 과장되어 데미안이 자신의 어머니와 애인 사이로 살고 있다는 말도 나돌았다. 아마도 지금껏 데미안은 신앙 없이 자란 것 같았고 이 부분이 데미안의 미래에 어떤 불이익을 가져올지도 모른다는 우려를 불러일으킨 것 같다. 그래서였을까, 데미안의 어머니는 2년이 지나서야 뒤늦게 데미안이 견진성사를 받도록 했다. 이렇게 해서 데미안은 몇 달간의 견진성사 수업 동안 나와 동급생이 되었다.

얼마간 나는 데미안에게서 멀리 떨어져 있었다. 되도록이면 데미안과는 어울리고 싶지 않았다. 그는 너무나 많은 소문과 비밀로 에워싸인 인물이었다. 그러나 사실은 크로머 사건 이후로 내게 꺼림칙하게 남아 있던 빚진 마음이 데미안과 가까워지는 것을 막았다. 그리고 내 자신만의 비밀에 집중하느라 데미안에게 신경 쓸 겨를이 없었다. 견진성사 수업 기간은 내가 성적인 문제에 결정적으로 눈뜬 시기와 일치했다. 그래서인지 집중하려 노력했지만 경건한 교리가 관심을 끌지는 못했다. 신부님의 말씀은 나에게는 멀리 떨어져 있는 고요하고 성스러운 비현실적인 세계에 존재하는 이야기였다. 그것이 제아무리 아름답고 가치 있다 하더라도, 적어도 현실적이거나 자극적이지 않았다. 그에 반해 성적인 문제는 눈뜨기 시작한 바로 앞의 현실이었고, 매우 자극적이었다.

이러한 상태 때문에 갈수록 나는 수업에 무관심해졌고, 그만큼 더 데미안에게 관심을 갖게 되었다. 그 무엇인가가 우리들을 연결해 주는 것 같았다. 나는 이 기억의 끈을 되도록 정확히 따라가야겠다. 내 생각으로 그것은 이른 아침에 아직 교실 불이 켜져 있던 때의 일이었다. 신부님은 카인과 아벨의 이야기를 하셨지만, 나는 신부님의 이야기에 귀 기울이지 않고 졸음에 빠져들고 있었다. 신부님이 어조를 높이고 힘을 주면서 카인의 표적에 관한 이야기를 시작했던 바로 그때, 영감이랄까 경고 같은 것이 느껴졌다. 시선을 들어 보니 앞줄에서 데미안이 내 쪽으로 얼굴을 돌리고 있었다. 데미안의 눈빛은 초롱초롱 빛나며 말을 걸어오는 듯했다. 진지하지만 냉정한 조롱이 섞인 눈빛이었다. 데미안은 아주 잠시 동안 나를 쳐다봤을 뿐인데 나는 괜히 긴장이 되어서 신부님의 말씀에 더 귀를 기울였다. 카인의 표적에 대한 이야기를 신부님께 들으면서 신부님의 말씀을 다른 시선으로 볼 수도 있고 신부님의 관점을 비판할 수도 있겠다는 생각이 내 영혼 깊숙한 곳에서 감지되기 시작했다.

그 순간 나는 데미안과 새로운 관계를 맺었다. 우리의 영혼이 다시 어떠한 연관을 갖게 되었다고 느끼는 순간, 신기하게도 그 생각은 마술처럼 공간 속에 전파되어 갔다. 이것이 데미안의 힘 때문인지, 순전한 우연이었는지는 알 수 없었지만 그 당시에는 우연이라고 생각했다. 며칠 뒤 데미안은 갑자기 견진 성사 수업 시간에 자리를 바꾸어 내 바로 앞줄에 와 앉았다(사람이 넘치게 들어찬 교실은 빈민촌 같은 냄새가 났다. 하지만 아침마다 데미안의 목덜미에서 풍기는 비누 냄새는 얼마나 부드럽고 신선했는지 아직까지도 생생하게 기억하고 있다). 며칠이 흐른 뒤 데미안은 다시 자리를 이동해서 내 옆에 앉았고 겨울과 봄이 다 가도록 자리를 옮기지 않았다.

지루한 아침 수업은 완전히 달라졌다. 이제 수업은 졸리지도 지루하지도 않았다. 어느새 나는 그 시간을 기대하고 있었다. 우리 두 사람은 가끔 극도로 집중해서 신부님의 말씀에 귀를 기울였는데 곁에 앉은 데미안은 눈빛 한 번으로 주의해서 들을 이야기나 말을 나에게 일러 주었고 나는 그 신호를 따랐다. 다른 아이들과는 완전히 판이한 데미안의 집중된 눈빛은 나에게는 무언가 경고를 느끼게 했고 내 마음 안에서 의심과 비판적인 생각이 생겨나도록 했다.

우리는 가끔 교실에서는 말을 잘 안 듣는 불량 학생이었다. 데미안은 늘 그랬듯이 선생님과 친구들에게 공손하게 행동했다. 아이들이 흔하게 저지르는 어리석은 행동을 하는 일이 전혀 없었고, 크게 웃거나 떠들지도 않았으며, 선생님께 꾸중을 듣는 일도 없었다. 데미안은 조용히 속삭여 말하지 않고 손짓이나 눈빛만으로 나를 자신의 관심사로 끌어들였다. 이렇게 묘한 경우가 가끔 있었다.

예를 들어 데미안이 어떤 아이에게 흥미가 생기면 그 아이를 어떻게 관찰하는지 말해 준 적이 있었다. 데미안은 많은 아이를 정확하게 파악하고 있었다. 수업이 시작되기 전에 데미안이 말했다.

"내가 엄지손가락으로 너한테 신호를 하면 저 애가 우리를 돌아보거나 목을 긁을 거야."

수업이 시작되고, 내가 그 말을 까맣게 잊고 있을 무렵 데미안은 갑자기 눈에 띄게 엄지손가락을 들어 보였다. 나는 급하게 데미안이 가리켰던 아이를 바라봤다. 그 친구는 무슨 철사줄에라도 끌려오듯이 우리를 쳐다보거나 머리를 긁적였다. 선생님께도 한번 시험해 보자고 데미안을 졸랐지만 그 부탁은 들어주지 않았다. 하지만 언젠가 한번은 과제를 복습해 오지 않은 날 신부님이 나에게 질문을 안 했으면 좋겠다고 했더니, 그 부탁은 들어주었다. 신부님은 문답 교과서 한 구절을 암송시킬 아이를 찾다가 마침 시선이 죄지은 듯이 불안해 떨고 있는 내 얼굴로 멈추었다. 신부님은 천천히 데미안의 옆으로 다가와서는 나를 향해 손짓을 하며 내 이름을 막 부르려는 찰나, 무언가 마음이 복잡한 듯 옷깃을 만지작거렸다. 그러더니 자신의 얼굴을 바라보고 있는 데미안에게 시선을 옮겨 무엇인가를 물어보려다가는 갑자기 몸을 돌려 잠시 기침을 하고 다른 학생을 시켰다.

이 장난은 무척 재미있었는데 데미안이 나에게도 번번이 같은 장난을 한다는 걸 알아챘다. 등굣길에 갑자기 데미안이 내 뒤를 따라온다는 느낌이 들어서 돌아보면 데미안은 정말로 거기에 있곤 했다.

"정말로 넌 원하는 대로 다른 사람의 생각을 조종할 수 있어?"

내가 물었다.

데미안은 흔쾌히 친절하고 논리적으로 어른스럽게 설명해 주었다.

"아니."

그는 말했다.

"그건 불가능해. 신부님께서도 말씀하셨지만 사람한테 자유의지란 건 없어. 다른 사람한테 내가 원하는 것들을 생각하게 만들 수 없듯이 나도 내가 원하는 걸 남한테 생각하게 만들 순 없어. 하지만 우린 사람들을 잘 관찰할 수는 있어. 그러면 가끔 그 사람이 무슨 생각을 하는지, 또 무엇을 느끼고 있는지를 꽤 정확하게 알아차릴 수 있지. 그렇게 하면 대개 그 사람이 다음 순간엔 무엇을 할 건지도 예측할 수 있는 거지. 아주 간단해. 단지 다른 사람들은 그걸 모르고 있을 뿐이지. 물론 연습이 필요하긴 해. 예를 들면, 나비 종류 중에는 수컷보다는 암컷의 수가 훨씬 적은 나방이 있어. 이 나방도 다른 곤충들처럼 똑같이 번식을 해. 수컷이 암컷을 수정시키면 암컷이 알을 낳는 거야. 만약에 네가 지금 암컷 나방을 한 마리 가지고 있다면—이런 실험은 생물학자들이 자주 하는데—이 암컷을 찾아서 밤에 수컷들이 날아오는 것을 볼 수 있을 거야. 몇 시간씩 걸리는 먼 곳에서 날아온 거지. 몇 시간이나 되는데! 생각해 봐. 수 킬로미터나 떨어진 곳에서도 수컷들이 부근의 유일한 암컷을 알아차리는 거야. 사람들은 그 사실을 증명해 보려고 애쓰지만 어려운 문제야. 어떤 냄새나 그 비슷한 무언가가 있겠지. 사냥개가 눈에 보이지도 않는 흔적을 추적해 내는 것처럼 말이지. 알겠어? 그것도 바로 이런 종류의 경우야. 생태계에서는 이런 일이 많이 일어나고 있지만 아무도 그것을 명확하게 설명할 수는 없어. 하지만 이 정도는 설명할 수 있겠지. 만일 그 나방의 암컷이 수컷만큼 많이 있었다면 그것들도 그렇게 예민한 후각을 갖진 않았을 거야. 나방들은 짝을 찾는 일에 여러 세대를 걸쳐 훈련되었기 때문에 그런 후각을 갖게 된 거지. 짐승과 마찬가지로 인간도 자신의 모든 주의력과 온 의지를 어느 한곳에 모은다면 목표에 도달할 수 있을 거야. 그게 전부야. 네가 생각하고 있는 것도 바로 그래. 어떤 사람을 아주 세밀하게 관찰해 봐. 그럼 자기 자신보다도 상대방에 대해 더 많이 알게 될 거야."

'독심술'이란 단어를 상기시켜 오래 묻어 두었던 크로머와의 사건을 떠올려 볼까도 생각했다. 그러나 그 일은 우리 둘 사이에서 아주 미묘한 문제였다. 수년 전에 데미안이 내 생활에 개입했던 그 일에 대해서는 아주 조금이라도 서로 암시하는 일 없이 지내 왔다. 마치 없었던 일처럼 여기거나 서로 상대방이 그 일을 깡그리 잊었다고 여기는 것 같은 상태였다. 한두 번쯤 함께 거리를 걷다가 크로머를 만난 적도 있었지만 우리는 서로 시선을 마주치지도 않았고 크로머에 관한 이야기를 나누지도 않았다.

"그럼 자유 의지는 어떻게 되는 거야?"

내가 물었다.

"넌 사람은 자유 의지를 갖고 있지 않다고 말했으면서도 또 사람이 그의 의지를 어느 곳에 집중시키면 자신의 목적에 도달할 수 있다고 말했어. 그건 서로 모순되는 말인걸. 내가 내 의지를 지배할 수 없다면 내 의지를 마음대로 집중시킬 수도 없지 않을까?"

그는 내 어깨를 쳤다. 그건 내가 그를 즐겁게 했을 때 하는 행동이었다.

"좋은 질문이야."

데미안은 웃으면서 말했다.

"사람은 항상 되묻고 의심해야 하는 거야. 그렇지만 그 문제는 지극히 단순해. 예를 들어 아까 이야기한 나방이 자기의 의지를 별이라든가 또는 그 밖의 어디엔가 집중하는 건 불가능해. 단지—그 나방들은 처음부터 그런 노력은 하지 않아. 오직 나방들에게 의의와 가치가 있는 것, 나방들이 필요로 하는 것, 꼭 얻어야만 하는 것들만 찾기 때문이야. 그렇게 할 때만이 믿을 수 없는 일까지 성공할 수 있는 거야.─그럴 때에야 나방들은 자신들 외에는 다른 어떤 짐승도 가질 수 없는 불가사의한 육감을 발전시키는 거지. 우리들은 분명히 짐승들보다는 더 많은 활동 영역과 흥미를 갖고 있어. 하지만 우리들 역시 꽤나 좁은 범위 내에 머무를 수밖에 없는 제약이 있어서 그 이상을 성취하긴 힘들어. 분명 이것저것 상상할 수는 있어. 무조건 북극에 가고 싶다든가 하는 상상처럼 말이야. 하지만 그 소원이 정말 내 자신 안에 충만하게 스며들어 있고, 나의 모든 존재가 그것 하나로 가득 차 있을 때에만 상상하던 것을 실행할 수 있고 원하는 만큼 강하게 바랄 수도 있는 거야. 그렇게만 된다면 너의 내부에서 요구하는 것들을 실행해 보기 무섭게 잘될 거야. 너의 의지를 훈련이 잘된 망아지처럼 다룰 수 있는 거지. 만약 지금 내가 신부님이 앞으로는 안경을 쓰지 않도록 하려고 상상한다는 건 안 될 말이야. 그건 단순한 장난에 불과해. 지난 가을에 나는 앞쪽의 내 자리를 조금 뒤로 옮겼으면 하는 강한 염원이 있었는데 그건 아주 잘 실행됐어. 그때 마침 이름 순서로 봤을 때 내 앞에 앉아야 하는 애가 나타났거든. 그 아이는 쭉 아프다가 다시 학교에 나왔기 때문에 누군가가 자리를 내줘야 했어. 내가 비켜 줬지. 그건 내 의지가 기회를 잡을 준비를 갖추고 있었기 때문이야."

"그래."

나는 말했다.

"나는 그 당시의 일을 매우 이상하다고 생각했어. 우리가 서로에게 흥미를 느꼈을 무렵부터 넌 나에게로 점점 가까이 왔지. 그런데 그건 왜 그랬어? 처음부터 바로 내 옆에 앉지 않고 몇 번은 내 앞자리에 앉았잖아. 그렇지 않니? 그건 왜 그랬어?"

"처음 자리를 옮길 때에는 나 스스로도 어디에 앉고 싶은 건지 확실하게 알지 못했어. 난 그저 뒤쪽으로 가고 싶다고 느꼈을 뿐이었지. 네 옆에 앉아야겠다는 게 내 의지였지만 처음엔 그걸 인식하지 못하고 있었던 거야. 또 너의 의지도 동시에 나를 이끌어 주고 있었어. 내가 네 앞에 앉았을 때 나는 내 소원을 이제 반쯤 이뤘다고 느꼈어. 내가 네 옆에 앉는 것 말고는 바라는 것이 없다는 걸 인식한 거지."

"하지만 그땐 새로 들어온 학생이 없었을걸."

"그랬지. 하지만 말이야, 나는 그때 단순히 내가 원하던 걸 실행했을 뿐이야. 아주 쉬운 방법으로 네 옆에 앉은 거지. 나와 자리를 바꿨던 아이는 좀 이상하다 느꼈을 뿐 전혀 상관하지 않았거든. 신부님은 분명 한 번쯤 뭔가 이상하다는 것을 느끼셨을 거야. 예를 들면, 신부님은 나와 관련한 일이 있을 때마다 알게 모르게 마음에 걸리는 것이 있었을 거야. 내 이름이 데미안이고, D자로 시작되는 이름의 내가 뒤쪽의 S자 사이에 앉아 있는 건 맞지 않다는 걸 알았을 거란 말이지! 그러나 내 의지가 자꾸 그 의혹을 반대하고 방해했기 때문에 거기까지는 신부님의 의식이 미치지 못한 거야. 신부님이 여러 번 무엇인가 이상하다는 것을 느끼고는 나를 쳐다보고 연구하기 시작했었지. 하지만 나는 그럴 때 대처하는 좋은 방법을 알고 있어. 매번 신부님의 눈을 뚫어지게 바라보는 거야. 거의 모든 사람은 그 시선을 견디지 못해. 왠지 불안해지는 거지. 만약 네가 누군가에게 뭔가를 관철시키고 싶다면 갑자기 상대방의 눈을 흔들림 없이 응시해 봐. 그때 상대가 하나도 불안해하지 않으면 그 일을 단념하는 것이 좋아. 그 사람한테는 아무것도 얻어 낼 수 없으니까 말이야. 하지만 그런 일은 아주 드물지. 난 그런 방법이 통하지 않는 사람은 단 한 명밖에 보지 못했어."

"그게 누구니?"

나는 재빨리 물어보았다.

데미안은 가끔 깊은 생각에 잠길 때 버릇처럼 눈을 가느다랗게 뜨고 나를 바라보았다. 하지만 데미안은 시선을 돌리고는 대답을 하지 않았다. 나는 몹시 궁금했지만 다시 물어볼 수는 없었다.

나는 그때 데미안이 자신의 어머니에 대해 말하려 했다고 생각한다.—그는 어머니와 무척 친밀하게 지내는 것 같았지만, 어머니에 대해 이야기하거나 집에 데리고 간 적은 한 번도 없었다. 나는 그의 어머니가 어떻게 생겼는지조차 전혀 모르고 있었다.

그 당시 나는 어떤 일을 성취하기 위해서 여러 번 시도하고 내 의지를 집중하는 노력을 했다. 아주 간절한 소원이 있었다. 하지만 이 방법은 별 소용이 없었고 성공할 수도 없었다. 이 소원을 데미안에게는 말하지 못했다. 내가 소망하는 것을 데미안에게 고백하기가 어려웠다. 데미안 역시 묻지 않았다.

그러는 동안 나의 신앙심에는 많은 틈이 생겼다. 내 생각은 데미안의 영향을 크게 받긴 했지만 신의 존재를 전혀 믿지 않는 다른 동급생들과는 달랐다. 이런 무신론자가 몇몇 있긴 했다. 그들은 유일신을 믿는다는 건 가소롭고 인간답지 않은 일이며 삼위일체나 예수의 동정녀 탄생 따위는 웃음거리에 불과한데, 아직도 이런 촌스러운 생각을 한다는 것은 수치스러운 일이라는 이야기를 하곤 했다. 나는 결코 그렇게는 생각하지 않았다. 나 역시 많은 의혹을 품고 있었지만 그렇다 할지라도 내 유년 시절의 모든 체험을 통해 우리 부모님이 영위하고 있는 경건한 생활이 실재한다는 것을 잘 알고 있었다. 그것이 가치가 없는 일이라는 데에도, 단지 위선일 뿐이라는 말에도 나는 동의하지 않았다. 나는 오히려 종교적인 것들에 여전히 가장 깊은 경외심을 갖고 있었다. 오직 데미안만이 내가 성서 이야기와 교리에 대해서 자유롭게 개인적으로 유희할 수 있고, 상상력 넘치게 보고 해석할 수 있도록 도와주었다. 그가 제시

한 해석을 나는 언제나 흔쾌하고 즐겁게 받아들였다. 나에게는 지나치게 거부 반응을 일으키는 생각들도 많이 있었다. 카인에 관한 문제 역시 그랬다. 언젠가 한번은 견진성사 수업 중에 데미안은 이보다 더 대담할 수는 없을 것 같은 견해로 나를 놀라게 했다. 선생님은 골고다에 관한 이야기를 하고 계셨다. 나는 옛날부터 예수의 고난과 죽음에 관한 이야기를 아주 인상 깊게 생각했다. 어렸을 적 예수 수난일 같은 날에 아버지께서 예수 수난사를 낭독해 주시면 나는 열성적으로 감화되어 이렇게 슬프도록 고난에 가득 차 있는, 아름답지만 창백하고, 섬뜩하지만 무시무시한 생명력이 있는 겟세마네와 골고다의 세계에서 살았다. 바흐의 마태 수난곡을 처음 들었을 때는 이 신비에 가득 찬 세계의 어둡고도 힘찬 고난의 광채가 경이로운 선율로 내 마음을 전율시켰다. 지금도 나는 이런 음악과 모든 비극적인 행위에서 모든 시와 예술적인 표현의 본질을 발견한다.

그런데 데미안이 수업이 끝나 갈 무렵 생각에 잠긴 얼굴로 내게 말했다.

"싱클레어, 뭔가 이상한 점이 있어. 다시 한 번 그 이야기를 읽어 봐. 그리고 혀로 그 맛을 음미해 봐. 석연치 않은 무언가가 있는 것 같아. 두 명의 도둑에 관한 이야기 말이야. 언덕 위엔 세 개의 십자가가 웅장하게 서 있어. 그런데 이 간사한 도둑이야기는 너무 감성적이고 종교적이지 않아? 누가 봐도 죄인이고 수치스러운 잘못을 저지른 사람이 이제 와서 회개하며 후회의 눈물을 흘리는 짓을 하고 있어. 무덤을 바로 앞에 두고서 그 따위 회개가 무슨 소용이 있지? 그런 일이 가능해? 그건 선교 목적을 갖고 감상적으로 떠들어 대는 달콤한 거짓말에 불과해. 만약 나한테 두 도둑 가운데 한 명을 친구로 택하라고 한다면, 적어도 난 신뢰가 있는 상대를 선택할 거야. 눈물을 짜며 징징거리는 개종자를 선택하진 않을 거야. 당연히 다른 도둑을 선택할 거야. 그는 사나이답고 개성 있는 사람이기 때문이야. 그의 처지에선 아름다운 유혹일 뿐이었던 회개는 거들떠보지도 않는 거지. 그는 마지막까지 자신에게 충실했고 마지막 순간까지 그동안 꽉 잡아 온 악마의 손을 비겁하게 놓지 않았어. 그는 내세울 만한 개성이 있어. 특별한 사람들은 대개 성서 속에서는 손해를 보지. 아마 그도 카인의 후예일 거야, 그렇지 않니?"

나는 깜짝 놀랐다. 십자가에 못 박히는 이야기는 잘 안다고 생각했는데 그의 말을 듣고 나니 나는 상상력이라고는 하나 찾을 수 없고 개성도 없이 그저 듣고 읽기만 했다는 걸 알았다. 데미안의 이 새로운 견해는 운명적으로 들렸다. 그것은 내가 고수해야 한다고 생각해 왔던 모든 관념을 뿌리째 흔들었다. 안 될 일이었다. 그렇게 내가 가장 신성하다고 생각해 온 것들 전부를 잃을 수는 없었다.

그는 언제나 그렇듯이 내가 한마디 하기도 전에 그 의견에 내가 반대한다는 것을 알아차렸다.

"그래, 네 생각은 이미 알고 있어."

그는 체념하듯이 말했다.

"그건 한갓 오래된 이야기에 불과해. 너무 심각할 필요는 없어.—하지만 이 종교가 가진 결함이 이야기에 잘 나타나 있어. 구약이나 신약에서 유일신의 모습은 아주 완벽하고 훌륭하게 묘사되어 있어. 하지만 그것이 신을 나타내는 본래의 모습은 아니라고 생각해. 신이란 선하고 고결하고 아버지처럼 아름답지만 높은, 감상적인 존재야.—그것은 아주 당연해! 하지만 세상은 다른 세계로도 이루어져 있어. 이 다른 세계를 악마적인 것으로 취급하기 때문에 이렇게 세상의 절반인 다른 부분이 통째로 숨겨지고 묵살되고 있는 거야. 신은 모든 생명을 근본적으로 찬양하는데 그렇다면 생명의 탄생을 가능하게 하는 성적인 것을 전부 묵살하거나 악마적인 것이나 죄로 여겨 단죄하는 건 이치에 맞지 않아. 나는 사람들이 신을 숭배하는 것에는 반대하지 않아. 그렇지만 우리는 이 세상에 존재하는 전부를 인정하고 존경하지 않으면 안 된다고 생각해. 인위적으로 분리한 채 공식적으로 인정받는 절반이 아니라, 온전한 전체를 인정해야 해. 우리는 신께 예배하는 동시에 악마에게도 예배해야 해. 그래야 옳다고 할 수 있어. 자연스럽게 세상에서 일어나는 일들을 사람들이 습관적으로 묵살하지 않도록 악마까지도 품어

내는 그런 신을 만들어 내지 않으면 안 돼.”

데미안은 평소와는 다르게 대단히 흥분해 있었다. 하지만 곧 진정하고 옅은 미소를 짓더니 더 이상 강요하는 말투로 말하지 않았다.

하지만 그 말을 아무에게도 하지 못하고 혼자서만 간직하고 있던 소년 시절의 나는 심각한 의혹을 품게 되었다. 데미안이 말한 공인된 신의 세계와 금지된 악마의 세계에 관한 생각은 바로 내 생각과 일치했다. 두 개의 세계, 또는 세계의 두 부분─밝은 세계와 어둠의 세계에 관한 나의 생각과 말이다. 내 자신의 문제가 곧 모든 인간의 문제이고 모든 삶과 생각의 근원이 되는 문제라는 의식이 어떤 성령처럼 나를 뒤덮었다. 내 자신의 독자적이고 개인적인 삶과 생각이 위대한 사유의 강에 포함되어 있음을 느끼면서 나는 불안하지만 한편으로는 경건한 심정이 되었다. 그러한 깨달음은 나의 존재를 증명해 주고 가벼운 행복감을 느끼게 했지만 즐겁기만 한 것은 아니었다. 그 통찰에는 가혹하고도 떫은맛이 있었다. 그 안에는 인생에 대한 책임이, 나는 더 이상 어린아이가 아니며 스스로의 힘으로 인생을 헤쳐 나가야 한다는 인식이 담겼기 때문이었다.

나는 처음으로 이러한 생각들을 드러내면서 데미안에게 유년 시절부터 갖고 있던 ‘두 개의 세계’에 관한 견해를 들려주었다. 그는 내 이야기를 들으면서 나의 가장 내면적인 심정이 그의 견해와 같으며 또 정당하다고 생각하고 있음을 알았다. 그러나 데미안은 나의 견해를 이용하지는 않았다. 그는 어느 때보다도 내 이야기에 더 깊은 주의력으로 귀를 기울이면서 내 눈을 응시했다. 나는 그의 시선을 피할 수밖에 없었다. 데미안의 시선에는 내가 똑바로 응시할 수 없는 묘하게 동물적인, 시간을 초월해 나이를 가늠하기 어려운 존재에서 뿜어져 나오는 무언가가 있었다.

"우리 이 문제는 다음에 또 이야기해 보자."

그가 말했다.

"난 네가 사람들한테 말할 수 없는 그 이상의 것을 생각하고 있는 걸 알아. 너 역시 생각대로 인생 전부를 살아 보지 못했다는 건 알겠지. 그건 좋은 일이 아니야. 우리를 살아가게 하는 생각이 가치 있는 거야. 넌 이미 너한테 '공인된 세계'가 세계의 절반에 불과하다는 것을 알고 있어. 그러면서도 신부님이나 선생님들의 말씀처럼 다른 절반의 세계를 숨기려고 애썼던 거야. 그걸 숨길 수는 없어. 한번 생각을 시작해 버리면 누구라도 마찬가지야."

데미안의 이야기는 내게 깊이 와 닿았다.

"하지만!"

나는 소리치다시피 말했다.

"사실, 금지되어 있는 악한 것들도 이 세상에 존재하고 있어.

너도 그걸 부인할 수는 없을 거야. 그것들은 금지되어 있기 때문에 우리가 포기할 수밖에 없었어. 살인이나 다른 온갖 죄악들이 존재한다는 걸 알아. 하지만 그것이 존재한다고 해서 내가 범죄자가 되어야 한다는 건 아니잖아?"

"이야기를 오늘 전부 끝낼 수 있는 건 아니야."

데미안은 나를 진정시키려 했다.

"넌 살인을 한다거나 소녀를 강간해서는 안 돼. 그건 분명히 해서는 안 될 일이야. 너는 아직도 '공인된 것'과 '금지된 것'이라고 불리는 것을 스스로 파악할 수 있는 경지까지는 가지 못했어. 그저 진리의 아주 작은 한 조각을 탐지한 것뿐이야. 다른 부분들을 더 많이 찾을 수 있게 될 거야. 그렇게 자신을 믿고 맡겨 보면 돼. 일 년 전부터 네 속에서 어떤 충동이 있었을 텐데, 다른 모든 충동보다도 강하기 때문에 '금지된 것'으로 간주되고 있지. 우리들과는 다르게 그리스 사람이나 다른 민족들은 이런 충동을 신성하게 여겨서 굉장한 축제를 벌이고 그것을 기념했어. '금지된 것'은 영원한 게 아니야. 변할 수도 있는 거야. 오늘이라도 신부님 앞에서 누군가와 결혼한다면 당장 동침할 수 있어. 다른 민족은 우리와 또 달라. 옛날이 아닌 지금도 다르다는 말이지. 그러니까 우리들은 공인된 것과 금지된 것을 각자 자신의 힘으로 찾아야만 해. 금지된 일들을 한 번도 하지 않았어도 실제로는 악당이 될 수 있고, 그 반대가 될 수도 있어.

그건 단지 편의상의 문제야! 안일하게 생각해서 스스로 판단이 어려운 사람은 금지된 것에 그대로 복종하고 말지. 그 편이 쉽거든. 하지만 어떤 사람들은 자기 안에서 금지된 것을 스스로 느끼기도 해. 다른 모든 사람이 매일같이 하는 일이라도 그들한테는 금지되어 있을 수도 있고, 다른 사람들한테 금지되어 있는 일이 자신들에게는 허용되어 있을 수도 있는 거야. 사람은 각자 독자적으로 판단해야 해."

그는 너무 많은 말을 한 것을 후회라도 하듯이 갑자기 입을 다물었다. 나는 그때 데미안의 심정을 어느 정도 이해할 수 있었다. 어떻게 보면 데미안은 꽤 즐거워 보였고 자신의 견해를 닥치는 대로 말하는 것 같았지만 언젠가 그가 했던 말처럼 '그저 떠들기 위해' 이야기하는 것은 참지 못했다. 데미안은 이 이야기에 내가 진심으로 흥미를 갖기는 했지만 동시에 약간의 재미와 재치 있는 농담으로만 즐기고 있음을 느꼈을 것이다. 다시 말해 완벽한 진지함을 갖고 있지는 않았다.

마지막 구절에 쓴 '완벽한 진지함'이란 말을 다시 읽어 보니, 데미안과 함께 경험했던 사춘기의 체험 가운데 가장 인상 깊은 장면이 다시 떠오른다.

마침내 견진성사를 받는 날이 다가오고 있었고, 종교 수업의 마지막 몇 시간은 최후의 만찬에 대해 공부했다. 최후의 만찬은 신부님 생각으로는 무척 중요한 대목이었기 때문에 신부님은 최선을 다해 강의했고, 우리들에게도 신성한 느낌과 기분이 잘 전해져 왔다. 그런데 몇 시간 남지 않은 문답 수업 시간에 내 생각은 다른 곳을 헤매고 있었다. 내 친구에 관해서였다. 교회 사회로 입문하는 엄숙한 견진성사를 준비하는 반년 동안의 종교 수업에서 신부님의 설교보다는 데미안 가까이에서 그의 영향 속에 지낸 것에 더 가치를 느꼈다. 이제 나는 교회가 아닌 아주 다른 사상과 개성의 교단에 입회할 준비가 되었고, 그것은 어떤 모습으로든 이 세상에 분명히 존재할 것이며 데미안은 그 대표자나 사도 같았다.

나는 이런 생각을 억누르려고 애썼다. 어떻게든 나는 견진성사 의식만은 진심으로 경건하게 치르고 싶었다. 그런데 이러한 마음은 나의 새로운 생각과는 조화될 수 없는 것이었다. 그럼에도 나는 견진성사 의식을 진심을 다해 치르고 싶은 마음이 간절했다. 이 생각은 교회 의식 시간이 다가오고 있다는 판단과 합쳐져서 나는 결국 다른 사람과는 다르게 의식을 치러야겠다고 마음먹었다. 나에게 그 의식은 데미안에 의해서 열린 사고의 세계로의 입문을 의미해야 했다.

데미안과 또다시 뜨거운 토론을 벌인 것도 이 무렵이었다. 문답 수업 시간이 시작하기 바로 전이었다. 데미안은 아무 말이 없었다. 그는 조숙한 척, 잘난 척하며 떠드는 내 이야기를 별로 달가워하지 않는 것 같았다.

"우린 너무 많은 말을 하고 있어."

데미안이 정색을 하며 말했다.

"말뿐인 이야기는 아무런 가치가 없어. 조금도 가치가 없단 말이야. 자기 자신에게서 멀어질 뿐이야. 자기 자신한테 멀어진 다는 건 죄악이야. 사람은 거북이처럼 자기 자신의 안으로 완전히 들어가지 않으면 안 되는 거야."

그 후 곧바로 우리는 교실로 들어갔다. 수업이 시작되었고 나는 수업에 열중하려고 애썼다. 데미안도 나를 방해하진 않았다. 잠시 후 나는 데미안에게 무언가 독특한, 공허한 것처럼 냉정한, 그의 자리가 텅 빈 것 같은 기분을 느꼈다. 그러자 가슴에 압박감이 느껴졌다. 나는 데미안을 쳐다보지 않을 수 없었다.

그는 보통 때와 마찬가지로 똑바르고 단정한 자세로 앉아 있었다. 그럼에도 지금까지와는 다르게 보였다. 무언가가 데미안에게서 떨어져 나간 듯했고, 내가 모르는 무언가가 데미안을 감싸고 있는 것처럼 느껴졌다. 나는 그가 눈을 감고 있다고 생각했지만 데미안은 눈을 뜨고 있었다. 하지만 그 눈은 무엇을 보고 있는 것이 아니었다. 사물을 보는 눈이 아니었다. 눈은 단지 물끄러미 열려 있을 뿐 내부의 세계 혹은 아득히 먼 세계를 향해 있었다. 완벽한 정지 상태로 데미안은 미동 없이 앉아 있었고 숨도 거의 쉬지 않는 것 같았다. 데미안의 입은 나무나 돌로 깎아 놓은 것 같았고, 얼굴은 창백하게 돌처럼 보였다. 갈색의 머리칼만 살아 있는 것 같았다. 두 손은 돌이나 과일처럼 생명력 없이 데미안 앞의 걸상 위에 놓여 있었는데, 고요히 창백한 채 움직이지 않았다. 하지만 맥없이 늘어져 있는 것이 아니라 숨겨진 강력한 생명을 감싸고 있는 단단하고 질 좋은 껍질처럼 보였다.

그 광경에 나는 전율했다. 데미안이 죽었다는 생각에 하마터면 크게 소리칠 뻔했다. 그러나 나는 그가 죽지 않았다는 것을 알고 있었다. 매혹된 시선으로 그의 창백하게 굳어 있는 가면을 바라보았다. 이런 모습이 진짜 데미안이다! 내가 같이 걷고 대화하던 지금까지의 데미안은 절반짜리였다. 가끔 역할을 맡아 연기하고 나와 호흡을 잘 맞춰서 호응해 주던 데미안은 절반에 불과했던 것이다. 진짜 데미안은 이렇게 돌처럼 굳어 있고, 창백하고, 동물 같고, 아름답고, 차갑게 죽어 있지만 그 안은 비교할 수 없는 생명력으로 넘치는 사람이었다. 데미안의 주위를 둘러싼 절대적으로 고요한 이 공허, 이 정기와 별이 가득한 하늘, 그리고 고독한 죽음!

지금 데미안은 완전히 자신의 내면으로 몰입해 버렸다는 걸 알고 나는 전율했다. 나는 한 번도 이토록 고독해진 적이 없었다. 그와 나는 전혀 상관없는 존재였고, 그는 내가 닿을 수 없는 존재였으며, 세상에서 가장 멀리 떨어진 섬보다 내게서 먼 곳에 있었다.

나 말고는 이 광경을 누구도 보지 못했다는 것이 믿겨지지 않았다. 모두가 그를 봤어야 했다. 그랬다면 모두 오싹하게 몸 서리쳤을 것이다. 그런데 실제로는 그를 주의해서 보는 사람은 아무도 없었다. 그는 석상처럼 꼿꼿하게 앉아 있었다. 파리 한 마리가 그의 이마 위에 내려앉더니 천천히 코와 입술로 내려왔지만, 그는 주름살 하나 까닥하지 않았다.

그는 도대체 지금 어디에 있는 것일까? 그는 지금 무슨 생각을 하고, 무엇을 느끼고 있는 것일까? 그는 천국에 있는 것일까 지옥에 있는 것일까? 데미안에게 그것을 묻는다는 것은 불가능했다. 수업 시간이 끝나고 다시 살아나서 숨 쉬고 있는 그를 보았을 때, 데미안과 나의 시선이 서로 마주쳤을 때, 데미안은 예전 모습 그대로였다. 데미안의 얼굴은 다시 혈색을 되찾고 두 손을 다시 움직였지만 갈색 머리칼만은 윤기 없이 지쳐 보였다.

그 후 며칠 동안 나는 침실에서 몇 가지 새로운 연습에 몰두했다. 꼿꼿한 자세로 의자에 앉아 시선을 한곳에 고정시키고 부동자세로 얼마나 오래 버틸 수 있는지, 그리고 무엇이 느껴지는지 알아보려고 했다. 나는 그저 피곤하기만 했고 눈꺼풀에 심한 경련만 일어났다.

얼마 후 견진성사를 받았지만 중요한 기억은 하나도 남지 않았다.

이제 모든 것이 달라졌다. 유년 시절은 산산이 부서져서 내 주위에서 떨어져 내렸다. 부모님은 당황스러운 표정으로 나를 대하셨고, 누나들은 아주 낯설어졌다. 냉담함이 이전의 감정과 기쁨 사이로 비집고 들어와서 기존의 것들을 왜곡시키고 퇴색시켰다. 정원은 향기를 잃고 숲은 더 이상 마음에 끌리지 않았으며 세계는 무슨 골동품의 재고 정리장처럼 무미건조하고 매력 없이 나를 둘러싸고 있을 뿐이었다. 책은 단지 종잇조각이었고 음악은 소음에 불과했다. 가을이 되면 나무 주위에 낙엽이 떨어지게 마련이었지만 나무는 그것을 느끼지 못한다. 비와 햇빛이 나무를 적시고, 서리가 내리고, 나무의 내부에서는 생명이 서서히 위축되고 깊숙이 움츠러든다. 그러나 나무가 죽은 것은 아니다. 그것은 기다림이다.

방학이 끝나고, 나는 다른 학교에 가기 위해 난생처음 집을 떠나 생활하게 되었다. 어머니께서는 유난히 다정하게 내게 다가와서 미리 작별을 고하며, 내 마음속에 사랑과 향수처럼 잊을 수 없는 추억을 간직하게 하려고 애쓰셨다. 데미안은 여행을 떠났다. 나는 혼자였다.

베아트리체

방학이 끝난 후 나는 친구를 다시 만나지 못한 채 성 ○○시로 출발했다. 부모님 두 분 모두 나를 따라와서 온갖 일들을 세심하게 배려해 주었으며, 김나지움의 선생님이 운영하는 소년 기숙사로 내 거처를 정해 주셨다. 하지만 부모님이 나를 어떤 곳에, 어떤 아이들 사이로 넣은 것인지 알았다면 기절할 만큼 놀라셨을 것이다.

제일 중요한 것은 내가 시간이 흘러감에 따라서 착한 아들이되고 선량한 시민이 될 수 있을 것인지, 나의 본성대로 다른 길로 뻗어 나갈 것인지 하는 문제였다. 나는 아버지의 세계와 정신적인 영향력 아래 행복한 생활을 하고자 했던 노력을 오래 지속했다. 이러한 노력은 성공할 것 같았다. 하지만 결국에는 완전한 실패로 돌아갔다.

견진성사를 받은 후, 방학 동안 처음으로 느꼈던 이상한 공허함과 고독함은—나는 이 공허함과 희박한 공기를 나중에 얼마나 진하게 맛보았는지!—좀처럼 사라지지 않았다. 고향에 작별을 고하는 일은 이상하리만큼 쉬웠다. 전혀 슬프지 않다는 것이 부끄러울 지경이었다. 누나들은 끝없이 눈물을 흘렸지만 나는 전혀 눈물이 나지 않았다. 나는 이러한 자신이 무척 놀라웠다. 나는 그래도 꽤 감정이 풍부한 편이었고 근본은 제법 선량한 아이였는데 지금은 달랐다. 나는 외부 세계에는 아주 냉정한 태도를 취하며 온종일 나의 내부에 귀를 기울였다. 결국에는 가장 내면적인 곳에서 흐르고 있는 금기 같은 어두운 냇물 소리를 듣는 데 온 정신을 빼앗겼다. 지난 반년 동안 나는 급격히 자랐다. 야윈 모습으로 불완전하지만 나의 시각으로 세상을 바라보게 되었다. 소년다운 귀여움은 전혀 찾아보기 어려워서 나 자신조차 이런 모습으로는 남에게 사랑받기 어렵겠다고 생각했다. 더군다나 나 스스로도 나를 전혀 사랑하지 않았다. 나는 막스 데미안을 마음 깊이 동경했다. 하지만 한편으로 데미안을 미워하기도 했고, 내 자신이 짊어지게 된 죄악 같은 병과 생활의 공허함의 책임을 은연중에 데미안에게 떠넘겼다.

학생 기숙사에서 나는 귀여움을 받지도, 존중을 받지도 못했다. 처음엔 놀림을 받았고 다음에는 따돌림을 당했으며, 우울한 녀석이나 불쾌한 별종으로 취급받았다. 나는 그 역할이 마음에 들었기 때문에 한층 더 과장하기까지 했다. 표면적으로는 가장 남자답게 세상을 멸시하듯 고독 속으로 파고들었다. 하지만 내 면적으로는 비애와 절망감에 남몰래 몸부림쳤다. 학교에서는 새롭게 배우는 것 없이 집에서 쌓았던 지식을 조금씩 써먹었다. 지금 다니는 학급이 예전에 다녔던 학급보다 진도가 조금 뒤쳐져 있었기 때문에 동갑의 또래들을 어린애라고 얕보는 습관마저 생겼다.

일 년 쯤, 아니 그 이상의 시간이 그렇게 지나가고 방학이 되어 집으로 돌아갔을 때도 새로운 변화는 없었다. 나는 집을 다시 떠나왔다.

11월 초의 일이었다. 나는 날씨가 어떻든지 간에 생각에 빠져 정신없이 산책하는 습관이 생겼다. 그렇게 걸으면서 나는 쾌락을 느꼈으며, 우울과 염세와 자기 모멸감에 가득 차서 뒤틀린 기쁨을 맛보곤 했다. 어느 날 나는 축축하게 안개가 자욱한 해질녘에 교외에 있는 공원을 돌아다니고 있었다. 공원의 넓은 가로수 길은 텅 비어 있었다. 길에는 낙엽이 겹겹이 깔려 있었고, 나는 발로 낙엽들을 헤적거리며 쾌감을 느꼈다. 공기 속에는 축축하면서도 쓴 냄새가 떠돌았고 저 멀리 나무들은 안개 속에서 도깨비처럼 그림자를 지우며 서 있었다.

긴 가로수 길 끝에서 나는 망설이듯 멈춰 서서 검은 나뭇잎을 쳐다보며 그것들이 바스러져 사라져 가는 축축한 냄새를 탐욕적으로 들이마셨다. 나의 내부에서 무엇인가가 그 냄새에 응답하며 환영의 뜻을 나타냈다. 아, 인생의 무상함이란!

누군가 옆길에서 외투 깃을 바람에 펄럭이며 내게 다가왔다. 내가 그 자리를 떠나려던 찰나, 그 사람이 나를 불렀다.

"이봐, 싱클레어."

다가온 사람은 우리 기숙사에서 나이가 제일 많은 알 폰스 베크였다. 나는 그와의 만남을 좋아했다. 다른 아이들에게 하는 것처럼 언제나 나에게 비꼬듯이 이야기하면서 어른인 척하는 걸 빼면 별다른 반감은 없었다. 그는 김나지움 학생들 사이에서 곰처럼 힘이 세며 기숙사 사감을 꽉 휘어잡고 있다는 소문의 주인공이었다.

"너 여기서 대체 뭘 하고 있어?"

그는 가끔 어른들이 우리 또래 학생들에게 어른 대우를 해 줄 때처럼 상냥한 말투로 말했다.

"어디, 내기할까. 너 시를 지었지?"

"전혀 그렇지 않은데."

나는 무뚝뚝하게 말을 잘랐다.

그는 웃음을 터뜨리며 내게 다가오더니 익숙하지 않은 태도로 말을 늘어놓았다.

"그렇게 경계할 필요 없어, 싱클레어. 내가 그 정도도 모를까

봐? 이렇게 안개가 자욱한 가을밤에 사색에 잠겨서 걷고 있는 건 분명 사연이 있는 법이거든. 그럴 때 사람들은 시를 써. 그런 것쯤은 나도 알지. 물론 사라져 가는 자연에 대해서나 자연에 빗대어 사라져 간 젊음에 대해 말하고 있었겠지. 하인리히 하이네처럼."

"난 그렇게 감성적인 인간이 아니야."

나는 그의 말을 막았다.

"그래, 좋을 대로 생각해. 하지만 내 생각에는 이런 날씨에는 와인 한 잔이나 그 비슷한 것들이 있는 조용한 곳도 괜찮다는 생각이 드는데, 어때 잠깐 나를 따라오지 않을래? 나도 마침 혼자거든. 생각 없니? 네가 모범생으로 남겠다면 굳이 권하지는 않을게."

우리는 곧 조그만 교외의 술집에 마주 앉아 맛이 썩 좋지 않은 와인 잔을 부딪쳤다. 처음에는 별로 마음에 들지 않았지만 뭔가 새로운 맛이 느껴지긴 했다. 나는 술을 마셔 본 적이 없었기에 금방 취해서 떠들어 대기 시작했다. 내 안의 창문이 활짝 열린 듯했고 세계가 그 안에 비쳐 들어가기 시작했다.—오랫동안, 정말 무섭게도 오랫동안 나는 진심에서 우러나는 말 한마디를 못하고 지내 왔다. 나는 정신없이 떠들었고 카인과 아벨의 이야기까지 멋지게 해냈다!

베크는 내 말에 귀를 기울여 주었다.—마침내 이야기를 들어 줄 사람을 만난 것이다. 베크는 내 어깨를 치며 정말 근사한 녀석, 재능 있는 녀석이라고 불렀다. 나 역시 이야기하고 싶고 표현하고 싶은 욕구를 충족시켰다. 이런 이야기들이 인정을 받았다는 것, 그것도 나이 많은 선배에게 제법이라고 인정받았다는 사실에 크게 흥분해 날뛰었다. 나는 독창력 있는 녀석이라고 한 베크의 말이 내 마음에 감미롭지만 독한 와인처럼 스며들었다. 세계는 새로운 빛으로 타오르기 시작했다. 생각은 수백 개의 힘찬 샘처럼 솟구쳤고 영혼의 불꽃이 내 안에서 타올랐다. 우리는 선생님과 친구들에 관한 이야기를 나누었다. 적어도 나는 우리가 멋지게 의기투합하고 있다고 느꼈다. 우리는 그리스인과 이교도에 대한 이야기도 했다. 그러면서 베크는 나에게서 정사에 대한 고백을 들으려고 애썼다. 나는 더는 이야기 상대가 되지 못했다. 이야기할 만한 경험이 한 번도 없었다. 마음속에서 혼자서만 느끼고, 만들고, 상상했던 것들이 내 안을 불태우고 있었지만 그걸 말로 풀어내는 것은 술의 힘으로도 불가능했다. 여자에 관해서는 베크가 훨씬 많이 알고 있었다. 나는 여자에 관한 이야기를 열심히 들었다. 도저히 믿을 수 없는 이야기들이었지만 듣다 보니 불가능하다고 생각했던 것들이 현실에서는 아주 평범하고 명확한 것이었다. 알 폰스 베크는 나이를 열여덟쯤 먹었을 뿐이지만 이미 경험이 많았다. 베크는 자신의 수많은 경험에 비춰 보면 소녀들은 아름다운 것이나 예의

바른 것만 원하지 그 외에는 별로 관심이 없다고 했다. 물론 그런 것들도 근사하기는 하지만 진짜는 따로 있다고 했다. 더 많은 성과는 부인들에게서 얻을 수 있었는데 부인들은 그런 경험에 더 명석하다고 했다. 예를 들어 문구점 주인인 야겔트 부인과 이야기가 통한다 싶은 사람이 있다고 치면 그 가게의 카운터 뒤에서 그 두 사람 사이에는 책에서도 볼 수 없는 그렇고 그런 일들이 벌써 있었다고 보면 된다고 했다.

나는 완전히 이야기에 빠져들어 멍하니 앉아 있었다. 물론 내가 야겔트 부인을 사랑할 일은 없겠지만 그런 이야기는 지금까지 들어 본 적이 없었다. 나이 든 사람들에게는 내가 꿈도 꾸지 못한 어떤 샘이 솟구치고 있는 듯했다. 그 이야기에 어느 정도의 거짓이 섞여 있을 거라는 생각이 들기도 했고, 베크의 말은 내 이상 속의 사랑보다는 보잘것없고 평범하게 느껴지기도 했다. 그럼에도 그것들은 모두 현실이었고 생활이며 모험이었다. 지금 이 순간 그것을 모두 실제로 경험하고, 그 경험을 아주 일상적인 일로 여기는 사람이 내 곁에 앉아 있는 것이다.

우리는 대화가 뜸해지고 활기를 잃었다. 나는 더 이상 천재성 있는 소년이 아니었다. 단지 어른의 말에 혹해서 귀를 기울이는 소년일 뿐이었다. 하지만 수개월 동안의 나의 암울한 생활에 비하면 여전히 천국의 일처럼 달콤하게 들렸다. 술집에 있는 것부터 우리의 대화 내용까지 모두 엄격하게 금지된 것들이었다. 나는 그런 현실을 조금씩 깨닫기 시작했다. 그 속에서 부족하지만 뜨거운 감정을 맛보았고 혁명적인 파격을 느꼈다.

그날 밤의 일을 나는 또렷하게 기억한다. 희미하게 타는 가스등 옆을 지나 차갑고 축축한 밤공기 속으로 귀가를 서둘렀을 때 나는 생전 처음으로 취해 있었다. 기분이 나쁘고 몹시 괴로웠다. 그럼에도 고통 이외에 뭔가 매력적이고 감미로움이 있었다. 그것은 혁명과 방종이었고 생명력과 정신이었다. 베크는 나를 보며 새파란 풋내기라고 투덜거리며 욕하긴 했지만 나를 끝까지 책임졌다. 그는 나를 반쯤 떠메다시피 해서 기숙사까지 데리고 왔고, 어찌어찌해서 열려 있는 창문으로 들키지 않고 무사히 기숙사 안으로 들어왔다.

극히 짧은 시간 동안 죽은 듯이 잤고, 잠에서 깨어났을 때는 괴로운 마음과 미칠 듯한 고통이 나를 덮쳐 왔다. 나는 침대에서 일어나 앉았다. 낮에 입었던 셔츠를 아직까지 입고 있었고, 형편없이 구겨진 옷가지와 신발은 방바닥에 팽개쳐져 있었으며, 담배 냄새와 토사물 냄새가 났다. 두통과 구토와 미칠 것 같은 갈증이 나를 휩싸고 있는 동안 갑작스레 내 마음에는 오랫동안 보지 못했던 영상이 비쳤다. 나는 고향과 부모님의 집, 아버지와 어머니, 누나들과 정원을 보았고, 조용한 고향 집의 내 방과 학교와 시장을 보았고, 데미안의 견진성사 장면을 보았다.—이 모든 것은 밝게 빛나고 있었고, 아름답고 경건하고 청순하게 보였다.—이 모든 것이 그렇다는 걸 나는 이제야 알았다.—어제까지, 아니 몇 시간 전까지만 해도 내 것이었고 나를 기다리고 있던 것인데, 지금 이 순간 사라져 버리고 저주받아 더 이상 나에게 속하지 않고 나를 거부하며 증오에 찬 눈빛으로 바라보고 있었다. 가장 오래전으로 되돌아가 아름다웠던 유년 시절의 황금빛 정원에서 부모님에게 받았던 모든 사랑스럽고 친밀한 것, 어머니의 입맞춤 하나하나와 해마다 맞이했던 성탄절, 경건한 일요일 아침에 정원에 피어 있던 꽃 하나하나, 이 모든 것이 황폐해지고 말았다. 이 모든 아름다운 것들을 내가 스스로 짓밟아 버렸다! 만약 지금이라도 심판의 사자가 와서 나를 묶어 인간쓰레기, 신성 모독자로 취급하며 교수대로 끌고 간다고 하더라도 나는 당연하다 여기며 따라갔을 것이고 기꺼이 처벌을 받아들였을 것이다.

나의 내면은 이랬다. 사방을 헤매 다니며 세상을 얕잡아 본 자여! 왜곡된 정신으로 데미안의 사상에 기대던 자여! 쓸모없는 인간으로, 추잡하게 술에 취해 더럽고 구역질 나는 저급하게 거칠어진 짐승이여, 악한 충동의 노예가 되어 버리는 것 말고는 달리 도리가 없겠지! 온갖 청순함 그리고 빛과 사랑스런 마음에 가득 차 있던 정원에서 자란 나, 바흐의 음악과 시를 사랑했던 나, 이런 내가 그런 모습이 될 수 있다니! 술에 잔뜩 취해 자제력을 상실한 채 충동적이고도 바보처럼 낄낄거리던 내 자신의 웃음소리가 아직도 들려오는 듯해 나는 심한 구역질과 분노를 느꼈다. 그것이 바로 나 자신의 모습이었다!

그러나 이 모든 고통스러운 양심의 가책 속에서도 괴로움을 견디는 일에는 상당한 쾌감이 느껴졌다. 내 마음은 너무나 오랫동안 맹목적이고도 미련하게 움츠러들어 있었고 너무나 오랫동안 숨죽인 채 약하게 웅크리고 있었기 때문에 이런 가책이나 고통의 전율, 영혼의 추악한 감정까지도 반가웠던 것이다. 그 속에서는 분명 감정이 있었고 불꽃이 타오르고 심장이 고동쳤다. 비참함 속에서도 나는 이렇게 해방과 봄 같은 무엇을 느꼈다.

남들이 보기에 나는 거칠게 타락해 가고 있었다. 최초의 주정은 얼마 되지 않아 다른 것에 최초의 자리를 넘겨주었다. 우리 학교에서도 폭주가 성행했고 난동이 속출했는데, 나는 그들 가운데 최연소자였다. 나는 얼마 가지 않아 한몫 거드는 구경꾼이나 풋내기가 아니라 우두머리며 샛별 같은 존재로 유명해졌으며 거침없이 술집의 단골이 되었다. 나는 다시 한 번 완전히 어두운 세계, 악마의 세계 속으로 뛰어들었고 이 세계에서는 아주 근사한 녀석으로 여겨졌다.

그러는 동안에도 내 마음은 비참했다. 나는 내 자신을 스스로 파멸시켜 가는 방탕한 소굴에서 살았다. 친구들 사이에서는 대장이니, 근사한 녀석이니, 비상하고 예리하게 재치가 번득이는 녀석이라고 인정받았지만 내 마음 가장 깊은 곳에서는 불안에 가득 찬 영혼이 두려움으로 떨고 있었다. 어느 일요일 오전에 주일 예배 복장으로 명랑하고 즐겁게 노는 어린아이들을 보며 갑자기 눈물을 흘렸던 일이 아직도 기억난다. 초라한 술집의 더러운 탁자에 기대어 맥주에 취해서 깔깔거리며 말도 안되는 방탕한 풍자로 친구들을 웃기고 때론 조롱하면서도 내 마음속에서는 몰래 내가 조롱했던 모든 것에 대해 존경심을 품고 있었다. 나의 영혼과 과거, 어머니 앞에서, 그리고 신 앞에 눈물 흘리며 무릎을 꿇고 있었다.

내가 우리 패거리와 일체감을 느끼지 못하고 그들 사이에서도 고독하게 괴로워했던 것에는 이유가 있다. 나는 가장 난폭한 패거리에게도 인정받은 술집의 영웅이며 독설가였다. 나는 선생님, 학교, 부모, 교회에 대한 생각이나 이야기에서는 재치와 용맹을 떨쳤다.—나는 음담패설조차도 남에게 뒤지지 않으려 했으며, 그런 이야기 하나쯤은 거뜬히 만들어 낼 수 있었다.—그러나 우리 패거리가 여자들을 만나러 갈 때는 한 번도 따라가지 않았다. 그것으로 짐작해 보면 나는 철면피 방탕아인 척했지만 사실 외롭게 사랑에 대한 격렬한 동경과 가망성 없는 그리움으로 가득 차 있었다. 어느 누구도 나보다 더 상심하기 쉽고 부끄러움을 많이 타는 사람은 없었다. 때론 어린 소녀들이 아름답고 말끔한 옷차림으로 명랑하고 우아하게 걸어가는 모습을 보면 그들이 근사하고 깨끗한 꿈속의 인물처럼 느껴졌다. 나보다 천배는 선하고 청순하다 생각했다. 얼마 동안 나는 야겔트 부인의 문구점에는 가지도 못했다. 그 여인을 보면 알폰스 베크가 그녀에 대해 이야기한 것이 생각날 테고, 그러면 내 얼굴은 처참하리만큼 새빨개질 것이기 때문이었다.

하지만 내 자신이 새로운 패거리들 사이에서 끊임없이 고독하고 다른 존재라고 느끼면 느낄수록 더욱더 그들에게서 떨어져 나올 수가 없었다. 이제는 과음을 하고 말도 안 되는 장담을 해 대는 일들이 한 번이라도 즐거웠던 적이 있는지 정말 알 수 없어졌다. 사실 나는 술에 익숙해지지 않아서 번번이 고통스러운 결과를 맛보아야 했다. 모든 것이 다 강제적이었다. 그밖에 다른 어떤 일을 해야 할지 몰랐다. 그저 하던 그대로 계속했을 뿐이었다. 나는 오랫동안 혼자인 것을 두려워했고, 언제나 마음이 향했던 온화하고 수줍고 따뜻한 사랑에 대한 갈망이 엄습해 오는 것이 두려워서 견딜 수가 없었다.

나에게는 한 가지 중요한 결핍이 있었다.—그것은 진실한 친구였다. 내가 좋아하는 동갑내기 친구가 두서넛 있기는 했다. 하지만 그 친구들은 모범생 쪽에 속했고 나의 악행은 이미 오래전부터 누구나 다 아는 일이었다. 그들은 나를 피했다. 모두 나를 뿌리가 흔들리고 있는 가망 없는 불량 학생 정도로 여기고 있었다. 선생님들도 나의 그간의 행실을 자세히 알고 있었고 혹독한 처벌도 반복해서 내렸다. 그리고 결국에는 퇴학 처분이 내려질 것이라 여겼다. 나 자신도 이런 사실을 잘 알고 있었다. 나는 이미 오래전부터 모범생은 아니었고 이러한 타락한 생활을 더 이상 지탱해 갈 수 없다고 느끼면서도 애써 그러한 악행을 고수함으로써 자신을 속이고 있었다.

우리를 고독하게 만들어서 신이 우리 자신에게로 이끌어 줄 수 있는 길은 너무도 많다. 신은 그때 나와 함께 이런 타락의 길을 갔다. 마치 악몽 같았다. 더러운 것, 찐득거리는 것, 깨진 맥주잔과 말도 안 되는 농담을 지껄이며 보낸 밤들에서 나는 몽유병자처럼 쉴 새 없이 괴로워하면서도 구역질 나고 더러운 길을 기어 다니던 내 모습을 발견했다. 공주에게 가는 도중에 악취와 쓰레기로 가득 찬 뒷골목의 진흙탕에 빠져 버리는 꿈 이야기가 있는데, 나도 그런 지경이었다. 쓸데없는 짓을 함으로써 나는 더욱 고독하게 되었고, 나와 나의 유년 시절 사이엔 냉정한 시선으로 망을 보는 문지기가 버티고 서 있음으로 해서 굳게 닫힌 낙원의 문이 생겨났다. 이것이야말로 내 자신을 향한 그리움의 시작이었으며 나 자신이 처한 현실의 깨달음이었다.

사감 선생님에게 경고 편지를 받고 성 ○○시에 오신 아버지께서 예상치 않게 내 앞에 나타나셨을 때 나는 기겁을 하고 몸에 경련까지 일으켰다. 그러나 그 겨울이 다 갈 무렵 두 번째로 오셨을 땐 이미 나는 냉담하고 무심해져 있었다. 꾸중을 하셔

114

도 당부를 하셔도 어머니를 상기시키셔도 나는 예사롭지 않게 들어 넘겼다. 마지막으로 아버지께서는 몹시 화를 내시며 만일 내가 달라지지 않는다면 불명예스럽고도 모욕적으로 퇴학을 시켜서 감화원에 집어넣겠다고 말씀하셨다. 그렇게 할 테면 하라지! 아버지께서 떠나신 후 나는 미안한 마음이 들었다. 아버지는 나에게 아무런 약속도 듣지 못하셨고 나에게로 통하는 길도 발견하지 못하셨다. 아주 잠시 동안이었지만 일이 이렇게까지 된 것이 당연한 것처럼 느껴졌다.

내가 장차 무엇이 되든지 나는 상관없었다. 술집에 앉아서 떠들어 대는 이상하고 그다지 아름답지 않은 방식으로 나는 세상과 싸우고 있었던 것이고, 그것이 내 저항의 방식이었다. 그러면서 나는 내 자신을 엉망진창으로 부수어 갔고 때로는 상황을 이런 식으로 파악하곤 했다.—만약 세상이 나 같은 사람들을 필요로 하지 않고, 그들을 위해 보다 더 나은 자리, 보다 더 가치 있는 일을 부여하지 않는다면 분명 자멸하고 말 텐데. 그렇다면 그 책임은 마땅히 이 세상이 져야 한다.

그해의 성탄절 연휴는 정말 불쾌했다. 나를 보신 어머니는 깜짝 놀라셨다. 나는 키가 한층 더 컸고 야윈 얼굴은 생기 없이 축 늘어진 데다 눈언저리엔 염증이 생겨 잿빛으로 찌들어 처량했다. 갓 나기 시작한 코 밑의 엉성한 수염 자국과 최근에 쓰기 시작한 안경이 나를 한층 낯설어 보이게 했다. 누나들은 뒤에

115

서 킥킥거리고 웃었다. 만사가 불쾌했다. 서재에서 아버지와 나눈 대화도 불쾌하고 입맛이 썼으며 두서넛의 친척과 나눈 인사도 그러했다. 무엇보다도 불쾌했던 것은 크리스마스이브였다. 내가 세상에 존재한 이래로 이날은 우리 집에서 가장 중요하게 여겨져 온 날이었고, 축제의 분위기에서, 사랑과 감사의 마음이 가득 차올라 부모님과 나의 유대감이 거듭 새로워지는 시간이었다. 그러나 이번 성탄절에는 매사가 답답했고 곤혹스러울 뿐이었다. 여태껏 해 오신 대로 아버지께서는 "그들은 그곳에서 양 떼를 지키고 있었노라." 하는 들판의 목동에 관한 복음서의 구절을 낭독하셨고, 항상 그래 왔던 것처럼 누나들은 기쁨에 넘쳐 선물이 놓인 책상 앞에 서 있었다. 그러나 아버지의 음성에는 즐거운 기색이 없었고 얼굴은 늙고 피곤해 보였으며 한결 조그맣게 오그라들어 보였다. 어머니는 슬픈 표정을 하고 계셨다. 그 모든 것이 나에게는 견딜 수 없이 괴롭고 거북했다. 선물과 축복, 복음서와 불이 밝혀진 트리조차 그러했다. 꿀을 바른 과자는 달콤한 냄새를 풍기며 향긋한 추억의 짙은 구름을 만들어 냈다. 전나무의 향기는 더 이상은 존재하지 않는 일들에 관한 이야기를 속삭이고 있었다. 나는 이 밤과 축제의 날이 하루 빨리 끝나기를 초조하게 기다렸다.

겨울이 온통 그런 식으로 지나갔다. 방학이 되기 직전에 나는 교사회로부터 강력한 경고를 받았다. 제적하겠다는 경고였다. 더 이상 이렇게 생활할 수는 없었다. 될 대로 되라는 마음이 들었다.

나는 데미안에게 특별한 원망이 있었다. 그동안 나는 그를 한 번도 만나지 못했다. 성 ○○시로 옮겨 온 초기에 나는 데미안에게 두 차례 편지를 보냈지만 답장은 오지 않았다. 그래서 나는 방학 동안에도 그를 찾아가지 않았다.

가을에 알 폰스 베크와 만났던 교외의 공원에서 봄이 시작될 무렵 있었던 일이다. 가시나무 울타리가 초록빛을 띠기 시작할 그때, 나는 우연히 한 소녀에게 관심을 갖게 되었다. 불쾌한 생각과 걱정에 둘러싸여 혼자 투덜거리던 찰나였다. 건강은 안 좋아지고 돈은 끝없이 모자랐고 친구들에게 빌린 액수는 점점 늘어나서 집에서 돈을 받아 내기 위해 그럴듯한 지출 명분을 생각해 내야 했다. 여러 상점에는 담배나 그 외의 다른 외상값이 자꾸 늘어나고 있었다. 하지만 이런 걱정거리는 그다지 심각한 게 아니었다.—얼마 지나지 않아 여기서의 생활이 끝장나서 내가 물속으로 뛰어들거나 감화원에 끌려갈 지경이 되는 일에 비하면 이런 문제는 사소한 걱정거리일 뿐이었다. 하지만 현실에서의 나는 언제나 이런저런 종류의 아름답지 않은 일에 직접적으로 시달리고 있었으며 그것들은 나를 몹시 얽어매 왔다.

이러한 생활 가운데 봄날의 공원에서 내 시선을 끄는 한 소녀를 만났다. 키가 크고 날씬하고 우아한 옷차림을 한 그녀는 영리한 소년 같은 얼굴이었다. 첫눈에 그녀가 마음에 들었다. 나는 그런 느낌의 여자를 좋아해서 곧바로 그 여인에 대한 몽상을 시작했다. 나보다 나이가 그렇게 많아 보이지는 않았다. 그러나 그녀는 훨씬 성숙하고 우아하고 윤곽이 잘 정돈되어 보였으며, 벌써 완연한 귀부인의 자태를 지니고 있었다. 그러면서도 그녀에게는 내가 무엇보다도 좋아하는 교만함과 소녀다움이 내재해 있었다.

나는 한 번도 내가 마음에 둔 여자에게 접근해서 성공한 적이 없었다. 이 여자도 역시 마찬가지였다. 그러나 그녀의 인상은 과거의 어느 소녀들보다 더 인상 깊었다. 이 짝사랑은 내 생활에 깊이 영향을 미쳤다.

갑자기 내 앞에는 고귀하고 존경심을 일으키는 영상이 다시 나타났다.—나의 내부에서는 어떤 갈망이나 충동도 이처럼 경건하고 숭배하고 싶은 소망보다 깊고 간절하지 않았다. 나는 그 여인에게 베아트리체라는 이름을 붙였다. 비록 단테는 읽어 보지 않았지만 영국판의 그림에서 그녀를 본 적이 있었고, 그 그림의 복사본을 잘 간직하고 있었다. 그 그림은 영국의 라파엘 초기파의 화풍으로 그려진 소녀의 모습이었는데, 갸름하고 긴 얼굴에 영혼이 깃든 손과 표정, 길쭉길쭉한 사지에 날씬한 자태를 가지고 있었다. 공원에서 내 마음을 끌었던 소녀도 날

씬한 자태와 소녀다운 면을 지녔다는 점, 또 얼굴 표정에서 다소 영혼이 깃들어 보인다는 점에서 내가 사랑하는 그림의 여자와 비슷했지만 모조리 닮은 것은 아니었다.

내가 베아트리체와 말을 나눈 일은 한 번도 없었다. 그럼에도 그녀는 당시의 나에게 깊은 영향을 끼쳤다. 그녀는 내 앞에 자기 모습을 세워 놓음으로써 성스러운 전당을 열어 주었고 나로 하여금 사원의 기도자가 되게 했다. 시간이 지날수록 나는 술집 순례와 야밤의 싸움질에서 멀어졌다. 나는 다시 홀로 있을 수 있었으며 독서와 산책을 즐길 수 있었다.

이러한 돌발적인 전향으로 나는 숱한 조롱을 감수해야 했다. 그러나 이제는 나도 사랑할 대상, 사모할 대상을 가졌다. 이상이 다시 살아났고 예감과 신비로운 비밀로 가득 찬 삶이 영롱하게 다시 시작되었다.―그것이 나를 다른 이들의 조롱에서 무심하게 해 주었다. 숭배하는 영상의 하인이나 노예일망정 나는 내 자신 속으로 스며들어 갈 수 있게 되었다.

그 시절을 돌이켜 보면 감동이 벅차오른다. 나는 다시 무너져 버린 생활의 폐허 속에서 '밝은 세계'를 재건하려는 노력을 진지하게 시작했으며 마음속에서 어둠과 악을 몰아내고 완전히 밝은 세계 속에 머무르려는 열망으로 신들 앞에 무릎을 꿇었다. 지금 내가 머물고자 하는 '밝은 세계'는 어느 정도 나의 창조물이었다. 그것은 이미 어머니나 책임이 없는 안전한 곳으로 도망쳐 들어가는 것과는 달랐으며, 거기에는 책임감과 일종의 자기 억제력이 요구되었으며 스스로 새롭게 발견하는 자기 헌신이었다. 나를 끊임없이 괴롭혀 와서 달아나고자 애썼던 성적인 욕구도 이 성스러운 불속에서 정신과 기도로 정화되어 갔다. 더 이상 음침하고도 흉측한 것들이 존재해서는 안 되었다. 신음하면서 지샌 밤들, 음란한 생각 앞에서의 심장 고동, 금지당한 문 앞에서 엿듣던 소리, 온갖 음탕한 짓거리들도 모두 존재해서는 안 되었다. 나는 이 모든 것들 대신 베아트리체의 초상을 모신 제단을 마련했고 그 여인에게, 또한 정신과 여러 신들에게 나를 바쳤다. 음침한 세계 속에서 찾아온 삶의 대가를 밝은 세계의 제물로 바쳤다. 나의 목적은 향락이 아니라 청순함이었으며 행복이 아니라 아름다움과 정신성이었다.

이 베아트리체에 대한 숭배는 내 인생을 송두리째 변화시켰다. 어제까지는 조숙한 풍자꾼이던 나는 성자가 되려는 희망을 품은 사원의 하인이 되었다. 나는 내 몸에 젖어 있던 나쁜 생활 습관을 청산했을 뿐 아니라 모든 것을 변화시키기 위해 노력했고 먹고 마시는 일에서나 이야기나 옷차림까지도 여기에 부합되도록 신경을 썼다. 나는 아침마다 냉수마찰을 하기 시작했는데 그 일은 대단한 노력을 요했다. 나는 진실하고 품위 있는 행동을 했고 자세를 똑바로 하고 천천히 위엄 있게 걸으려고 애썼다. 보는 사람들에게는 다소 우스꽝스러웠을지도 모르겠으나 내 마음은 그만큼 신에게 헌신하는 마음으로 가득 차 있었다.

이러한 새로운 신념을 표현하는 방법을 찾는 여러 시도 가운데서 나는 한 가지를 중요하게 여기게 되었다. 나는 그림을 그리기 시작했다. 내가 가지고 있는 영국판 베아트리체의 초상이 그녀와 정확하게 일치하지 않았던 점이 일의 발단이었다. 나는 그 여자를 내 나름으로 그려 보려고 애썼다. 아주 새로운 기쁨과 희망을 갖고 나는 내 방에—최근에 나는 독방을 쓰게 되었다.—깨끗한 종이와 그림물감과 붓을 챙겨 두었고 팔레트, 유리잔, 도자기 접시, 연필을 준비했다. 새로 사온 조그만 튜브 속에 든 색이 고운 템페라 물감이 나를 매혹했다. 처음으로 물감을 뽀얀 접시 위에 짰을 때의 그 빛깔은 지금까지도 눈에 선하다. 그것은 불타는 듯한 크롬 옥시드 초록이었다.

나는 신중하게 그림을 그리기 시작했다. 얼굴을 그리는 것은 어려운 일이었다. 그래서 처음에는 다른 것을 그려 보려고 했다. 장식 무늬, 꽃, 작은 환상적인 풍경화, 교회 앞에 서 있는 한 그루의 나무, 실버들 나무들이 서 있는 로마의 다리 같은 것들을 그렸다. 나는 그림 그리는 일에 완전히 넋을 잃기도 하고 그림물감 상자를 처음 가지는 아이처럼 행복해하기도 했다. 그러다 나는 드디어 베아트리체를 그리기 시작했다.

처음 몇 장은 완전한 실패작이었다. 나는 그것을 내던져 버렸다. 때때로 거리에서 만났던 그 소녀의 얼굴을 마음속에서 생각해 내려고 하면 할수록 더 잘 되지 않았다. 결국 나는 그 소녀를 그리는 것은 포기하고 생각나는 대로, 그림물감과 붓이 이끄는 대로 얼굴을 그리기 시작했다. 그렇게 꿈에서 본 모습으로 완성한 얼굴은 썩 만족스럽지는 않았으나 그치지 않고 시도를 계속해 갔다. 한 장 한 장 새로운 얼굴이 완성되어 갈 때마다 그 모습은 한결 선명해졌고 결코 실제와 똑같지는 않았지만 그 소녀의 모습에 가까워 갔다.

시간이 갈수록 나는 꿈꾸는 것처럼 붓으로 줄을 긋고 화면을 메워 나가는 것에 익숙해졌다. 어떤 모델을 생각하며 그리진 않았으나 장난삼아 그리는 동안에 무의식중에 어떤 이미지가 형상화되어 갔다. 그러던 어느 날 나는 드디어 이제까지 그린 어떤 얼굴보다 한층 더 강력하게 내게 말을 건네 오는 얼굴을 완성시켰다. 그 얼굴은 예전의 소녀 모습이 아니었는데 그림은 이미 오래전부터 그 여인의 얼굴을 하고 있지 않았다. 그것은 소녀의 얼굴이라기보다는 차라리 소년의 얼굴처럼 보였고 머리칼도 그녀의 것과 같은 옅은 금발이 아니라 붉은빛이 도는 갈색이었다. 이마는 단단하고 야무지게 보였고 입술은 붉게 타고 있었지만 전체적인 인상은 딱딱하고 가면 같은 느낌을 자아냈다. 그렇지만 그 얼굴에는 인상적이고도 신비스러운 생명력이 넘쳐흘렀다.

내가 완성시킨 그림 앞에 앉아 있자니 어떤 야릇한 감동이 전해져 왔다. 그것은 신과 같은 초상의 일종이거나 신성한 가면처럼 보였고, 절반은 남성적이고 절반은 여성적이었으며, 나이를 초월한 모습으로 꿈을 꾸고 있는 것 같으면서도 강한 의지가 엿보였으며, 남모를 생명력이 충만하면서도 딱딱하게 굳은 것처럼 보였다. 이 얼굴은 나에게 무엇인가 할 말이 있는 것 같았고, 나 자신 속에 존재하면서 나에게 무엇인가를 요구하는 것 같았다. 그 얼굴은 확실히 어느 누구와 닮은 듯했지만 누구와 닮았는지는 알 수 없었다.

이 얼굴은 얼마 동안 나의 모든 생각 속에서 살아 움직이고 나와 함께 생활을 나누었다. 나는 그것을 서랍 속에 넣어 두었는데 혹시라도 누가 보고 나를 놀려 대는 것은 질색이었기 때문이었다. 그러나 혼자되기가 무섭게 그 그림을 꺼내어 보았다. 저녁에는 그 그림을 침대 맞은편 벽지 위에 핀으로 꽂아 놓고는 잠들 때까지 바라보았으며 아침에는 눈을 뜨자마자 그 그림을 쳐다보았다.

바로 그 시절, 나는 어린아이였을 때 그랬던 것처럼 많은 꿈을 꾸기 시작했다. 거의 몇 년 동안 나는 한 번도 꿈을 꾼 적이 없었다. 이제야 꿈들이, 아주 새로운 종류의 영상이 다시 나를 찾아왔다. 꿈속에서는 내가 그린 그림 속의 얼굴이 생기를 띠고 나에게 자주 말을 걸어왔으며 아주 친한 듯이, 혹은 적대적인 태도로, 때론 이맛살을 찌푸리기도 하고 때로는 무한히 아름다우며 조화된 고귀한 모습으로 나타나곤 했다.

어느 날 아침 역시 그러한 꿈을 꾼 후 잠에서 깨어난 나는 갑자기 하나의 사실을 알아차렸다. 그 얼굴은 말할 수 없이 다정한 시선으로 나를 바라보고 있었는데 마치 내 이름이라도 부르는 것처럼 보였다. 어머니만큼이나 나를 잘 알고 있는 듯, 옛날부터 항상 나를 바라보고 있었던 것처럼 보였다. 흥분을 억누르며 나는 그 그림 속의 얼굴을, 숱이 많은 갈색 머리칼과 여성적인 분위기를 풍기는 입술, 그리고 믿기지 않을 만큼의 밝음을 지닌 억센 이마를 바라보았다(그 그림은 저절로 말라 있었다). 나는 차츰 머릿속에 눈에 익은 누군가의 얼굴이 떠올랐고 곧 그 사람을 잘 알고 있다는 것을 깨달았다.

나는 침대에서 벌떡 뛰어 일어나서 그 그림 앞에 아주 가까이 다가가 크게 뜬 초록빛이 감도는 눈을, 물끄러미 나를 바라보고 있는 그 눈을 응시했다. 오른쪽 눈이 왼쪽보다 약간 치켜져 있었다. 그 순간 갑자기 이 오른쪽 눈이 미세하게 움직였다. 아주 가볍게 그러나 분명히 그 눈은 움직였고, 이 작은 움직임으로 나는 이 그림이 누구의 얼굴인지를 알아차렸다.

어쩌면 이렇게 늦게야 그것을 알아차릴 수 있었던 것인지! 그것은 데미안의 얼굴이었다.

그 후 나는 종종 내 추억 속에 남아 있는 데미안의 진짜 표정과 그 그림을 비교해 보았다. 닮기는 했지만 똑같지는 않았다. 그러나 데미안임에는 틀림없었다.

어느 초여름 석양 무렵, 서쪽으로 나 있는 창문을 통해 기울어져 가는 태양 빛이 붉게 비쳐 들었다. 방 안은 어두워져 갔다. 나는 베아트리체의 초상, 아니 데미안의 초상을 핀으로 창틀 가운데에 고정하고 그림이 석양에 비치는 모습을 보고 싶다는 충동을 느꼈다. 얼굴은 윤곽이 흐려져 몽롱해 보였지만 붉게 그늘진 눈과 밝은 이마와 유난스레 붉은 입술은 더욱 생생하고 깊게 타올랐다. 석양은 곧 사라져 버렸지만 나는 오랫동안 그 앞에 마주 앉아 있었다. 그러자 점차 그 얼굴은 베아트리체나 데미안이 아니라 내 자신이라는 느낌이 들었다. 물론 그 그림은 나와 닮진 않았다.―그럴 이유도 없는 것이라고 생각하긴 했다. 그렇지만 그 속은 나의 생명을 이루고 있는 것이고, 나의 마음, 나의 운명 혹은 나의 수호신이었던 것이다. 언제라도 내가 다시 친구를 찾아낸다면, 그 친구는 이런 모습일 것이었다. 언젠가 내가 사랑을 하게 된다면 사랑하는 이는 이런 모습일 것이었다. 나의 삶과 나의 죽음 역시 그러할 것이었다. 이러한 생각은 나의 운명의 울림이었고 리듬이었다.

그 무렵 나는 이제까지 읽었던 어떤 책보다 강한 인상을 남긴 책을 한 권 읽었다. 훗날에도 니체를 제외한다면 그러한 감동을 받았던 책은 거의 없었다. 그것은 시간과 금언이 수록된

노발리스의 책이었다. 그 내용의 대부분을 나는 잘 이해할 수 없었지만 그 구절들은 하나같이 내 마음을 이끌어 주고 나를 흥분시켰다. 지금 그 금언의 한 구절이 불현듯 떠오른다. 나는 그 구절을 펜으로 초상 아래에 적어 두었다. '운명과 마음은 하나의 개념에 대한 이름들이다.' 그 말을 나는 그제야 이해했다. 내가 베아트리체라고 이름 지은 소녀와 나는 여전히 자주 마주쳤다. 나는 이미 아무런 감정도 느끼지 않았지만 늘 부드러운 화합과 감정의 어떤 예감을 느꼈다. 그대와 나는 맺어져 함께 있는 것이다. 그러나 그대의 실체가 아니라 그대의 영상만 그럴 뿐이다. 그대는 내 영혼의 일부분이라고.

막스 데미안에 대한 동경이 다시 강렬하게 타올랐다. 나는 그의 소식을 수년 내에 한 번도 듣지 못했다. 단 한 번 방학 때 그를 만난 적이 있긴 했다. 지금에서야 나는 이 잠깐 동안의 만남을 이 기록에서 숨기고 있었음을 깨달으며 그 원인이 수치심과 허영심 때문이라는 것을 밝힌다. 이것을 만회해야겠다.

내가 술집에 드나들던 시절 중에 방학 때의 어느 날, 늘 그랬듯이 피곤에 찌든 얼굴을 하고 산책용 지팡이를 휘두르면서 옛 모습 그대로 경멸스러운 거리의 건달들을 구경하며 건들건들 시내를 돌아다니다가 나는 그 옛날 친구가 내 쪽으로 걸어오는 것을 보았다. 그의 모습을 발견하자마자 나는 몸이 오싹해졌다. 번갯불처럼 프란츠 크로머가 생각났다. 제발 데미안이 그때의 일을 잊어버렸다면 좋겠는데! 그에게 신세 갚아야 할 일이 남아 있다는 것이 그렇게나 불쾌했다.—사실, 어리석은 아이 때의 일이기는 했지만 신세는 신세였던 것이다.

그는 내가 인사를 하려는지 아닌지를 알아보려는 것 같았기에 나는 되도록 태연하게 인사를 했다. 그는 나에게 손을 내밀었다. 옛날과 똑같은 데미안의 악수였다! 꽉 움켜쥐는, 따뜻하면서도 냉정한, 남성적인 악수!

그는 주의 깊게 내 얼굴을 들여다보며 말했다.

"싱클레어, 너 많이 컸구나."

그는 전혀 변하지 않아 보였다. 언제나 그랬듯이 똑같이 나이 들어 보이는 동시에 똑같이 젊어 보였다.

우리는 함께 산책을 하며 순전히 딴 이야기만 했는데 그 당시의 이야기는 하나도 하지 않았다. 예전에 내가 몇 번이나 답장도 받지 못한 편지를 보냈던 일이 생각났다. 아, 제발 그 일을 기억해 내지 못했으면 좋겠는데. 그 바보 같은, 바보 같은 편지를! 그는 편지에 관한 이야기는 한마디도 하지 않았다.

그때에는 아직 베아트리체도 초상도 없었고 나는 황량한 시기의 한복판에 있던 참이었다. 교외로 나가면서 나는 술집에 가자고 제의를 했다. 그는 함께 갔다. 나는 잔뜩 멋을 부리며 와인 한 병을 주문해 잔에 채우고 그와 잔을 부딪치고는 학생들이 흔히 그러는 것처럼 첫 잔을 단숨에 비워 버렸다.

"술을 자주 마시는구나?"

그가 나에게 물었다.

"응, 물론."

나는 나른한 말투로 말했다.

"그것 말고 무슨 할 일이 있겠어? 아직까지는 제일 재미있는 일이니까."

"넌 그렇게 생각해? 그래, 그럴지도 모르지. 제법 근사한 점도 있으니까 말이야.—도취의 황홀함과 바커스적인 면이 있으니까. 하지만 술집에서 시간을 낭비해 버리는 사람들한테는 그런 멋은 쉽게 사라져 버릴 거라고 생각해. 술집을 찾아다니는 일은 진짜 건달 같은 짓이란 말이지. 어떤 날은 하룻밤 내내 타오르는 횃불 곁에서 진짜 아름다운 도취와 흥분을 맛보는 것도 괜찮겠지. 그러나 언제나 같은 식으로 자꾸 술잔을 기울이는 게 정말 잘하는 짓일까? 매일 밤 단골 술집 술상을 보고 있는 파우스트를 상상할 수 있겠니?"

나는 술을 마시며 적의에 찬 눈빛으로 데미안을 쳐다보았다.

"그래, 누구나가 다 파우스트 같을 수는 없으니까."

나는 짤막하게 대꾸했다.

데미안은 다소 놀랍다는 듯이 나를 바라보았다.

그러고는 예전처럼 신선하고 우월감이 느껴지는 웃음을 지었다.

"무엇 때문에 우리가 이런 걸 가지고 다투는 거지? 아무튼 술꾼들이나 건달의 생활이 어찌 보면 모범 시민의 일상보다 더 생기 있을 수도 있어. 그리고 언젠가 한번 읽은 적이 있는데, 방탕한 생활은 신비주의자가 살기 위한 최선의 준비 활동이란 말이지. 예언자가 되는 것은 언제나 성 아우구스티누스 같은 인물이거든. 그도 예언자가 되기 이전에는 향락가였고 방탕아였어."

나는 데미안의 이야기가 미심쩍었고 훈계당하고 싶지 않았다. 그래서 냉담하게 말했다.

"그렇지. 누구나 다 자기 방식대로 살아가는 거니까. 솔직히 말해서 나는 예언자 같은 건 될 마음이 전혀 없어."

데미안은 눈을 지그시 내리깐 채 알아들었다는 듯 나를 바라보았다.

"이봐 싱클레어."

그는 천천히 말했다.

"너에게 잔소리를 하려는 건 아니야. 그렇지만 말이야.─무슨 목적으로 술을 마시는지는 우리 둘 다 모르고 있어. 하지만 네 마음속의 네 생명을 이루는 네 안에 있는 그것은 이미 알고 있어. 우리들 마음속에는 모든 것을 알고 모든 것을 원하고 우리들 자신보다 모든 것을 더 잘 해내는 누군가가 들어 있어. 그 사실을 인식하는 것이 너에게 도움이 될 거야.─자, 이만 양해를 구하지. 나는 집에 가야겠어."

우리는 짧게 작별 인사를 나누었다. 나는 몹시 마음이 상해서 그대로 혼자 앉아서 남아 있는 술을 다 마셨고, 집으로 가려고 했을 때에야 데미안이 벌써 술값을 계산했다는 사실을 알았다. 그 일이 한층 더 마음을 상하게 했다.

이 사소한 사건을 다시 곰곰이 생각해 보았다. 그가 그 교외의 술집에서 내게 한 말들을 이상할 정도로 생생하게 한마디도 잊지 않고 기억해 낼 수가 있었다.

"우리들 마음속에는 모든 것을 알고 모든 것을 원하고 우리들 자신보다 모든 것을 더 잘 해내는 누군가가 들어 있어. 그 사실을 인식하는 것이 너에게 도움이 될 거야."

아직도 창틀에 걸려 있는, 그러나 이제는 거의 빛이 사라진 그림에 시선을 고정했다. 그러나 아직도 두 눈만은 생생히 불타고 있었다. 그것은 데미안의 눈빛이었다. 아니면 내 마음속에 들어 있는 눈빛이었다. 모든 것을 알고 있는 눈빛이었다.

나는 데미안을 얼마나 그리워했던가! 그러나 그에 대해서 아무것도 아는 것이 없었다. 그는 연락이 닿지 않는 사람이었다. 내가 알고 있는 건, 아마도 어디에선가 공부를 계속하고 있을 것이고, 그가 김나지움을 졸업한 후 그의 어머니와 우리 도시를 떠났다는 것뿐이었다.

크로머의 일을 포함해서 나는 데미안과 관련된 온갖 일들을 다시 생각해 냈다. 그가 일찍이 내게 이야기해 주었던 것들이 지금 다시 생생하게 울려 왔고, 그 말들은 오늘에까지도 깊은 의미를 지니며 나와 관련을 맺고 있었던 것이다! 최근 우리가 별로 기쁘지 않게 재회했을 때 말했던 방탕아와 성자에 관한 의미도 갑자기 마음속에서 분명해졌다. 나에게도 데미안이 이야기한 일들이 일어나지 않았던가? 나 역시 술과 더러움 속에서 마비와 방탕함 속에서 살지 않았던가? 청순함에 대한 소망과 성스러운 것들에 대한 동경처럼 새로운 삶에 대한 반대되는 충동이 내 마음속에서 되살아나지 않았던가?

기억을 더듬는 동안 밤은 깊어 갔고 밖에서는 비가 내리고 있었다. 나의 기억 속에서도 비가 내리는 소리가 들려온다. 밤나무 아래에서 그가 프란츠 크로머에 대해 캐묻고 그와 관련된 나의 비밀을 알아맞히던 때의 빗소리였다. 학교를 오가는 길에 나누었던 대화, 견진성사 수업 시간, 이렇게 하나의 기억이 끝나면 또 다른 기억이 꼬리를 물었다. 그리고 마지막으로 막스 데미안과 맨 처음 만났던 기억이 떠올랐다. 그땐 무슨 문제가 있었던가? 그 기억은 당장에 생각해 낼 수가 없었다. 나는 시간을 두고 그 기억을 되살리는 데 열중했다. 그러자 그 생각도 다시 떠올랐다. 그가 카인에 관한 이야기를 해 준 뒤 우리들은 우리 집 앞에 서 있었다. 그리고 우리 집 현관 아치의 쐐기돌에 새겨진 낡고 퇴색한 문장에 대한 이야기를 했다. 그는 그것에 흥미를 느꼈으며 누구나 그런 물건에 대해 관심을 갖지 않으면 안 된다고 말했다.

그날 밤 나는 데미안과 그 문장의 꿈을 꾸었다. 데미안이 그것을 손에 쥐고 있었는데, 어떤 때는 조그맣고 잿빛으로 되었다가도 때로는 굉장히 커져서 여러 가지 빛깔을 띄기도 했다. 그럼에도 그는 나에게 그것은 언제나 똑같은 문장이라고 설명했다. 그러면서 마지막으로 그는 나에게 그 문장을 삼키라고 명령했다. 그것을 삼키자 나는 질겁했다. 삼킨 문장 속의 새가 다시 살아나서는 내 배를 채우고 배 속을 쪼아 대는 것처럼 느껴졌기 때문이었다. 죽을 것 같은 두려움을 느끼며 나는 놀라서 잠을 깼다.

정신이 멀쩡해졌다. 한밤중이었는데, 방 안으로 비가 들이치는 소리가 들렸다. 창문을 닫으려고 일어났을 때 방바닥에 놓인 무언가 흰 것을 밟았다. 아침에서야 그것이 내가 그린 그림이라는 걸 알아차렸다. 그림은 물에 젖은 채로 방바닥에 떨어져 있었고 불룩하게 부풀어 올라 있었다. 나는 그것을 말리려고 흡수지를 사이에 끼워 두꺼운 책 속에 넣어 두었다. 다음 날 다시 보니 잘 말라 있었다. 그러나 그림은 변해 있었다. 붉은 입술은 다소 파리해졌고 얼마간 가늘어져 있었다. 이제야 정말 데미안의 입 그대로였다.

나는 그 문장의 새를 그리기 시작했다. 본래의 그 새 모양을 나는 분명하게 기억하지는 못한다. 하지만 어렴풋이 기억을 더 듬어 보면 그 문장은 너무나 낡아서 가끔 다시 채색을 했기 때문에 어떤 부분은 가까이 가더라도 잘 알아볼 수 없었다. 그 새는 무엇인가의 위에 서 있거나 앉아 있는데 그것이 한 송이 꽃이었는지, 바구니나 둥지였는지, 나무 꼭대기였는지 모르겠다. 나는 사소한 것에 마음 쓰지 않고 머릿속에서 분명히 영상이 떠오르는 부분부터 그려 가기 시작했다. 무언가 분명하지 않은 욕구 때문에 나는 강한 색깔을 썼다. 내 그림에서 새의 머리는 황금빛이었다. 기분이 내키는 대로 그린 그 그림은 며칠 안에 완성되었다.

그려진 것은 날카롭고 겁 없어 보이는 매의 머리를 한 커다란 한 마리 새였다. 그 새의 반신은 푸른 하늘을 배경으로 어두운 지구에 박혀 있었고, 마치 커다란 알에서 깨어 나오려는 것처럼 몸부림치고 있었다. 그 그림은 바라보면 바라볼수록 내게는 꿈속에서 보았던 빛깔의 문장처럼 여겨졌다.

데미안에게 편지를 쓴다는 것은 부칠 곳을 안다고 하더라도 나로서는 불가능한 일이었다. 그러나 나는 그 당시에 무슨 일을 하든지 그랬던 것처럼, 꿈과 예감에 사로잡혀 이것이 전해지든 전해지지 못하든 간에 그에게 그 새의 그림을 보내기로 마음먹었다. 나는 그 위에 아무것도, 내 이름조차도 적지 않고 가장자리를 조심해서 오려 내고는 커다란 봉투에 데미안의 옛날 주소를 썼다. 그러고는 그것을 부쳤다.

　시험이 다가왔고, 나는 옛날보다는 더 열심히 공부했다. 내가 나의 행실을 바로잡은 이후로 선생님들은 나를 너그럽게 대해 주셨다. 하지만 지금도 역시 나는 모범생이라고 할 수는 없었다. 그렇다고 어느 누구도 이제 와서 반년 전의 퇴학 처분 경고의 기억을 들추어내는 사람은 없었다.

　아버지께서도 이제는 비난이나 위협조가 아닌 옛날의 어조로 편지를 보내셨다. 나는 아버지에게든 다른 어떤 사람에게든 어떤 이유 때문에 나에겐 그런 변화가 일어났는지 설명하고 싶진 않았다. 이 변화가 부모님이나 선생님의 기대와 일치했다는 것은 우연이었다. 이 변화로 나는 다른 사람을 찾아가지도 않았고 남이 나에게 접근해 오는 것을 허용하지도 않았다. 단지 나를 한층 더 고독하게 만들었다. 나는 그 어느 곳인가를, 데미안을, 멀고 먼 운명의 목표로 삼고 있었다. 사실상 그것을 확실하게 알고 있지도 못했으면서 그 한복판에서 있었던 것이다. 그것은 물론 베아트리체에게서 비롯되었다. 그렇지만 얼마 지나지 않아 그림 속의 초상이나 데미안에 대한 생각으로 비현실적인 세계 속으로 빠져들었기 때문에 베아트리체는 완전히 내 시선과 생각 속에서 사라져 버렸다. 누구에게도 나는 꿈에 관해, 나의 기대와 내적인 변화에 관해 한마디도 이야기할 수 없었다. 설사 그렇게 하기를 간절하게 원했다 할지라도 못했을 것이다.

그런데 내가 이렇게 원했던 것들이 어떻게 가능했을까?

새는 알에서 나오려고 투쟁한다

내가 그렸던 꿈의 새는 여행을 떠나 내 친구를 찾았다. 그 답은 아주 신기하게 되돌아왔다.

어느 날 수업 중 쉬는 시간이 끝날 무렵 나는 책갈피 사이에 종이쪽지가 한 장 꽂혀 있는 것을 발견했다. 종이는 우리가 가끔 수업 시간에 쪽지를 보낼 때 접던 모양으로 접혀 있었다. 누가 이런 편지를 나에게 보냈는지 짐작할 수 없었다. 이제까지 어떤 친구와도 이런 장난을 해 보지 않았다. 나는 이것이 학교에서 유행했던 장난을 권하려는 정도로 생각했다. 같이하고 싶은 마음은 전혀 없어서 무심하게 종이쪽지를 읽지도 않고 책 앞쪽에 꽂아 두었다. 그러다 수업 중에 다시 그 쪽지를 손에 잡았다.

쪽지를 만지작거리다가 생각 없이 펼쳐 보니 거기에 몇 줄의 문구가 적혀 있었다. 읽자마자 나의 온몸과 마음이 문구에 사로잡혔다. 놀란 마음으로 다시 읽었다. 그사이 내 마음은 전율하며 운명 앞에 움츠러들었다.

"새는 알에서 나오려고 투쟁한다. 알은 세계다. 태어나려고 하는 자는 한 세계를 깨뜨리지 않으면 안 된다. 새는 신에게 날아간다. 신의 이름은 아브락사스다."

나는 이 구절을 여러 번 읽고 깊은 생각에 잠겼다. 의심할 여지도 없이 그것은 데미안에게서 온 답이었다. 그와 나를 빼놓고는 아무도 그 새를 알 리가 없었다. 그가 나의 그림을 받은 것이다. 그리고 그림을 이해하고 나의 해석을 도와준 것이다. 하지만 이 모든 일이 어떻게 연관되어 있는 것일까? 그리고 무엇보다도 나를 괴롭힌 것은 아브락사스라는 이름의 정체였다. 그것은 무엇일까? 나는 한 번도 그런 이름을 들은 적도 읽은 적도 없었다.

"신의 이름은 아브락사스다."

전혀 집중하지 못한 채 수업이 끝났다. 다음으로 오전의 마지막 수업이 시작했다. 수업은 젊은 보조 교사 담당이었는데 대학을 갓 졸업한 사람으로 매우 젊고 괜한 잘난 척을 하지 않는 사람이었다. 그런 이유만으로 우리들에게 인기 있는 선생님이었다.

우리는 폴렌스 선생님의 지도로 헤로도토스를 읽었다. 이 강독 수업은 내가 흥미 있어 하는 과목 중의 하나였다. 하지만 이날만은 수업에 집중할 수가 없었다. 나는 기계적으로 책을 펼친 채 선생님의 진도를 따라가지 않고 내 생각의 뒤를 좇고 있었다. 데미안이 예전 견진성사 수업 시간에 내게 했던 이야기가 얼마나 옳은 말인지 여러 번 느꼈다. 사람이 무언가 간절히 원하는 것이 있다면 그대로 이루어진다는 이야기였다. 만약 내가 수업 중에 아주 강하게 내 자신의 생각에 집중할 수 있으면 선생님들은 나를 내버려 둔다. 하지만 정신이 산란하거나 졸릴 때면 갑자기 선생님이 옆에 와서 서 있곤 했다. 그런 경험이 여러 번 있었다. 내가 정말로 깊은 생각에 몰두해 있다면 안전했다. 나는 강한 시선으로 상대를 노려보는 실험도 해 봤는데, 그것도 믿을 만했다. 그 당시, 데미안과 함께였던 시절에는 성공할 수 없었던 일이었다. 하지만 지금은 강한 시선과 깊은 생각만으로 매우 많은 일을 할 수 있다는 사실을 안다.

지금 이 수업 시간에도 나는 그 방법을 사용하고 있기 때문에 헤로도토스와 학교와는 멀리 떨어져 있다. 그런데 뜻밖에도 선생님의 목소리가 내 의식을 번개처럼 내리쳤다. 나는 깜짝 놀라 정신을 차렸다. 선생님의 목소리를 들었다. 그는 내 곁에 바짝 붙어 서 있었다. 나는 그가 내 이름을 부른 것이라고 생각했다. 하지만 나를 쳐다보고 있지 않았다. 나는 안도의 숨을 내

쉬었다.

그때 다시 선생님의 목소리를 들었다. 분명히 아브락사스라고 말하고 있었다.

말의 첫머리는 듣지 못했지만 폴렌스 선생님은 설명을 계속하고 있었다.

"우리는 고대의 교파와 신비적인 교단의 견해를 합리주의적인 관점에서 파악할 필요가 있습니다. 이것만큼은 보잘것없는 일이라고 판단해서는 안 됩니다. 여기에 담긴 의미를 과학적 기준으로만 봐서는 고대를 제대로 파악할 수가 없습니다. 고대 시대에는 매우 높은 수준의 철학적이고 신비적인 진리 활동이 있었습니다. 그중 일부는 가끔 사기와 범죄로 뻗쳐 가는 마술과 유희로 진행되었습니다. 하지만 마술이라는 것도 본래에는 필연적인 이유와 깊은 사상이 있었던 것입니다. 앞서 예로 든 아브락사스의 교의 역시 그렇습니다. 이 이름은 그리스의 주문과 관련 있다고 보이는데 오늘날에는 대개 야만족들이 믿고 있는 어떤 악마의 이름이라고 간주되기도 합니다. 그러나 아브락사스는 훨씬 더 많은 것을 뜻한다고 여겨집니다. 우리는 개괄적으로 이 이름을 신적인 것과 악마적인 것을 결합하는 상징 역할을 하는 일종의 신의 이름으로 파악할 수 있습니다."

몸집이 조그마한 이 젊은 학자는 섬세하면서도 힘 있게 설명을 계속했다. 크게 신경을 쓰는 사람은 아무도 없었다. 그 이름이 다시 거론되지 않자 나도 나만의 생각으로 주의를 돌렸다.

'신적인 것과 악마적인 것을 결합한다.'

아직도 이 설명의 여운이 사라지지 않고 주위를 맴돌았다. 이 설명과 결부해 예전의 일이 떠올랐다. 우리가 우정을 나누었던 최후의 시절에 내게 친근했던 데미안과의 대화였다. 그때 우린 분명히 존경하는 하나의 신이 있었다. 그 신은 단지 인공적으로 구분된 세계의 절반만을 포용할 뿐이었다(그것은 공적으로 허용된 '밝은 세계'였다). 하지만 사람은 세계에 존재하는 모든 것을 존경할 수 있어야 한다. 그러자면 악마까지도 포용한 새로운 신을 갖거나 아니면 신에게 예배하는 동시에 악마에게도 예배하지 않으면 안 된다. 데미안이 그때 이렇게 말했다.─그렇다면 지금 이 아브락사스가 신인 동시에 악마인, 바로 우리가 찾던 그 신이었다.

그 이후 얼마 동안은 매우 열심히 그 신에 대해 찾아보았다. 나는 아브락사스를 찾기 위해 도서관을 다 뒤졌지만 아무런 소득이 없었다. 손에 쥐고 보면 작은 돌멩이에 불과한 진리를 찾는 것처럼 직접적이고 의식적인 탐구에 내 본성은 훈련되어 있지 않았다.

한때 그리도 몰두했던 베아트리체의 모습은 서서히 관심 속에서 멀어져 갔다. 지평선에 가까워질수록 아련한 그림자처럼 희미해졌다. 이미 그것은 내 영혼을 만족시키지 못했다.

내 자신만의 틀에 박혀 몽유병자처럼 지내 온 내 생활에 신기하게도 새로움이 형성되기 시작했다. 일상의 동경, 아니 사랑을 향한 동경이라 할 수 있는 무엇과, 베아트리체를 갈망하는 동안 잦아들었던 성적 충동이 다시 내부에서 솟구쳐 오르며 새로운 영상과 목표를 갈망했다. 여전히 나는 어떤 것에도 만족하지 못했다. 그렇다고 동경하는 마음을 부인하거나 친구들처럼 소녀들에게 무엇인가를 바라며 욕구를 충족하는 것은 더욱 불가능한 일이었다. 다시 나는 심하게 꿈을 꾸기 시작했다. 밤보다 낮에 더 많이 꿈꾸는 편이었다. 상상, 영상, 혹은 소망들이 나의 내부를 가득 채우고 있었다. 나는 내 마음속의 영상들, 꿈, 꿈의 그림자와 현실의 삶에 있는 것들보다 더 현실적이고 생명력 넘치게 관계를 맺었다.

어떤 특정한 종류의 꿈, 항상 되풀이되며 떠오르는 환상이 나에게는 중요한 의미가 있었다. 그때 가장 중요하게 내 생활에 영향을 미쳤던 꿈은 대략 이랬다. 나는 고향 집으로 되돌아갔다.—푸른 하늘을 배경으로 문장 속의 새가 황금빛으로 환하게 빛나며 대문 위에 있었다.—집에서 어머니가 나를 맞이하셨다.—하지만 내가 어머니를 포옹하려고 하니 어머니가 이제까지 한 번도 본 적이 없는 사람으로 변했다. 키가 훤칠하게 크고 힘이 셌는데, 그 모습은 막스 데미안이나 내가 그린 초상과도 닮은 것 같았지만 자세히 보면 또 달랐다. 힘차 보이지만 정말로 여성스러운 여인이었다. 그 여인은 나를 끌어당겨 몸이 떨릴 정도로 진하게 사랑의 포옹을 해 주었다. 희열과 공포가 뒤섞여 느껴졌다. 그 포옹은 신에게 드리는 예배인 동시에 죄악이었다. 어머니와의 수많은 추억, 데미안과의 수많은 추억이 나를 끌어안은 여인의 모습 가운데서 유령처럼 나타났다가 사라져 갔다. 그녀와의 포옹은 엄숙한 경건함과는 거리가 있었지만 희열이 느껴지는 것임은 틀림없었다. 나는 이 꿈에서 짙은 행복감을 느끼며 깨기도 하고 때론 무서운 죄를 저지른 것 같은 죽음의 공포와 양심의 가책에 떨며 깨어나기도 했다.

아주 내면적인 이 영상과 외부에서 찾아온 탐구 대상인 신의 암시 사이에는 어떤 무의식적인 관련이 있었다. 그것은 점점 일정하고 긴밀하게 결합되었다. 나는 이 암시의 꿈에서 아브락사스를 부르고 있음을 점차 감지했다. 쾌감과 공포, 남자인 동시에 여자인 것의 혼합, 성스러움과 전율의 뒤섞임, 다정스러운 순수함을 뚫고 지나가는 깊은 죄악의 암시. 이것이 내 사랑과 꿈과 아브락사스의 영상이었다. 내게 사랑은 이미 불안하게만 여겼던 짐승 같은 어두운 충동이 아니었다. 또한 내가 베아트리체의 초상에 마음을 바쳤던 경건하고 정신적인 숭배도 아니었다. 사랑은 그 양쪽 다였다. 양쪽 다일뿐만 아니라 그 이상이었다. 그것은 천사인 동시에 악마였고, 남자와 여자가 합쳐진 존재였고, 인간적이면서도 동물적인 것이고, 최고의 선이자 극

한의 악이었다. 이렇게 사는 것이 운명이고, 이런 것들을 체험하는 것이 숙명 같았다. 깊은 동경심을 품은 동시에 깊은 두려움에 떨었고, 사랑은 언제나 내 머리 꼭대기에 실제로 존재하며 나를 수시로 덮쳐 왔다.

이듬해 봄, 나는 김나지움을 졸업하고 진학을 해야 했다. 아직도 나는 어디서 무엇을 공부하고 싶은지 정하지 못했다. 내 입술 위로는 콧수염이 자라기 시작했고 나는 이제 완전한 성인이 되었다. 그럼에도 아직도 무엇을 해야 할지 모르고 있었으며 아무런 목표도 없었다. 확실한 것은 단 하나, 나의 내면의 소리, 즉 꿈속의 영상뿐이었다. 나는 이것이 이끄는 대로 맹목적으로 따라가야 한다고 느꼈다. 매우 어려운 일이었고 나는 매일 그것에 저항했다. 내가 미친 건 아닐까 한두 번 생각한 게 아니다. 나는 다른 사람과 전혀 다른 걸까? 하지만 다른 학생들이 할 수 있는 일은 나 역시 할 수 있었다. 조금만 주의와 노력을 집중하면 플라톤을 읽어 낼 수 있었고 삼각 함수 문제도 풀 수 있었고 화학적인 분석도 이해할 수 있었다. 내가 할 수 없는 건 단 하나뿐이었다. 그것은 다른 사람들처럼 나의 내면에 숨겨진 목표를 끄집어내서 내 앞에 확실히 내놓는 일이었다. 다른 사람들은 자신이 교수나 판사, 의사나 예술가가 되고 싶다는 것을 명백하게 알고 있었고 그것을 이루려면 어느 정도의 기간이 필요하며 어떤 현실적인 장점이 있는지 잘 알고 있었다. 하지만 나는 할 수 없었다. 언젠가 나도 그런 직업을 갖겠지만 내가 지금 어떻게 그걸 알 수가 있다는 말인지. 나 역시도 몇 년 동안 찾고 또 찾았지만 아무것도 이루어진 일은 없었고, 어떠한 목표에도 도달하지 못했다. 시간이 흐르고 나면 나 또한 어떠한 목표에 도달하겠지만 이것은 매우 곤란하고 위험하고 무서운 일이었다.

나는 살기 위해서 내면에서 스스로 우러나오는 것 말고는 아무런 노력을 하지 않았다. 어쩌면 이렇게도 어려웠을까?

나는 가끔 내 꿈에 나타나는 거센 사랑의 형상을 그려 보려고 노력했다. 하지만 한 번도 성공한 적이 없었다. 성공했다면 나는 데미안에게 보냈을 것이다. 그는 어디에 있을까? 알 수 없었다. 단지 데미안과 나는 어떤 방식으로든 연결되어 있다고 믿었다. 언제쯤 다시 그를 만날 수 있을까?

베아트리체와의 몇 주, 아니 몇 달간의 고요한 정적은 이미 오래전에 사라져 버렸다. 그 당시 나는 섬에 도착해서 평화를 발견해 냈다고 생각했다. 하지만 언제나 같은 상태였다.—어떤 상태가 마음에 들거나, 어떤 꿈 때문에 즐거운 마음이 들기가 무섭게 이것들은 곧바로 퇴색하고 희미해져 버렸다. 이런 상황을 한탄하는 것이 무슨 소용이 있을까! 나를 온전히 야성적인 미치광이로 만들어 버리고야 마는 이루어지지 않는 욕망과 긴장된 기대감의 불꽃 속에 나는 살고 있었다. 꿈에서 보이는 여인의 모습을 나는 너무도 생생하게, 내 손을 보는 것보다 더 선명하게 바라보고 이야기를 나누며, 그 앞에서 눈물을 흘리고 그녀를 저주하기도 했다. 나는 그녀를 어머니라고 부르며 눈물을 흘리면서 무릎을 꿇고 경배했다. 그 여인을 애인이라고 부르면서 모든 욕망을 충족시키는 깊은 입맞춤을 아련하게 느끼기도 했다. 그리고 또한 악마, 매춘부, 흡혈귀, 살인마라고 부르기도 했다. 그녀는 나를 다정하기 그지없는 사랑의 꿈으로 유인하기도 했고 말할 수 없이 뻔뻔한 행위로 끌고 가기도 했다. 그녀에게는 지나치게 선한 것도 존귀한 것도 없었고 동시에 지나치게 악한 것도 비루한 것도 없었다.

그해 겨울 내내 나는 표현하기 어려운 내면의 폭풍우 속에서 지냈다. 고독함에 익숙해진 지 오래였기 때문에 새삼스레 고독함이 나를 압박할 수는 없었다. 나는 데미안과 매와 나의 숙명이자 애인인 커다란 꿈의 영상과 더불어 살았다. 이들 속에서는 살아가기 충분한 공간이 있었다. 이 모든 것은 위대하고 넓은 세계를 향해 있었고, 또한 아브락사스를 가리키고 있었다. 하지만 이 꿈들 중의 단 하나도, 내 생각의 한 조각마저도 나에게 순응하지 않았으며, 그것들 중 단 하나도 내 마음대로 불러들일 수 없었고 내 마음대로 색칠할 수 없었다. 하지만 나를 찾아와서 나를 사로잡고 나를 지배하고 나를 살아가게 했다.

나는 분명 외부에서는 안전했을 것이다. 나는 사람을 전혀 두려워하지 않았고 같은 반의 친구들도 그것을 느꼈다. 은근히 나에게 경의를 표하기도 해서 나의 비웃음을 사는 경우도 있었다. 나는 마음만 먹으면 친구들 대부분의 마음을 꿰뚫어 볼 수 있어서 언제고 그들을 깜짝 놀라게 할 수도 있었다. 하지만 나는 되도록이면 그렇게 하지 않았다. 나는 언제나 나의 일, 나 자신만의 일에 몰두하고 있었다. 그리고 이제 생명의 일부분이라도 살아 보고 내 자신 속에서 무엇인가를 이끌어 내서 그것을 세상에 건네주고 세상과 관계를 맺고 싸움을 시작할 수 있기를 간절히 원했다. 저녁의 거리를 산책하다가 여러 번 마음을 진정시키지 못하고 끝내 한밤중까지 헤매고 다닐 때면, 이번에는 틀림없이 나만의 애인과 마주치겠지, 다음 골목 모퉁이에서는 만날 수 있겠지, 다음 창문에서 그녀가 나를 부르겠지, 하고 생각했다. 이 모든 것은 때론 참을 수 없는 고통으로 나를 얽어매와서 언젠가는 자살을 결심하기도 했다.

나는 그 당시 예상치 못한 피난처를 '우연히' 발견했다. 하지만 우연이란 존재하지 않는다. 무엇인가를 간절히 필요로 했던 사람이 그것을 발견한다면 그것은 우연히 이루어진 것이 아니라 자기 자신이, 혹은 자기 자신의 소원과 필연이 그곳으로 자신을 이끌었기 때문이다.

나는 시내를 걷다가 두 번인가 세 번쯤 교외의 조그만 교회에서 울려 나오는 오르간 소리를 들은 적이 있었다. 하지만 그

때엔 걸음을 멈추지 않았다. 그러던 어느 날 그 앞을 지나다가 나는 또다시 오르간 소리를 들었다. 바흐의 곡이 연주되고 있었다. 문으로 가 보았지만 문은 닫혀 있었다. 골목에는 지나다니는 사람이라고는 거의 없었으므로 나는 외투 깃을 올리고 교회 옆 길가의 돌에 앉아 귀를 기울였다. 그렇게 소리가 크지는 않았지만 좋은 오르간이라는 것을 금방 알 수 있었고, 연주는 신비하고 독특하게 높은 수준의 개성적인 의지와 인내를 표현하는 훌륭한 기도처럼 울려 퍼지는 대가의 솜씨였다. 오르간을 연주하는 사람은 이 음악 속에 보물이 숨겨져 있음을 아는 자여서 마치 생명을 얻고자 하는 사람처럼 이 보물을 얻기 위해 애쓰고 두드리고 그리고 끊임없이 노력하고 있다고 느껴졌다. 기교적인 면은 내가 음악에 그다지 전문적인 안목을 갖추지 못해 잘 모르지만 진실한 영혼의 표현은 아주 어릴 적부터 본능적으로 쉽게 이해할 수 있었고 음악의 본질을 아주 분명한 것처럼 내 마음속에서 느낄 수 있었다.

그 음악가는 바흐의 곡 다음에 곡명을 알지 못하는 현대 음악을 연주했다. 레거의 곡인지도 몰랐다. 교회 주위는 완전히 어두워졌고 아주 희미한 빛이 옆 창문으로 흘러들고 있을 뿐이었다. 나는 연주가 그칠 때까지 기다렸고 오르간을 치던 사람이 밖으로 나오는 것을 볼 때까지 교회 앞을 왔다 갔다 했다. 그 사람은 아직 젊었으나 적어도 나보다는 좀 더 나이가 많아 보였고 다부진 체구에 통통했다. 그는 마치 기분이 나쁜 사람처럼 성급한 발걸음으로 힘차게 그곳을 떠났다.

그 이후 나는 때때로 저녁 무렵에 그 교회 앞에 앉아 있거나 서성거리곤 했다. 언젠가는 문이 열린 것을 발견하고는 교회 안으로 들어갔다. 오르간 연주자가 위층에서 가물거리는 가스등 밑에서 연주하는 것을 추위에 떨면서도 반시간 동안이나 행복하게 들었다. 그가 연주하는 음악에서 그 사람의 이야기만 들렸던 것은 아니다. 그가 연주하는 모든 곡이 서로 인연이 닿아 있고 남모르는 관계를 맺고 있다고 생각되었다. 모든 연주곡들은 종교적이었고 헌신적이었으며 경건했지만, 교회의 신자나 목사들처럼 경건한 것이 아니라 중세의 순례자나 탁발승들처럼 경건했고, 모든 종파를 넘어서 존재하는 세계와 감정을 향한 물불을 가리지 않는 헌신으로 경건했다. 바흐 이전의 거장들의 곡과 옛 이탈리아 작곡가들의 곡이 자주 연주되었다. 그 곡들은 한결같이 똑같은 이야기를 해 주고 있었는데, 연주곡은 모두 음악가의 영혼 속에 담긴 것을 표현한다는 것이다. 그것은 동경과 세계의 가장 내면적인 파악, 그리고 세계로부터의 가장 난폭한 분리와 자기 자신의 어두운 영혼에의 타들어가는 듯한 심취, 헌신적인 도취와 불가사의한 것을 향한 깊은 호기심 같은 것들이었다.

언젠가 나는 그 오르간 연주자가 교회를 나서기에 그 뒤를 몰래 따라가 그가 시내의 변두리에서도 멀리 떨어져 있는 조그만 술집으로 들어가는 것을 보았다. 나는 나 자신을 억제하지 못하고 그를 따라 들어갔다. 나는 비로소 이 술집에서 그를 똑똑히 볼 수 있었다. 그는 검정 펠트 모자를 쓴 채 와인 한 병을 앞에 놓고 조그만 홀의 구석에 있는 탁자에 앉아 있었다. 그의 얼굴은 내가 상상하던 그대로였다. 그는 못생겼고 다소 야성적으로 보였으며, 탐구적이고 굳은 표정에 집요하고 의지에 차 있어 보였지만 입 가장자리에는 부드러운, 아이와 같은 느낌이 남아 있었다. 남성적이고 강하게 느껴지는 것은 모두 눈과 이마에 모여 있었고 안정감 없는 하관에는 부분적인 연약함과 섬세하고 불완전함이 함께 깃들어 있는 얼굴이었는데, 우유부단해 보이는 턱은 눈초리에 대한 이율배반인 양 소년처럼 느껴졌다. 특히 내 마음에 든 것은 긍지와 적의에 가득 찬 암갈색 눈동자였다.

나는 아무 말없이 그의 맞은편에 앉았다. 술집 안에는 우리 두 사람 외엔 아무도 없었다. 그는 나를 쫓아 버리기라도 하려는 듯이 노려보았다. 그럼에도 나는 그의 앞에 버티고 앉아서 그가 성이 나서 투덜거릴 때까지 그를 뚫어지게 쳐다보았다.

"당신은 뭘 그리 기분 나쁘게 사람을 노려보고 있소? 내게 무슨 용건이라도 있는 거요?"

"무슨 용건이 있는 건 아닙니다."

나는 말했다.

"그렇지만 난 당신에 관해 많은 걸 알고 있어요."

그는 이마를 찌푸렸다.

"그럼 당신도 음악광이오? 음악에 미친다는 건 내가 보기엔 구역질 나는 짓이오."

나는 까딱도 하지 않았다.

"나는 벌써 여러 번 교회 밖에서 당신의 연주를 들었습니다."

나는 계속 말했다.

"나는 당신을 귀찮게 하려는 게 아니에요. 나는 당신에게서 뭔가를, 뭔가 색다른 것을 발견할 수 있지 않을까 하고 생각했어요. 그것이 무엇인지를 분명하게 말할 순 없지만 말입니다. 내 소리는 귀담아듣지 마세요! 나는 교회에서 당신의 연주를 듣는 것으로 충분하니까요."

"하지만 난 언제나 교회 문을 잠가 두는데요."

"최근에 그것을 잊으신 적이 있었어요. 그래서 교회 안으로 들어가서 들을 수 있었지요. 그렇지 않을 때는 밖에서 서서 듣거나 길가의 돌에 앉아 듣기도 했답니다."

"그래요? 다음번엔 들어와도 좋소. 그게 훨씬 따뜻할 거요. 그저 문만 두드리시지요. 그러나 힘차게 두드려야 할 거요. 내가 연주하고 있지 않을 때 말이오. 그런데 자, 무슨 말을 하려고 했소? 아주 젊은 분이군, 아마 고등학생 아니면 대학생이겠지.

음악을 하시오?”

"아닙니다. 전 그저 음악 듣기를 좋아할 뿐입니다. 당신이 연주하시는 그런 구속이 없는 음악, 듣고 있자면 사람이 천국과 지옥을 잡아 흔든다고 느끼게 해 주는 그런 음악 말입니다. 저는 음악을 대단히 좋아하는데 아마 음악은 그렇게 도덕적이지 않다고 생각하기 때문일 겁니다. 다른 온갖 것들은 다 도덕적이지요. 그런데 저는 그렇지 않은 것을 찾고 있는 거예요. 저는 언제나 도덕적인 것에 억눌려 괴로움을 받아 왔어요. 잘 표현할 순 없지만, 당신도 신인 동시에 악마인 하나의 신이 존재해야 한다고 생각하지 않나요? 전 그러한 신이 존재했다는 이야기를 들은 적이 있어요.”

그는 널따란 모자를 조금 젖히고 이마로 내려온 검은 머리칼을 끌어올렸다. 그는 나를 뚫어지게 쳐다보더니 식탁 너머로 내게 얼굴을 바짝 들이댔다.

나직하고 긴장된 목소리로 그는 물었다.

"당신이 지금 말하는 그 신의 이름은 무엇이오?”

"유감스럽지만 저는 그 신에 대해 아는 게 거의 없어요. 단지 이름을 알 뿐이에요. 그 신의 이름은 아브락사스입니다.”

그는 누군가가 우리의 대화를 엿듣기라도 한다는 듯이 조심스레 사방을 둘러보았다. 그러고 나서는 내게 한층 더 바짝 다가앉으면서 속삭이듯이 말했다.

"내 그럴 줄 알았소. 당신은 누구시오?"

"저는 김나지움에 다니는 학생입니다."

"어디서 아브락사스를 알았지?"

"우연히요."

그는 테이블을 쳤다. 와인 잔이 넘쳐흘렀다.

"우연이라니! 이것 보시오. 쓸데없는 소리 작작해요! 아브락사스를 우연으로 알게 되는 법은 없소. 그것을 명심하시오. 내가 좀 더 이야기해 주리다. 난 그에 관해 아는 것이 좀 있으니까 말이오."

그는 말을 멈추고 걸상을 다시 뒤로 밀었다. 내가 기대에 가득 찬 시선으로 그를 바라보자 그는 얼굴을 찌푸렸다.

"여기서가 아니오! 다음번에 이야기하리다. 자, 이거나 좀 드시오."

그러면서 그는 입고 있던 외투 주머니에 손을 쑤셔 넣더니 군밤 몇 개를 꺼내서는 내게 던져 주었다.

나는 무척 만족스러운 마음으로 아무 말없이 그것을 집어 먹었다.

"그래!"

그는 잠시 후에 소곤거리듯 말했다.

"당신은 어떻게 그것을 알게 되었소?"

나는 주저 없이 이야기했다.

"전 고독했었고 방황했었지요."

나는 말을 계속했다.

"그때 저는 옛 시절의 친구가 생각났는데, 전 그가 무척 많은 것을 알고 있다고 믿었습니다. 나는 세계로 나오려고 하는 새 한 마리를 그렸습니다. 그것을 그에게 보냈지요. 제법 시간이 지나서 그 일을 까맣게 잊고 있었을 무렵에 뜻밖에도 종이쪽지 한 장이 제 손에 들어왔습니다. 거기엔 이런 구절이 적혀 있었어요. 새는 알에서 나오려고 투쟁한다. 알은 세계다. 태어나려고 하는 자는 한 세계를 깨뜨리지 않으면 안 된다. 새는 신에게 날아간다. 신의 이름은 아브락사스다."

그는 아무 대꾸도 하지 않았다. 우리는 밤을 까서 술안주로 먹었다.

"한 잔 더 하겠소?"

그가 물었다.

"고맙지만 사양할게요. 전 술을 그리 좋아하지 않아요."

그는 다소 실망했다는 듯이 웃었다.

"좋을 대로 하시오. 난 다르니까. 난 여기 더 있겠소. 인제 그만 가 보시오."

다음번에 그의 연주를 들은 후 그 사람과 함께 걸었을 때는 그는 별로 말이 없었다. 그는 나를 옛날 골목에 있는 낡고 웅장한 집 위층으로 인도해 올라갔다. 크고 황량한 보잘것없는 방으로 데리고 갔는데 거기에는 피아노를 제외하면 음악에 관련된 것은 아무것도 없었고 커다란 책장과 책상으로 인해 학구적인 분위기를 풍기고 있었다.

"책이 참 많군요."

나는 감탄하며 말했다.

"일부는 아버지의 서재에서 갖고 온 거요. 나는 아버지의 집에 살고 있으니까. 이봐요, 나는 부모와 함께 살고 있긴 하지만 그들에게 당신을 소개할 순 없소. 내 친구는 이 집안에서 그리 존경을 받지 못하니까. 나는 소위 탈선한 자식이요. 아버지는 믿을 수 없을 만큼 존경할 만한 분으로 이 시에서 손꼽히는 목사이자 설교가라오. 당신이 알아듣기 쉽게 말하자면 나는 재능이 있고 전도 유망한 후계자였는데 탈선하고 얼마 동안 정신이 돌아 버린 것이오. 나는 신학생이었는데 국가시험 직전에 이 신성한 신학부를 팽개쳐 버렸소. 내 개인적인 공부로 말하자면 나는 여전히 신학을 전공하고 있는 셈이오. 사람들이 때론 어떤 신을 생각해 냈는가를 알아내는 것이 내게는 여전히 최고로 중요하고 흥미 있는 일이라오. 그건 그렇고 나는 현재 음악을 하고 있으니 머지않아 하찮은 오르간 연주자 자리를 얻겠지요. 그러면 나는 다시 교회에서 일하게 되는 거요."

나는 서가에 꽂힌 책을 대충 훑어보았다. 조그만 탁상 램프의 희미한 불빛으로 보이는 것에 한에서 책들은 그리스어, 라틴어,

히브리어의 표제를 달고 있었다. 그러는 동안 그는 컴컴한 속에서 벽 쪽의 방바닥에 엎드려 무언가 부스럭거리고 있었다.

"이리 오시오."

얼마 후에 그가 나를 불렀다.

"이제 철학 시간을 조금 가집시다. 다시 말해 입은 다물고 엎드려 생각을 좀 해 보잔 말이오."

그는 성냥을 하나 켜서는 벽난로 속에 있는 종이와 나무에 불을 피웠다. 불꽃은 곧 높이 피어올랐는데 그는 세심하게 신경을 써서 불을 긁어 일으키기도 하고 장작을 집어넣기도 했다. 나는 그에게로 다가가서 너덜너덜한 융단 위에 엎드렸다. 그는 물끄러미 불을 들여다보았고 나도 곧 불에 마음이 끌려 우리는 거의 한 시간쯤이나 널름거리는 장작불 앞에 아무 말 없이 엎드려서는 불꽃이 훨훨 타오르고 바지직거리고 꺾이고 휘어지고 가물가물 흔들리다 경련하듯 파닥거리며 마침내는 조용히 사그라져서 밑바닥에서 부화하는 것을 바라보았다.

"인간이 만들어 낸 숱한 발명들은 멍청하기 짝이 없지만 불을 피우는 건 예외 같군."

그는 혼잣말로 한 번 이렇게 중얼거렸다. 그 말 외에 우리 두 사람은 한마디도 하지 않았다. 시선을 집중해 나는 불을 들여다보았고 꿈과 정적 속에 잠겨 들었으며 연기 속에서 어떤 자태를, 재 속에서 무엇인가의 형상을 보았다. 갑자기 나는 깜짝 놀랐다. 그가 관솔을 불 속에 던져 넣자 조그맣고 가느다란 불꽃이 솟구쳐 올라왔는데 그 속에서 나는 황금빛 매의 머리를 가진 새를 볼 수 있었다. 사그라져 가는 난로의 불 속에서 황금빛으로 작열하는 실 가닥들이 한데 모여 그물 모양을 만들었다. 문자와 갖가지 형상과 얼굴, 짐승, 식물, 벌레, 뱀에 대한 기억이 떠올랐다. 문득 정신이 들어 옆에 있는 그를 보니 그는 턱을 괴고 엎드려 정신없이, 마치 꿈꾸는 것처럼 재를 뚫어지게 쳐다보고 있었다.

"전 이제 가야겠어요."

나는 나지막하게 말했다.

"그래 그럼, 잘 가시오. 또 만납시다!"

그는 꿈쩍도 하지 않고 말했다. 램프의 불은 어느새 꺼져 버렸으므로 나는 간신히 컴컴한 방과 복도와 계단을 더듬거리며 그 을씨년스런 집을 나왔다. 거리로 나온 나는 멈춰 서서 그 낡은 집을 올려다보았다. 어떤 창에도 불이 켜 있지 않았다. 놋쇠로 된 조그만 문패가 문 앞 가스등의 빛을 받아 반짝이고 있었다.

"피스토리우스 주임 목사."

나는 문패에 쓰인 글을 간신히 읽을 수 있었다.

기숙사로 돌아와 저녁을 먹은 후 내 조그만 방에 혼자 있게 되자 비로소 나는 아브락사스나 그 밖의 어떤 일에 대해서도 피스토리우스에게서 들은 것이 없으며, 서로 열 마디도 나누지 않았다는 것을 깨달았다. 하지만 나는 그의 집을 방문한 것이 무척 만족스러웠다. 그는 다음 만날 때엔 옛날의 오르간 음악 중에서 가장 뛰어난 곡인 북스테후데의 '파사칼리아'를 들려주기로 약속했다.

내가 알아차리지 못한 일이었지만 그와 함께 그 음산하고 넓은 방의 난로 앞에 엎드려 있었을 때 이미 피스토리우스는 첫 수업을 시작했다. 나는 불을 들여다보게 한 일이 참 좋았는데, 그 일을 통해 그는 내가 항상 가지고 있었으면서도 한 번도 훈련한 적 없는 나의 내면의 성향들을 강렬하게 해 주고 확인하게 해 주었다. 점차 나의 성향들이 부분적으로 분명해졌다.

나는 조그만 아이 적부터 이미 자연의 기이한 모양을 관찰하는 버릇이 있었다. 모양만을 살피는 것이 아니라 그것들이 가진 특이한 매력과 난삽하고도 의미 깊은 언어에 몰두하는 관찰이었다. 기다란 목질로 변한 나무뿌리, 층이 진 암맥, 물 위에 뜬 기름의 얼룩, 유리의 섬세한 균열. 이와 같은 온갖 것들이 때론 깊은 매력을 느끼게 했다. 무엇보다 심취했던 것은 물, 불, 연기, 구름, 먼지, 그리고 내가 눈을 감았을 때 보이는 빙빙 맴도는 갖가지 빛깔의 무늬였다. 피스토리우스를 방문한 후의 며칠은 그때의 기억들이 계속 떠올랐다. 나는 그러한 기억이 어떤 흥분과 기쁨에서 시작되었으며, 그때부터 내가 느껴 온 나 자신의 감정이 고양된 것은 훨훨 타오르는 불을 오랫동안 바라보던 것에서 시작되었음을 깨달았다. 이상한 일이지만, 불을 응시하고 있자면 유쾌하고도 만족스럽게 마음을 채워 주었다!

이 새로운 경험은 내가 나의 본래의 인생 목표를 향해 가는 동안 발견했던 다른 경험에 보태졌다. 어떤 형상을 세밀히 관찰하는 것과 불합리해 보이며 난잡하고 괴상하게 느껴지는 자연 형상에 몰두하는 일은 우리들의 내면속에서, 우리들이 이 형상을 만들어 낸 어떤 의지와 조화되어 있는 존재라는 깨우침을 준다.―우리는 일치감은 곧 우리들 자신의 기분이며 우리들 자신의 창조물이라고 여기고 싶은 유혹을 느낀다.―우리는 우리들과 자연 사이의 경계가 흔들리고 녹아 버리는 것을 느끼고, 우리들의 망막에 맺히는 형상이 바깥의 인상에서 연유하는지, 내면의 인상에서 비롯되는지 파악할 수 없게 된다. 우리는 얼마나 우리가 창조적인지, 얼마나 우리들의 영혼이 쉴 새 없이 이 세상의 끊임없는 창조에 관여하는지를 어느 곳에서도 이 연습에서만큼 단순하고 쉽게 발견해 낼 수는 없다. 우리들 내부와 자연의 내부에서 존재하는 신은 동일한, 나누어질 수 없는 하나의 신이며 만일 외부의 세계가 붕괴되면 우리들 중의 누군가가 그것을 재건할 수 있다. 왜냐하면 산과 강, 나무나 잎, 뿌리와 꽃 등 모든 자연의 형성물의 원형은 우리 가운데에 존재하며, 그 본질은 영원하고 우리가 미처 파악하지 못한 영혼

158

에서 유래하기 때문이다. 대개 그것은 우리에게 사랑의 힘과 창조의 힘으로 느껴진다.

몇 년이 지난 후 나는 나의 관찰이 어떤 책에 이미 증명되어 있음을 알았는데, 많은 사람들이 침을 뱉은 담벼락을 바라보는 일이 얼마나 크게 그리고 얼마나 깊게 흥미를 끄는가에 대해 레오나르도 다 빈치가 일찍이 이야기한 적이 있었던 것이다. 그는 축축한 벽의 얼룩 앞에서 마치 피스토리우스와 내가 불을 보고 느낀 것과 같은 것을 느꼈다. 우리가 다음번에 만났을 때 그 오르간 연주자는 내게 설명해 주었다.

"우리는 흔히 개인의 한계를 너무 좁게 책정해 버리는 경향이 있소. 우리는 우리가 개성 있다고 일컫고 다른 것과 판이하다고 인정하는 것만을 개인적이라고 생각하는 것이지요. 우리들은 누구나가 다 이 세계의 온갖 축적물로 구성되어 있소. 우리들의 육체가 어류나 더 이전의 생물체에까지 적용될 수 있는 진화 계보를 지닌 것처럼 우리들의 영혼 속에도 이제까지 인간의 영혼 속에 살아왔던 온갖 것들을 지니고 있다는 말이오. 이제까지 존재해 왔던 모든 신과 악마는, 그것들이 설령 그리스인들에게 있었건, 중국인들에게 있었건, 혹은 아프리카 토인들에게 있었건 간에 모두 어떤 가능성으로서, 소망으로서, 방편으로서 우리들 내부에 존재하며 또 다른 곳에도 존재하고 있소. 만일 조금도 교육받지 못한 한 명의 평범한 아이만을 남기고 전 인류가 멸망해 버린다 해도 이 아이는 사물의 전 과정을 다시 발견해 낼 것이오. 여러 신과 악마와 낙원과 계율과 금제와 구약, 신약 등, 이 모든 것을 그 아이는 다시 창조해 낼 수가 있는 것이지요."

"네, 그럴 수도 있겠습니다만."

나는 반대 의견을 말했다.

"그렇다면 개인의 가치는 도대체 어디에 있는 겁니까? 우리의 내부에 모든 것이 이미 다 준비되어 있다면 도대체 어떤 이유로 우리는 계속 노력해야만 합니까?"

"잠깐!"

피스토리우스는 성급히 소리쳤다.

"당신이 단순히 자신의 내부에 세계를 지니고만 있는지 혹은 그것을 의식하고 있는지에 따라 대단히 큰 차이를 가지오! 미친 사람일지라도 플라톤을 연상시키는 사상을 창조해 낼 수도 있을 것이고, 헤른후트파의 학교에 다니는 경건한 어린 학생이 그노시스파나 조로아스터파에 나타난 깊은 신화적인 연관을 독창적으로 생각해 낼 수도 있는 일이기도 하오. 그렇지만 그것에 관해 아무것도 의식하지는 않소! 그것을 의식하지 못하는 한에서는 그는 한 그루의 나무나 돌, 기껏해야 짐승과 별다를 바가 없소. 그러나 이 인식의 최초의 불꽃이 한 번 번쩍 빛날 때, 그때 바로 인간이 되는 거요. 당신도 역시 저기 거리 위를 걷고 있는 모든 두 발 달린 족속들을 단지 똑바로 서서 걸으며, 자식을 열 달 동안 배 속에 넣고 다닌다는 것만으로 인간이라고 생각하지는 않을 거요. 그들 중의 얼마나 많은 부류가 단지 물고기나 양, 벌레나 거머리에 불과한지, 얼마나 많은 부류가 개미나 벌과 같은 존재에 불과한지 당신도 잘 알 것 아니오. 물론 그들 각자에게는 인간이 될 가능성이 이미 부여되어 있긴 하지만 그들이 그것을 예감하고 부분적일망정 의식하는 동안에만 그 가능성은 비로소 자기 것이라 할 수 있소."

우리들이 나눈 대화는 대략 이런 식이었다. 우리들의 대화가 나에게 새로운 것이나 놀랄 만한 깨우침을 가져다주는 경우는 드물었다. 그러나 모든 대화들은, 심지어는 아주 평범한 이야기들까지도 나의 내부의 어떤 한 지점을 가볍게 그러나 끊임없이 망치질해 대는 것이었다. 그 모든 것이 나의 형성을 도와주고, 내가 허물을 벗고 껍질을 깨뜨리는 것을 도와주었다. 그러한 매번의 대화로 나는 내 머리를 조금씩 더 높이, 조금씩 더 자유롭게 치켜들어 마침내 내 황금빛 새는 그 아름다운 머리를 산산이 부수어진 세계의 껍질 밖으로 내밀었다.

우리는 자주 서로의 꿈 이야기를 하곤 했다. 피스토리우스는 꿈을 해석할 줄 알았다. 놀라운 이야기 하나가 떠오른다. 나는 꿈을 꾸었는데 그 꿈속에서 나는 날 수 있었다. 엄밀히 말하자면 그 비상은 내가 감당할 수 없는 힘으로 크게 도약해서 대기를 가르고 내던진 것이었다. 이 비상의 감각은 내 정신을 몹시 고양시켰지만, 나는 금세 원하지 않았는데도 걱정될 만큼 높게 공중으로 치솟아 오르는 것이 두려워졌다. 나는 상승과 낙하를 호흡을 멈추다가 한꺼번에 숨을 내뿜는 것으로 조절할 수 있다는 사실을 발견하자 살았다는 기분이 들었다.

피스토리우스는 그 꿈을 이렇게 해석해 주었다.

"당신을 날 수 있게 한 비약이란 누구나가 가지고 있는 인간으로서의 커다란 특전이오. 그것은 모든 힘의 근원과 연관된 감정으로 그런 감정에 휩싸이게 되면 누구나 불안을 느끼게 마련이오. 그건 대단히 위험한 일이니까! 그러므로 대부분의 사람들은 쉽사리 나는 것을 포기하고 법의 규정에 따라 걸어가는 편을 택하오. 하지만 당신은 그렇지 않았소. 당신은 유능한 청년답게 계속 날고 있는 거요. 그러니 이것 봐요. 당신을 계속 휩쓸리게 하는 커다랗고 알 수 없는 보편적인 위대한 힘에 섬세하고 가냘픈 자신의 힘이, 더해지는 것을 깨닫게 될 것이오. 그것이 하나의 기관, 하나의 방향키가 되어 당신 스스로 점차 삶의 주인이 되어 가오. 기막힌 일이지요. 그러나 그런 일이 없다면 미친 사람처럼 아무런 의지 없이 공중을 나는 결과가 되오. 하늘을 나는 자들에게는 안전한 땅 위를 걸어 다니는 사람보다 깊은 예감이 부여되어 있소. 하지만 이들이 거기에 대한 어떤 열쇠나 방향키를 갖고 있는 건 아니기 때문에 밑바닥도, 끝도 없는 곳으로 굴러들고 마는 거요. 그러나 당신은 말이오, 싱클레어. 당신은 그것을 할 수 있소. 그런데 어째서 그걸 아직도 전혀 모르는 거요? 당신은 하나의 새로운 기관, 즉 호흡 조절기를 가지고 그걸 하고 있소. 이제는 당신의 영혼이 근원에 있어서는 얼마나 '개인적'이지 않은지 알 수 있을 거요. 다시 말하자면 당신의 영혼이 스스로의 힘으로 이 조절기를 고안해 낸 것은 아니란 말이오. 그렇소, 그것은 새것이 아니오! 그건 빌려 온 것이며 이미 수천 년 전부터 존재하던 것이오. 그것은 물고기의 평형 기관, 즉 부레요. 실제로, 부레가 폐의 역할을 동시에 하기 때문에 상황에 따라서는 호흡에 부레를 이용하는 진화가 덜 된 희귀한 물고기 종류가 오늘날에도 있소."

그는 내게 동물학 책을 한 권 가져와서 진화의 흔적이 담긴 물고기의 이름과 그림을 보여 주기도 했다. 나는 나의 내부에서 진화 초기 단계의 기능이 생동하고 있음을 신비한 전율과 함께 느끼고 있었다.

야곱의 싸움

내가 특이한 음악가 피스토리우스에게 들은 아브락사스에 관한 이야기는 간단히 되풀이해서 설명하기는 어렵다. 오히려 그보다는 그에게서 나 자신에로의 길을 한 발짝 내디딜 수 있는 힘을 배웠다는 것이 중요했다. 그때 당시 나는 열여덟 살의 괴짜 젊은이였는데 오만 가지 일에 남다르게 조숙했지만 다른 오만 가지 일에는 아주 뒤떨어진 채 무력했다. 어떤 때는 다른 사람과 비교하면 자신이 무척 잘났다는 건방진 생각이 들기도 했지만, 어떤 때는 의기를 상실한 채 비굴한 마음이 들기도 했다. 나는 나 자신을 천재라 여기다가 때로는 내가 반쯤은 미친 게 아닌가 하는 의심을 품었다. 예를 들어, 나는 내 동년배들의 즐거움이나 생활을 함께 나눌 수가 없었고 가끔은 그들과의 관계에서 절망적인 거리감을 느끼면서 내 생활이 폐쇄적인 것에 깊은 자책과 걱정이 들기도 했다.

스스로의 힘으로 성장한 괴짜 피스토리우스는 내게 자기 자신에 대한 용기와 존경을 간직하라고 가르쳐 주었다. 나의 말 속에서, 나의 꿈속에서, 나의 환상과 생각 속에서 그는 줄곧 가치 있는 어떤 것을 찾아내서는 그것들을 적절하게 해석해 주고, 진지하게 논했으며 내게 모범을 보여 주었다.

그는 말했다.

"당신은 언젠가 내게 '도덕적이지 않아서 음악을 좋아한다'고 말한 적이 있소. 그 말에 이의를 제기하는 건 아니오. 하지만 당신 자신이 바로 그 도덕가가 되어서는 안 되오! 다른 사람과 자기 자신을 비교하진 마시오. 가령 자연이 당신을 박쥐로 만들었다면 타조가 되려고 애쓰지 말란 말이오. 당신은 번번이 자기를 별난 사람이라고 생각하고는 보통 사람과 다르다며 자신을 자책하고 있소. 그런 생각을 버리시오. 불을 들여다보고, 흘러가는 구름을 보시오. 그래서 어떤 예감이 당신을 찾아들고 당신의 영혼 속에서 어떤 목소리가 들리기 시작하면 그것들에 당신의 몸을 맡기시오. 그것이 선생님이나 아버지, 혹은 하나님의 뜻과 일치하는지를, 그들의 마음에 드는지를 맨 먼저 묻지 마시오! 그런 물음이 사람을 망치는 거요. 그렇게 함으로써 사람들은 안전하게 인도로 걸으면서 화석이 되고 마는 거요. 이봐요, 싱클레어. 우리의 신은 아브락사스요. 그는 신인 동시에 악마지요. 그는 자신의 내부에 밝은 세계와 어두운 세계를 동시에 지니고 있소. 아브락사스는 당신의 생각이나 꿈에 대해 어떤 이의도 제기하진 않을 것이오. 그것을 결코 잊지 마시오. 그러나 만약 당신이 흠잡을 데 없이 모범적인 평범한 사람이 되어 버리면 그는 당신을 버릴 것이오. 당신을 버리고는 자기의 사상을 요리하기 위한 새로운 그릇을 찾아가고 말 것이오.”

나의 모든 꿈 중에서 그 어두운 사랑의 꿈이 가장 충실했다. 나는 매우 자주 그 꿈을 꾸고 문장의 새 밑을 지나 옛날 우리 집으로 들어가 어머니를 포옹했는데, 다시 보면 나는 어머니 대신 키가 크고 반은 남성이며 반은 여성인 어떤 사람을 끌어안고 있었다. 나는 그 여자에게 일종의 두려움을 느꼈지만 그럼에도 타는 듯한 동경으로 그 여자에게 밀착되려고 애썼다. 나는 이 꿈에 관해서만은 피스토리우스에게 이야기할 수 없었다. 다른 온갖 이야기는 그에게 다 하면서도 그 이야기만은 남겨 두었다. 그 꿈은 나의 은신처이며, 나의 비밀이며, 나의 피난처였다.

나는 심정이 착잡할 때는 으레 피스토리우스에게 옛날 북스테후데의 ‘파사칼리아’를 연주해 달라고 부탁하곤 했다. 그럴 때면 어스름한 저녁의 교회 안에서 자신의 내면으로 빠져들어 스스로에게 귀를 기울이고 있는 듯한 이 기이하고 친숙한 음악에 빠져 넋을 놓고 앉아 있었다. 그 음악은 항상 나에게 도움이 되었고 영혼의 소리에 정당성을 부여할 준비를 갖추게 해 주었다.

오르간 소리가 이미 잦아든 뒤에도 우리는 잠시 교회 안에 머물며 희미한 저녁 빛이 고딕식 창문을 통해 비추다가 이윽고 사라져 버리는 것을 바라보곤 했다.

피스토리우스가 말했다.

"내가 이전에는 신학자였고 하마터면 목사가 될 뻔했다는 이야기가 어쩌면 우습게 들릴지도 모르겠소. 하지만 그때의 일은 다만 형식상의 오류에 불과했소. 목사는 여전히 나의 천직이고 나의 목표요. 단지 나는 너무 일찍 만족했고 아브락사스를 알기도 전에 여호와에게 몸을 맡겼던 거요. 모든 종교는 아름답소. 종교는 바로 영혼이오. 사람이 그리스도교의 만찬을 먹든, 메카로 순례를 가든 그것은 매한가지요."

"그렇다면 당신은 진정한 목사가 될 수 있었을 텐데요."

"아니, 싱클레어, 그렇지 않소. 그럼 나는 거짓말을 해야 했을 거요. 우리들의 종교는 마치 종교가 아닌 것처럼 행해지고 있소. 꼭 해야 한다면 나는 아마 가톨릭교도는 될 수 있을 거요. 하지만 신교의 목사는 될 수 없소. 얼마 안 되는 진짜 신자들을 몇 명 알고 있는데, 그들은 성경을 완강하게 문자 그대로의 뜻으로만 믿고 있소. 내가 그들에게 그리스도는 개인이 아니라 신인 동시에 인간이며, 신화이며, 인류가 자기 자신을 영원의 벽에다 그려 놓은 한 장의 거대한 영상이라고 어떻게 말할 수 있겠소. 게다가 그 밖의 현명한 설교를 듣고자 하는 사람들, 의무를 이행하려는 사람들, 무슨 일에서든지 태만하지 않으려고 교회에 오는 사람들에게 대체 내가 무슨 이야기를 할 수 있겠소? 그들을 개종시키고 싶소? 하지만 나는 그런 뜻이 전혀 없소. 목사는 개종시키는 사람이 아니요. 목사는 단지 신자들 사이에서, 자기와 같은 사람들 사이에서 살아가는 것이오. 그것으로 우리가 신이라고 여기는 감정들에 믿음을 표현하는 자일 따름이오."

그는 말을 멈추었다. 잠시 숨을 돌리더니 이야기를 계속했다.

"우리가 아브락사스라고 이름 지은 우리의 새로운 믿음은 아름다운 것이오, 싱클레어. 그것은 우리가 가진 것 중에서 가장 으뜸가는 믿음이오. 그러나 그것은 아직 갓난아이에 불과하지요. 아직 날개도 돋지 않은 거요. 고독한 종교, 그건 아직 진짜가 못 되오. 종교란 공통적이지 않으면 안 되고, 예배와 도취, 축제와 의식을 갖지 않으면 안 되는 거요."

그는 자기의 생각에 몰두해 들어갔다.

"그 의식을 혼자서나 아니면 조그만 단체에서 수행할 수는 없나요?"

나는 주저하면서 물었다.

"그건 가능하오."

그는 고개를 끄덕이며 말했다.

"나는 이미 오래전부터 그렇게 해 왔소. 만약 그런 일을 다른 사람들이 안다면 수년쯤은 감화원에 처박힐 그런 예배를 행해 왔소. 그러나 나는 그것도 진짜가 아님을 알고 있소."

갑자기 그는 내 어깨를 쳤으므로 나는 놀라 몸을 움츠렸다.

"이봐요!"

그는 성급하게 소리쳤다.

"당신도 역시 비밀 의식을 갖고 있소. 당신은 분명히 나에게 이야기하지 않은 꿈이 있을 것이오. 그것을 알려는 건 아니오. 그러나 분명히 말해 두지만 당신은 그 꿈을 갖고 살아가시오. 그것을 갖고 놀고 그것을 위한 제단을 마련하시오! 완전하진 않지만 그러는 것도 하나의 길일 수 있소. 우리들이, 당신과 나 그리고 몇몇 사람들이 이 세계를 개선할 수 있을지는 장차 알게 되겠지요. 그렇지만 그동안 우리는 우리의 내부에서 그것을 매일같이 개선해 나가지 않으면 안 되오. 그렇지 않으면 우리의 존재는 의미가 없소. 생각해 보시오. 싱클레어, 당신은 이제 열여덟 살이오. 당신은 매춘부의 뒤를 따라가지는 않을 것이오. 그러고 보면 당신은 아마 사랑의 꿈이나 사랑의 소원을 갖고 있을 것이 분명하오. 아마도 당신은 그것에 공포를 느끼고 있겠지. 두려워하지 마시오. 그것이 바로 당신이 가진 것 가운데서 최상의 것일 테니 말이오! 당신은 나를 믿어도 좋소. 나는 당신과 같은 나이 때 내 사랑의 꿈을 너무 억눌렀기에 많은 것을 잃었소. 그래서는 안 되오. 아브락사스를 아는 사람이라면 더 이상 그래서는 안 되오. 두려워해서는 안 되며, 영혼이 우리의 내부에서 소원하는 것이 무엇이든지 금지됐다고 생각해서는 안 되오."

나는 깜짝 놀라 그의 말에 반박했다.

"하지만 마음에 떠오르는 일을 무엇이든지 해도 된다는 것은 아닐 텐데요! 자신의 마음에 들지 않는다고 사람을 죽여서는 안 되니까요."

그는 내게 다가섰다.

"형편에 따라서는 그것도 허용될 수 있소. 대개는 착각에 불과하지만, 내 말 역시 당신의 뇌리에 떠오르는 일이라고 무엇이든지 간단하게 해치워 버리라는 건 아니오. 그렇지는 않아요. 하지만 당신의 마음에 떠오른 그 자체의 좋은 의의를 가진 어떤 일을 배척한다든가, 그것에 도덕적인 잣대를 들이댐으로써 그것을 망쳐서는 안 된다는 말이오. 자신이나 다른 사람을 십자가에 못 박는 대신 엄숙한 생각으로 와인을 마시며 희생의 비법을 생각해 볼 수도 있는 거지요. 물론 그런 행위를 하지 않고서도 자기의 충동과 유혹을 존경과 사랑으로 취급할 수도 있을 거요. 그것들은 자기의 뜻을 나타내오. 그것들은 다 뜻을 지니고 있으니까요. 싱클레어, 혹시 당신에게 정말로 미친 생각이

나 죄를 범하고 싶다는 생각이 떠오르면, 혹시 당신이 누군가를 죽이고 싶어진다거나 얼토당토않은 추잡한 일을 저지르고 싶어지면, 잠깐 동안이라도 아브락사스가 당신의 내부에서 그렇게 공상하고 있다고 생각해 보시오! 당신이 죽이고 싶은 어떤 사람은 실재하는 사람이 아니라 단지 하나의 껍데기에 불과한 것이고, 우리가 어떤 사람을 미워하는 것은 그의 형상 속에서 우리들 자신의 내부에 숨어 있는 그 무엇인가를 미워하는 것이오. 우리들 자신의 내부에 존재하지 않는 것은 진정으로 우리를 흥분시키지는 못하는 법이니까 말이오!"

피스토리우스가 이토록 나의 내심을 정확하게 지적하는 말을 한 건 처음이었다. 나는 대답할 수가 없었다. 그러나 나를 가장 강하게, 또는 가장 기묘하게 감동시킨 것은 이 충고가 이미 여러 해 전부터 내 마음속에 울리고 있는 데미안의 말과 똑같은 음향이라는 사실이다. 그들은 피차 서로에 대해 아무것도 아는 바가 없지만 내게 똑같은 소리를 한 것이다.

피스토리우스가 나지막한 목소리로 말했다.

"우리가 보는 사물이란 우리들의 내부에 있는 것과 똑같은 것이오. 우리가 우리의 내부에 갖고 있는 것 이외의 현실은 존재하지 않는 법이오. 그렇기 때문에 대부분의 사람들은 그렇게 비현실적으로 살고 있지요. 그들은 단지 외부의 형상만을 현실이라 여기고 자신의 내부에 들어 있는 그들만의 독자적인 세계의 목소리에 귀 기울이지 않고 있는 거요. 그렇게 한다면 행복할 수는 있을 거요. 내가 만일 일단 다른 길을 발견한다면 더 이상 대부분의 사람들이 가는 길을 달려가지는 않을 거요. 싱클레어, 대다수가 가는 길은 편하지만 우리들의 길은 힘든 거요. 그렇지만 우리는 우리의 길을 갑시다."

두 차례의 기다림이 헛되이 지나간 며칠 후 나는 그가 혼자서 술에 만취된 채 차가운 저녁 바람을 맞으며 거리 모퉁이를 비틀거리며 돌아오는 것을 보았다. 나는 그를 부르고 싶지 않았다. 그는 나를 알아보지 못하고 그냥 내 곁을 지나쳤는데, 마치 미지의 것이 자신을 부르는 어두운 소리를 뒤따라가는 것처럼 불타는 듯한 고독한 시선으로 앞쪽만을 응시하고 있었다. 나는 얼마쯤 뒤처져 그를 따라갔다. 그는 마치 유령처럼, 광신적이지만 다소 흐트러진 걸음걸이로 철사 줄에 끌려가는 것 같았다. 처연한 심정이 되어 나는 집으로, 구원을 얻지 못한 꿈의 세계로 되돌아왔다.

"저렇게 해서 지금 그는 자신의 내부에서 세계를 새롭게 하고 있구나!"

나는 이렇게 생각했다. 그러나 다음 순간 그 생각은 저속하고도 도덕적이라고 느꼈다. 그의 꿈에 대해 내가 알고 있는 게 대체 무엇이란 말인가? 그는 그렇게 취한 속에서도 내가 불안스럽게 나의 길을 가는 것보다는 훨씬 더 확실히 그의 길을 가고 있는 것이리라.

　가끔 나는 수업 사이의 쉬는 시간에 한 번도 눈여겨본 적이 없는 동급생 하나가 나에게 접근하려고 애쓰는 것을 느꼈다. 그는 자그마하고 연약해 보이는 야윈 아이였는데, 머리칼은 가늘고 붉은 기가 도는 금발이었다. 그의 시선과 태도에는 무언가 특이한 것이 느껴졌다. 그러던 어느 날 저녁, 집으로 돌아오는데 그가 골목에서 기다리고 있다가 내가 자기 앞을 지나쳐 버릴 때까지 기다렸다가는 다시 나를 따라와서는 우리 집의 현관 앞에 멈춰서는 것이었다.

　"내게 무슨 볼일이 있니?"

　내가 먼저 물었다. 그는 수줍은 듯이 말했다.

　"난 그저 너와 한 번만이라도 이야기를 하고 싶은데. 조금만 함께 걸을 수 있겠니?"

　나는 그를 따라 걸었다. 그가 몹시 흥분한 상태로 기대에 차 있음을 느낄 수 있었다. 그의 손은 부들부들 떨리고 있었다.

　"너는 심령술가지?"

　그가 아주 당돌하게 물어왔다.

　"아니, 크나우어."

　나는 웃으면서 말했다.

　"절대로 아니야, 어떻게 그런 엉뚱한 생각을 하게 됐니?"

"아니면 접신술가니?"

"그것도 아니야."

"제발 그렇게 말문을 닫아 버리지 말아 줘! 나는 너에게 특별한 무엇이 있다는 걸 잘 알고 있어. 너의 시선을 보면 알 수 있어. 나는 네가 신령과 접촉하고 있다고 확신해. 호기심에서 이런 질문을 하는 건 절대 아니야. 싱클레어, 그런 게 아니야! 내 자신도 일종의 탐구자인걸. 그래서 이렇게 외로울 수밖에 없는 거야."

"자세히 말해 봐."

나는 그를 격려해 주었다.

"난 정말 영혼에 대해서는 아무것도 몰라. 난 단지 내 꿈속에서 살고 있을 뿐이야. 그 점을 네가 느낀 모양이구나. 다른 사람들도 역시 꿈속에서 살긴 하지만 그들 자신의 꿈속에서 살고 있지 않다는 것이 나와의 차이점이야."

"그래, 그럴지도 몰라."

그는 낮은 소리로 말했다.

"사람들이 무슨 종류의 꿈속에서 살고 있느냐는 것만이 문제지. 너는 선한 악마를 사용하는 마술에 대해 들은 적이 있니?"

나는 모른다고 대답했다.

"그런 건 자기 자신을 통제하는 방법을 배우면 돼. 죽지 않게 될 수도 있고 마술을 부릴 줄도 알게 되지. 넌 한 번이라도 그런 연습을 해 본 적 없니?"

이 연습에 대한 나의 호기심 어린 질문에 그는 처음에는 대답을 안 하려고 하다가 내가 돌아서서 가 버리려고 하자 그제야 이야기를 했다.

"나는 잠들기 직전이나 정신을 집중하려고 할 때 그런 연습을 해. 나는 무엇인가를, 예를 들면 낱말 하나나 어떤 사람의 이름이나, 또는 기하의 도형을 상상하는 거야. 그러고 나서는 되도록 집중해서 그것만 생각하면서 그것이 내 안에, 내 머릿속에 있다고 상상해 보는 거야. 그것이 목구멍에까지 차오르도록, 내 몸속에 완전히 가득 찰 때까지 그렇게 하는 거야. 그러면 나는 아주 확고해지고 그 어떤 것도 나의 이 안정된 상태를 방해하지 못하지."

나는 그의 말이 무엇을 의미하는지 어느 정도 알아들었다. 그러나 아직도 그는 다른 이야기들을 더 하고 싶어 했다. 그는 이상스러우리만치 흥분해 있었고 성급함을 감추지 못했다. 나는 그가 질문을 보다 명확하게 하도록 도와주었다. 그러자 그는 곧 자신의 최대의 관심사에 대해 이야기했다.

"너도 역시 절제하고 있지?"

그는 불안한 어조로 내게 물었다.

"그건 무슨 뜻이니? 성적인 것을 말하는 거니?"

"그래, 그걸 뜻해. 나는 지금 2년째 절제하고 있어. 그 가르침을 안 이후로 말이야. 너도 이미 알다시피 그전에는 나도 방탕한 짓을 하고 다녔지. 넌 여자 곁에 가 본 적이 한 번도 없니?"

"없어."

나는 대답했다.

"내게 알맞은 여자를 발견하지 못했기 때문이야."

"그럼 네가 네 마음에 드는 여자를 발견한다면 너는 그 여자와 함께 잘 수 있을 것 같니?"

"물론이야. 만약 여자도 이의가 없다면."

나는 약간 빈정거리는 투로 말했다.

"아, 그렇다면 너는 잘못된 길을 가는 거야! 내적인 힘은 철저한 금욕 상태에서만 지속적으로 형성될 수 있어. 나는 2년쯤 금욕을 했어. 이 년 하고도 한 달이 좀 넘도록! 그건 매우 힘든 일이었어. 나는 번번이 더 이상 참을 수 없는 지경에 이르곤 했거든."

"들어 봐, 크나우어. 나는 금욕하는 것이 그렇게 대단히 중요하다곤 생각지 않아."

"나도 알고 있어."

그는 내 말을 가로막았다.

"모두들 그렇게 말하지. 그렇지만 너한테서까지 그런 말을 들으리라곤 기대하지 않았어. 보다 더 높은 정신적인 길을 가고자 하는 사람은 순결을 지켜야 해, 무조건 말이야!"

"그래, 그럼 그렇게 하렴! 하지만 나는 왜 성을 억제하는 사람이 다른 사람보다 정결하다고 말하는지 잘 모르겠어. 넌 성적인 것을 모든 생각과 꿈속에서 완전히 몰아낼 수 있다고 생각하니?"

그는 절망적인 표정으로 나를 쳐다보았다.

"아니, 도저히 그럴 수 없어! 아, 하지만 그래야만 해. 밤이면 나는 내 자신에게도 이야기할 수 없는 그런 꿈을 꾸곤 해, 그건 정말 무서운 일이야!"

나는 피스토리우스가 나에게 해 준 이야기를 생각해 냈다. 그러나 그의 말이 아무리 옳은 말이라 해도 그 이야기를 무작정 전해 줄 수는 없는 일이었다. 내 자신의 체험을 통해 얻은 것이 아니면, 또 내 스스로가 그것을 준수해 볼 수 있을 만큼 성숙한 다음이 아니면 함부로 충고를 해 줄 수는 없었다. 나는 말을 계속 잇지 못했다. 그리고 누군가가 나에게 필사적으로 도움을 구하고 있는데도 아무런 충고의 말조차 해 줄 수 없다는 데에 깊은 굴욕감을 느꼈다.

"나는 온갖 실험을 다 해 보았어!"

크나우어는 한탄하며 말했다.

"사람이 할 수 있는 일이라면 무엇이든지. 냉수욕도 해 보고, 눈으로 몸을 비비기도 하고, 체조와 달리기도 해 보았지만 아무 소용이 없었어. 매일 밤마다 나는 생각조차 하지 말아야 할 그런 꿈에서 잠을 깨는 거야. 더욱 두려운 일은 그런 꿈으로 인해 내가 정신적으로 배웠던 모든 것을 차츰차츰 잃어 가고 있다는 사실이야. 더 이상 나는 마음을 집중하거나 스스로 잠들 수도 없게 되어 어떤 때는 하룻밤을 꼬박 뜬눈으로 지새우기도 했어. 더는 이 상태를 지탱하지 못하겠어. 내가 만약 이 싸움을 계속해 나가지 못하거나 항복해 버려 자기를 더럽히게 된다면 그때는 애당초 한 번도 싸우지 않았던 사람보다 더 나빠지는 결과가 되고 말 거야. 넌 그걸 이해할 수 있겠지?"

나는 고개를 끄덕여 주었지만 거기에 대해서는 한마디도 해 줄 말이 없었다. 그의 이야기가 지루하게 느껴지기 시작했고, 그의 깊은 고통과 절망이 나에겐 아무런 감동도 주지 않는다는 사실이 그저 놀라웠다. 단지 그를 도울 수 없다는 사실만 깊이 인식될 뿐이었다.

"그럼 너는 내게 해 줄 말이 한마디도 없다는 거니?"

마침내 지친 그가 슬픈 듯이 말했다.

"전혀 아무것도 없어? 한 가지쯤은 있을 수도 있을 텐데! 대체 넌 어떻게 하고 있니?"

"난 너에게 아무 말도 해 줄 수가 없어, 크나우어. 사람이란 이런 경우엔 서로 도울 수가 없어. 나도 아무에게도 도움을 받은 적이 없거든. 자신에 대해서 곰곰이 생각해 보는 것밖에는 방법이 없어. 그러고는 네 본질에서 스스로 우러나오는 대로 행동하면 되는 거야. 다른 방법은 없어. 만일 네 스스로의 힘으로 자기를 찾을 수 없다면 넌 어떤 신령도 발견해 낼 수 없으리라는 건 확실해."

그는 깊은 실망의 빛을 감추지 못하면서 말을 멈추더니 나를 쳐다보았다. 그는 갑자기 증오에 불타오르는 시선으로 나를 노려보더니 이마를 찌푸리며 난폭하게 외쳤다.

"쳇, 넌 정말 근사한 성인군자로군! 너 역시도 악덕을 가졌다는 걸 알고 있어! 너는 현자인 척하면서 뒤에서는 남몰래 나나 다른 사람들과 마찬가지로 똑같은 쓰레기에 매달려 있는 거야! 너도 역시 돼지야. 내 자신과 마찬가지로 돼지란 말이야. 우리들은 모두 돼지인 거야!"

나는 우두커니 서 있는 그를 내버려 둔 채 그 자리를 떠났다. 그는 두서너 발짝쯤 나를 따라오더니 몸을 돌려 반대 방향으로 뛰어가 버렸다. 나는 동정과 혐오가 뒤범벅된 심정으로 심한 구토증을 느꼈다. 집으로 돌아와 조그만 내 방에서 두서너 장의 그림을 주위에 세워 놓고 간절한 내심의 동경으로 내 자신의 꿈에 몸을 맡기기까지 이러한 심정에서 벗어나기가 힘들었다. 그러나 곧 나의 꿈이, 집의 문과 문장과 어머니와 낯선 여인에 관한 나의 꿈이 다시 나타났다. 나는 그 여인의 표정을 너무나 생생히 느끼고는 당장에 그 여인을 그리기 시작했다.

15분씩 꿈속에 잠겨서 무의식의 시간을 보낸 후 그림을 그려 나갔고 마침내 며칠 후 그림이 완성되었다. 나는 저녁 무렵 그것을 내 방의 벽에다 붙이고 탁상용 램프를 그 앞에 옮겨다 놓고는 생사를 결판낼 때까지 싸워야 할 유령에 대적하는 심정으로 그림 앞에 다가섰다. 그 얼굴은 옛날의 초상과도 닮았고 나의 친구 데미안과도 닮았으며 몇몇 표정은 내 자신과도 닮아 있었다. 한쪽 눈은 표시가 날 만큼 다른 눈보다 위쪽에 붙어 있었고 눈매는 숙명으로 충만한 채 내 머리 너머를 골똘히 응시하고 있었다.

그 그림과 마주 서자 내면적인 긴장으로 가슴속까지 써늘해져 왔다. 나는 그림을 향해 말을 걸었고, 비난했고, 어머니라고 불렀고, 애인이라고 불렀으며 매춘부이며 천한 여자라고 불렀고 또 아브락사스라고도 불렀다. 그러는 동안 피스토리우스의 말이—혹은 데미안의 말이었던가?—언뜻 생각났다. 언제 한 말인지는 기억해 낼 수 없지만 지금 이 순간 그것을 다시 듣고 있는 것 같았다. 그것은 야곱과 신의 천사 사이의 싸움에 관한 말로서, "그대 나를 축복치 않는다면 내 그대를 놓아 주지 않으리로다"였다.

그림 속의 얼굴은 램프의 불빛을 받으며 내가 부를 적마다 변화했다. 그것은 환하게 빛나기도 하고, 검고 어둡게 변하기도 했다. 생기 없는 눈으로 창백한 눈꺼풀을 감았다가는 다시 뜨고, 그러다가 타는 듯한 광채로 눈을 빛내기도 했다. 그 얼굴은 여자인 동시에 남자였으며 소녀였고 조그만 아이였고 짐승이었다. 몽롱하게 반점처럼 보이다가는 다시 크고 분명해지기도 했다. 마지막에 나는 강력한 내부의 부름에 따라 두 눈을 감았다. 그러자 그 그림이 나의 내부에서 한결 더 강하고 힘찬 모습으로 변해 갔다. 나는 그 앞에 무릎을 꿇으려 했다. 그러나 그것은 내 자신의 내부에 너무나도 깊이 들어 있었으므로 마치 그것이 온통 내 자신이 되어 버리기라도 한 것처럼 그것을 나에게서 분리해 낼 수가 없었다.

그러자 봄의 폭풍처럼 어둡고 무겁게 들끓는 소리가 들려왔고 말로 표현할 수 없는 불안과 새로운 체험의 감동에 몸이 떨려 왔다. 별들이 내 앞에서 명멸해 갔고 잊어버린 유년 시절의, 아니, 존재 이전의 시기와 생성의 초기적 단계에까지 이르는 추억이 나의 곁으로 흘러내려 나를 밀치고 스쳐 갔다. 내 생활의 모든 것은, 가장 은밀한 비밀에 이르기까지도 되풀이되는 것처럼 보이던 추억은, 어제 오늘로서 끝나 버리는 것이 아니라 더욱 앞선 미래를 반영하고 오늘로부터 나를 분리시켜 더 새로운 생활의 형식으로 나를 이끌어 갔다. 그 형식의 형상은 굉장히 맑고 눈부실 정도였지만 그것에 대해서는 아무것도 정확히 기억해 낼 수 없었다.

깊은 잠에서 깨어 보니 나는 옷을 입은 채 침대 위에 비스듬히 누워 있었다. 불을 켜고 중요한 걸 생각해 내야 한다고 느꼈지만 몇 시간 전의 일은 아무것도 기억해 낼 수가 없었다. 나는 더듬거리며 그림을 찾았지만 그것은 이미 벽에 걸려 있지도 않았고 책상 위에도 없었다. 희미하게나마 그것을 내가 태워 버렸는지도 모른다는 생각이 났다. 그것을 내 손바닥 위에서 태워 그 재를 먹어 버린 것은 혹시 꿈이었을까?

크고 쑤시는 듯한 불안이 나를 몰아세웠다. 나는 모자를 쓰고 집과 골목 사이를 무엇에 강요당하고 있는 것처럼 걸어갔다. 폭풍에 휘몰리기라도 한 것처럼 거리를 지나고 광장을 가로질러 달리고 또 달렸다. 피스토리우스의 그 음침한 교회 앞에서 귀를 기울이다 무엇을 찾는지조차 모르면서 어두운 충동을 감당할 길이 없어 다만 찾고 또 찾았다. 나는 매춘부들의 집이 모여 있는 교외를 통과했다. 그곳에는 아직도 여기저기 불빛이 남아 있었다. 멀리 외곽으로는 신축 가옥과 벽돌 더미가 군데군데 잿빛의 눈에 뒤덮여 있었다. 마치 몽유병자처럼 낯선 압박감에 몰려 이 황량한 곳을 헤매면서 문득 고향의 신축 가옥을 떠올렸다. 그곳은 언젠가 한번 나의 착취자 크로머가 최초의 거래를 하기 위해 나를 끌고 들어간 곳이었다. 그와 비슷한 느낌의 집 한 채가 잿빛 어둠 속에서 나를 기다리고 있었고 문구멍이 나를 향해 꺼먼 입을 딱 벌리고 있었다. 나는 그 안으로 끌려 들어가는 듯한 느낌에 충격을 받았고 문구멍을 피하려다 모래와 자갈 더미에 걸려 비틀거렸다. 그러나 들어가고 싶은 충동이 더 강렬했으므로 그 문을 들어서지 않을 수 없었다.

널빤지와 바스러진 벽돌을 넘어 이 황막한 공간 속으로 휘청거리며 들어서자 축축한 냉기와 돌 냄새가 음산하게 코를 찔렀다. 모래 한 무더기가 마치 잿빛의 얼룩처럼 눈에 띄는 외에는 모든 것이 어둠에 묻혀 있었다.

그러나 바로 그때 내 곁의 어둠 속에서 사람이 하나, 조그맣고 야윈 청년이 하나 유령처럼 일어섰다. 나는 그가 학교 친구인 크나우어임을 곧 알아챘지만 머리칼은 여전히 두려움에 곤두서 있었다.

"어떻게 여기까지 온 거야?"

흥분한 나머지 정신이 산란해진 것 같은 어조로 그가 물었다.

"어떻게 나를 찾을 수 있었어?"

나는 무슨 말인지 이해할 수 없었다.

"너를 찾았던 게 아냐."

나는 얼떨떨한 심정으로 말했다. 말 한 마디 한 마디 하기가 몹시 힘들어서 목소리는 생기가 없고 무겁게 얼어붙은 입술에서 말이 간신히 새어 나왔다.

그는 나를 물끄러미 바라보았다.

"찾았던 게 아니라고?"

"그래, 끌려 들어온 거지. 네가 나를 불렀니? 틀림없이 네가 불렀을 거야. 도대체 넌 여기서 뭘 하고 있는 거니? 지금은 한

밤중인데."

그는 야윈 두 팔로 나를 발작적으로 끌어안았다.

"그래, 밤이야. 곧 아침이 되겠지. 오, 싱클레어, 나를 잊고 있었던 게 아니었군! 나를 용서해 줄 수 있겠지?"

"대체 무엇에 대해서?"

"아, 나는 정말 추악했었어."

이제야 겨우 우리가 나눈 대화가 생각났다. 그것이 네댓새 전이었던가? 내겐 그 일 이후로 벌써 한평생이 지난 것 같았다. 그제야 나는 모든 것을 순간적으로 알아차릴 수 있었다. 우리들 사이에서 일어난 일뿐 아니라, 왜 내가 여기에 와 있는 것인지, 크나우어가 이런 위험한 곳에서 무엇을 하려고 했는지도.

"너 자살하려고 했구나, 크나우어?"

그는 추위와 공포에 몸서리쳤다.

"그래, 그러려고 했어. 할 수 있었을는지는 모르지만 난 아침이 될 때까지 여기 있으려고 했어."

나는 그를 끌고 밖으로 나왔다. 하루를 시작하려는 옅은 새벽빛이 말할 수 없이 차갑고 냉랭한 잿빛의 대기 속에서 희미하게 비치기 시작하고 있었다.

나는 그의 팔을 꼭 잡은 채 상당히 멀리까지 걸어 나갔다. 나는 그에게 이렇게 말했다.

"이젠 집으로 돌아가. 그리고 누구에게도 오늘 일을 말해선 안 돼! 너는 잘못된 길을 걸었던 거야. 잘못된 길일 뿐이야! 우리들은 네가 생각하는 것처럼 모두 돼지는 아니야. 우리들은 인간이야. 우리는 여러 신을 만들어 내고 그들과 더불어 싸우고, 신은 우리를 축복해 주는 거야."

우리는 서로 아무 말없이 묵묵히 걷다가 헤어졌다. 집에 들어오자 날이 희뿌옇게 새어 왔다.

성 ○○시에서 보내는 동안 내게 주어진 최고의 것은 피스토리우스와 함께 오르간 옆 난로 앞에서 보낸 시간이었다. 우리는 아브락사스에 관한 그리스어 원서를 함께 읽었고, 그는 베다에서 번역된 몇 구절을 내게 읽어 주기도 했다. 나는 그에게 신성한 '옴'을 부르는 법도 배웠다. 그사이 나의 내면을 성장시킨 것은 지식이 아니라 그 반대의 것이었다. 내가 내 자신의 내부를 발견해 내는 일이 현저히 발전했으며, 내 자신의 꿈과 사상과 예감에 대한 믿음이 커졌으며, 나의 내부에 어떤 힘이 있다는 것을 깨달았던 일이 나에게 유익했다.

피스토리우스와 나는 어떤 식으로든지 호흡이 잘 맞았다. 강력하게 그를 생각하기만 하면 언제나 그가 나에게로 오든지 그의 안부가 전해지든지 했다. 나는 데미안에게 했던 것처럼 그가 내 곁에 없어도 무엇이든 그에게 물어볼 수 있었다. 내 내면에 집중해서 상상해 보고 나의 물음들에 집중해서 그에게 향하면 되었다. 그러면 질문에 집중했던 내 영혼의 힘이 대답을 가지고 내 마음속으로 되돌아왔다. 내가 마음속에 그렸던 것은 피스토리우스나 데미안이라는 어떤 특정 인물이 아니라, 내가 꿈에서 만나는 내가 그렸던 그 초상이었으며, 내가 강렬히 부르지 않을 수 없었던 영혼의 반은 남자이며 반은 여자인 모습이었다. 그 모습은 이미 단지 나의 꿈속에서 존재하거나 종이 위에 그려진 초상으로서가 아니라 나의 내부에서 바라는 모습으로, 내 자신이 더 상승된 모습으로 살고 있었다.

자살 미수자 크나우어는 나와 기이하고도 어떻게 보면 우스운 관계를 맺었다. 내가 그에게로 가지 않을 수 없었던 그날 이후로 그는 충실한 하인이나 심지어는 개처럼 나에게 매달려서 자기 인생을 나와 결부하려고 애쓰며 맹목적으로 나를 추종했다. 괴상한 질문이나 소원을 갖고 나를 찾아와서는 유령을 보여 달라고 한다든가 카발라 비법을 가르쳐 달라고 했다. 내가 그러한 것에 대해서는 전혀 모른다고 아무리 이야기해도 그는 곧이듣지 않았다. 심지어 그는 내가 온갖 힘을 다 갖고 있다고 믿는 지경이었다. 한 가지 이상한 일은 내가 내 마음속에서 엉켜 있는 어떤 일을 풀지 않으면 안 될 때 그가 자주 나에게 기묘하고도 어리석은 질문을 가지고 찾아옴으로써 그의 변덕스런 생각이나 관심거리가 나의 문제의 해결을 위한 실마리가 되었다는 사실이었다. 때론 그가 몹시 귀찮아져서 위압적으로 쫓아 버리기도 했다. 그럼에도 그 역시 나에게로 보내진 사람이었고, 내가 그에게 준 것이 그의 마음속에서 갑절이 되어 내게 되돌아왔으며, 그 또한 나에게는 한 사람의 인도자이고 하나의 길이라고 마음 깊이 느꼈다. 그가 내게 가져오는, 그가 자기 구제의 길을 찾는 얼빠진 책이나 저서도 당장에 깨달을 수 있는 것보다는 훨씬 더 많은 것을 나에게 깨우쳐 주었다.

크나우어는 후일, 나도 모르는 사이에 나의 길에서 떨어져 나갔다. 그와는 싸움이 필요치 않았다. 그러나 피스토리우스와는 싸움이 필요했다. 성 ○○시에서의 내 학창 시절이 끝나갈 무렵 피스토리우스와 이상야릇한 일을 경험하게 되었다.

아주 평범한 사람이라 하더라도 평생에 한 번이나 몇 번쯤은 경건함과 감사와 미덕과 함께 갈등에 빠져드는 것을 피할 수 없는 때가 있다. 누구나 한 번은 아버지와 스승으로부터 떨어져 나가는 걸음을 떼어 놓지 않을 수 없으며, 설사 대부분의 사람들은 그것을 참아 낼 수 없어서 이내 다시 제자리로 돌아간다 하더라도 그 순간의 고독의 쓰라림을 조금쯤은 느끼지 않을 수는 없다. 나의 경우, 아버지와 그들의 세계, 즉 유년 시절의 '밝은 세계'로부터 나는 맹렬한 싸움을 하며 헤어져 나온 것이 아니라 서서히 거의 눈치채지 못하게 떨어져 나왔고 낯설게 되었다. 나는 그것이 몹시 유감스러웠고 때로 고향에 돌아가면 아주 쓰라린 심정이 되곤 했다. 그러나 그 심정이 아주 마음 깊숙이는 남지 않았다. 참을 만했다.

그러나 우리가 일상적인 습관에서가 아니라 독자적인 충동에서 애정과 공경심을 바쳤을 때, 우리가 독자적인 마음으로 귀의자나 친구가 되었을 때, 그 순간에 우리 마음의 큰 부분이 사랑하는 사람에게서 떠나려 한다는 것을 깨닫는 일은 쓰라리고 무서운 일이다. 그런 때는 친구와 스승에게 반발하는 모든 사상이 독이 묻은 가시를 드러내며 우리 자신의 마음을 향해서 돌아오는 법이고, 그것을 막으려는 노력에서 오는 온갖 타격은 자기의 얼굴에 정통으로 명중하는 법이다. 그때에 적절한 도덕을 마음속에 가지고 있다고 생각해 온 사람은 '배신'과 '배은망덕'이란 단어가 창피한 부름이나 낙인처럼 떠오른다. 그렇게 되면 놀란 마음은 근심스러워하면서 유년 시절의 미덕의 사랑스러운 골짜기로 숨어들지만, 곧 이것과도 단절되어 버리며 이 유대조차도 갈기갈기 찢겨져 나간다는 것을 애써 믿으려 하지 않는다.

시간이 지남에 따라 서서히 나의 내부의 어떤 감정이 피스토리우스를 무조건 지도자로 인정하기를 거부하기 시작했다. 나의 청년기의 가장 중요했던 몇 달간의 체험은 그와의 우정과 친교, 그에게 받은 충고와 위로에서 비롯되었다. 신은 그를 통해서 나에게 이야기를 걸어왔다. 그의 입을 통해 나의 꿈은 다시 나에게 돌아왔고, 해석되었고, 그리고 그 본질을 드러냈다. 그는 내 자신 스스로 용기를 갖게 해 주었다. 아, 그런데 나는 지금 그에게 서서히 반항하기 시작했다. 나는 그의 교훈적인 부분이 너무 많은 말에 반감을 가졌고, 그가 단지 나의 일부분만을 이해하고 있을 뿐이라는 생각을 했다.

우리들의 관계에는 사소한 다툼도 없었으며, 불화나 어떤 절교의 형태가 있지도 않았다. 그럼에도 우리들 사이의 환상이 부서진 파편처럼 산산조각이 난 순간이 있었다.

벌써 얼마간 희미한 예감으로 나를 압박하던 어떤 감정이 어느 일요일 그의 낡은 서재에서 뚜렷한 모습으로 드러났다. 난로 앞의 방바닥에 누워서 그는 비밀 의식과 종교 형태들을 이야기하고 있었다. 그는 의식이나 형태들을 연구하고 명상하면서, 그 가능성 있는 미래에 열중했다. 그러나 나에게는 이 모든 것이 살아가는 데 중대한 일이라기보다는 단지 기묘하고 흥미로운 호삿거리나 현학적인 과시일 뿐이었고, 지난 시대의 폐허 아래서의 고달픈 탐구의 음향으로밖에는 느껴지지 않았다. 불현듯 나는 이 모든 방법에 대해, 이 비법의 예배에 대해, 이 조상 전래의 종교 형식과 그것을 재조립해 내는 일에 대해 커다란 반감을 느꼈다.

"피스토리우스!"

내가 듣기에도 의아스러우리만큼 놀랄 정도로 치밀어 오르는 악의를 품은 어조로 나는 말했다.

"내게 다시 한 번 당신이 꾼 꿈의 이야기를, 실제의 꿈 이야기를 들려주시죠! 당신이 말하는 것들은 모두 너무나 곰팡내가 난단 말이오!"

그동안 그는 내가 그런 식으로 말하는 것을 한 번도 들은 적이 없었다. 말을 내뱉은 그 순간 나는 내가 쏘아 그의 심장에 명중시킨 그 화살이 바로 그의 무기 창고에서 얻어 온 것임을, 그가 이따금 내게 하던 풍자적인 어조의 자기 비난을 지금 내가 더욱 날카롭게 갈아서 되던진 것임을 창피함과 놀라움이 뒤섞인 심정으로 번갯불처럼 선명하게 느꼈다.

그 또한 그것을 순간적으로 느끼고는 곧 조용해졌다. 나는 불안으로 가슴이 터질 것 같은 심정으로 그가 무섭도록 창백해지는 것을 바라보았다.

오래되고 무거운 침묵의 시간이 지난 후 그는 새 장작을 불에 던지며 조용한 음성으로 말했다.

"당신은 아주 정당하오, 싱클레어. 당신은 정말 영리한 친구요. 나는 다시는 그놈의 곰팡내 나는 일로 당신을 괴롭히지는 않겠소."

그는 매우 침착하게 말했다. 그러나 나는 그가 입은 상처의 고통을 너무나도 잘 알 수 있었다. 나는 무슨 짓을 저질렀단 말인가?

눈물이 흘러나올 것 같았다. 나는 진심으로 그에게 용서를 빌고 애정에 넘치는 감사를 다짐하려고 했다. 간절한 말이 마음을 가득 채웠다. 그러나 나는 그 말을 할 수가 없었다. 나는 그저 엎드린 채 불을 들여다보고 아무 말없이 기다릴 뿐이었다. 그 역시 아무 말이 없었고, 그렇게 우리들은 엎드려 있기만 했다. 불은 다 타서 사위어 들기 시작했고 불꽃이 사그라질 때마다 나는 다시는 되돌아오지 않을, 무엇인가 아름답고 친밀한 것들이 식어 가고 사라져 감을 느꼈다.

"당신이 내 말을 오해하지나 않을지 걱정됩니다."

나는 압박감으로 메마르고 쉰 목소리로 말했다. 이 어리석고 무의미한 말이 마치 신문의 연재소설을 낭독하는 것처럼 입술에서 기계적으로 흘러나왔다.

"나는 당신을 아주 정확히 이해하고 있소."

피스토리우스는 나직하게 말했다.

"물론 당신이 옳은 거요."

그는 말을 멈추고 잠시 기다리더니 다시 천천히 말을 이었다.

"사람이 남과 맞설 때 정당할 만큼 말이오."

아니, 아니, 내가 틀렸어요! 하고 내 마음은 맹렬히 외치고 있었다. 그러나 실제로는 아무 말도 할 수 없었다. 단 한마디의 말로 그의 본질적인 약점과 그의 난점과 상처를 건드렸음을 나는 분명히 느꼈기 때문이었다. 나는 그 스스로도 믿고 싶어 하지 않는 그런 부분을 건드린 것이었다. 그의 이념은 곰팡내가 났고, 그는 퇴보적인 탐구자였으며, 낭만주의자였다. 그러자 갑자기 피스토리우스가 나로 인해 존재하고, 그리고 나에게 가르쳐 주었던 것들은 그 자신에게는 스스로 존재하지도 않고, 스스로에게 줄 수도 없다는 사실이 뼈저리게 느껴져 왔다. 그는 지도자인 그 자신마저 넘어서고 버리지 않으면 안 되는 길로 나를 인도했던 것이었다.

어떻게 내가 그런 말을 할 수 있었을까! 그런 말을 한 것에는 조금의 나쁜 뜻도 없었고, 파국의 예감 같은 것도 느끼지 않았다. 내가 입을 열었던 그 순간조차도 스스로 잘 알지 못하는 이야기를 지껄였던 것이었다. 나는 단지 조금 재치 있고 약간은 질이 나쁜 조그만 충동에 따랐을 뿐이건만, 그것이 운명적인 일이 되어 버렸다. 내가 한 사소하고 부주의한 행동은 그에게는 심판이 되어 버렸다.

나는 그가 성을 내고, 자기변명을 하고 나를 나무라기를 얼마나 간절히 원했는지 모른다. 그러나 그는 그 어떤 일도 하지 않았다. 이 모든 일을 나는 내 마음속에서 스스로 하지 않으면 안 되었다. 할 수만 있었다면 그는 미소라도 지었을 것이다. 그가 미소를 짓지 않는 것으로 내가 그에게 얼마나 큰 충격을 준 것인지를 잘 알 수 있었다.

피스토리우스가 나에 의해서, 이 주제넘고 배은망덕한 제자에 의해서 받은 타격을 그렇듯 말없이 감수하고 나의 정당성을 승인하고 나의 말을 운명으로 인정함으로써 그는 나로 하여금 스스로에 대한 혐오감에 빠지게 하고 나의 실책을 몇천 배나 강하게 느끼게 했다. 사람이 누군가에게 타격을 가할 때는 강하고 자기 방어를 할 줄 아는 사람을 맞히려는 것이다. 그러나 그는 말없이 참을성 있게 묵묵히 항복해 버린 무방비 상태의 사람이었다.

오랫동안 우리는 꺼져 가는 불 앞에 엎드린 채로 있었는데, 불타는 모든 형상과 스스로 사그라지는 모든 재의 줄기가 나에게 행복하고 아름답고 풍부했던 시간을 되새기게 해 주었고, 피스토리우스에 대한 의무를 배신한 죄악감을 점점 키웠다. 나는 더 이상 그것을 참을 수가 없었다. 나는 일어서서 걸어 나왔다. 한참 동안 나는 그의 방문 앞에 서 있었다. 그리고 컴컴한 계단 위에서, 또 집 앞에서 행여나 그가 나를 뒤따라오지나 않을까 하는 기대로 한참이나 그렇게 서 있었다. 마침내 그곳을 떠나서는 몇 시간이고 시내와 교외를, 공원과 숲을 저녁때까지 헤매어 다녔다. 그때 처음으로 나는 내 이마 위에서 카인의 표적을 느꼈다.

점차 나는 그때의 일을 되새겨 볼 수 있었다. 생각은 오로지 나의 잘못을 책하고 피스토리우스를 옹호하려는 의도였다. 그러나 매번 반대의 결과로 끝났다. 나는 천만번 나의 경솔한 말을 후회했고, 그것을 철회할 용의가 있었다. 그럼에도 그 말은 진실이었다. 그제야 나는 비로소 피스토리우스의 본질을 이해하고 그의 모든 꿈을 내 앞에 내세우는 데 성공한 것이었다. 그의 꿈은 목사가 되고, 새로운 종교를 선포하고, 영혼을 앙양하고, 사랑과 예배에 새로운 형식을 부여하고, 종교의 새로운 상징을 세우는 것이었다. 그러나 그것은 그의 역량과 사명에 적합하지 않았다. 그는 너무나도 열심히 이미 존재했던 일에 몰두했고 너무나도 정확히 과거의 사실들을 알고 있었다. 이집트나 인도, 미트라스나 아브락사스에 대해 너무나도 많이 알고 있었던 것이다. 그의 사랑은 이 세상이 이미 보아 온 형상에 결부된 것이었는데도 그가 마음속 깊은 곳에서 원했던 것은 전혀 새롭고 색다른 것이었다. 그것은 신선한 대지에서 솟아오르는 것이지 박물관의 수집품이나 도서관 같은 데서 창조되어서는 안 된다는 사실을 스스로도 잘 알고 있었다. 그의 역할은 나에게 말했듯이 인간으로 하여금 자기 자신의 내부로 들어갈 수 있도록 도움을 주는 데 있었다. 그들이 한 번도 들어 본 적이 없는 것을, 새로운 신을 제시하는 일은 그의 사명이 아니었다.

하지만 누구에게나 '사명'은 있다. 그러나 누구에게도 스스로 선택하고 해석하고 임의로 관리할 수 있는 사명은 없다는 깨달음이 날카로운 불꽃처럼 나를 불태웠다. 새로운 신을 원한다는 것은 틀렸다. 이 세계에 무엇인가를 주려고 하는 것은 전적으로 잘못된 생각이다! 각성된 인간에게 부여된 의무는 단한 가지, 자신을 찾고 자신의 내부에서 견고해져서 그 길이 어디에 닿아 있건 간에 조심스럽게 자신의 길을 더듬어 나가는 일. 그 이외의 다른 의무는 존재하지 않는다. 이러한 생각이 깊이 나를 사로잡았고, 이 생각이야말로 내가 이번의 체험에서 얻은 열매였다. 때때로 나는 미래의 형상과 함께 놀았고, 혹은 시인으로서 혹은 예언자로서 혹은 화가로서 혹은 다른 어떤 것으로서 나에게 부여되었을 역할을 꿈꾸었다. 그러나 이 모든 것은 다 아무것도 아니었다. 나는 시를 짓기 위해서나, 설교를 하기 위해서나 그림을 그리기 위해서 존재하는 것은 아니었다. 나뿐 아니라 다른 어떤 사람도 그것 자체를 위해 존재하지는 않았다. 이 모두 부차적으로 일어나는 것일 뿐이었다. 각자를 위한 진정한 천직이란 자기 자신에 도달하는 단 한 가지뿐이다. 그가 설령 시인이나 미치광이나 예언자나 심지어 범죄자로 일생을 마친다 해도 좋다. 그것은 그의 문제가 아니기 때문이다. 그렇다, 그것은 결국 그리 중대한 일은 아닌 것이다. 그의 가장 본질적인 문제는 임의의 것이 아니라 자기 자신의 운명을 발견하는 것이며, 그 운명을 자신의 내부에서 송두리째, 그리고 온전하게 끝까지 지켜 내는 일이다. 그 외의 모든 것은 일부일 뿐이며, 도피하려는 노력이고, 대중의 이상 속에 숨으려는 재도피이자 순응이고, 자기 자신의 마음에 대한 두려움이다. 무섭고 경건하게 그 새로운 생각이 내 앞에 솟아올랐다. 그것은 이미 몇백 번이나 예감되어 왔고 이미 여러 차례 이야기된 적이 있었지만, 나는 이제야 겨우 그것을 확실하게 깨달았다. 나는 자연에 던져진 돌이었다. 불확실하고 새로운 것 속으로, 어쩌면 허무 속에 던져졌을 것이다. 자연에 던져진 것을 나를 본연의 깊이에서 움직이게 하고 그 의지를 나의 내면에서 느끼면서 송두리째 나의 것으로 만드는 것만이 나의 천직 같았다. 오직 그것만이.

나는 이미 많은 고독감을 맛보았다. 내 앞에는 보다 더 깊은 고독이 펼쳐져 있었고 그것을 피할 도리가 없다는 것을 깨달았다.

나는 이제 피스토리우스를 달래려는 마음을 갖지 않았다. 우리는 여전히 친구였지만 우리의 관계는 달라졌다. 우리는 그 일에 관해 단 한 번 다시 이야기를 했다. 어쩌면 그 말을 한 것은 피스토리우스뿐이었는지도 모르겠다. 그는 말했다.

"나는 당신도 알다시피 목사가 되려는 소원을 갖고 있소. 나는 무엇보다도 우리가 그렇게도 많은 예감을 품고 있는 새로운 종교의 목사가 되고 싶은 거요. 하지만 나는 결코 그렇게 될 수는 없으리라는 걸 잘 알고 있소. 감히 입 밖에 내어 이야기한 적은 없었지만 이미 오래전부터 알고 있었소. 나는 결국 다른 목사적인 봉사를 하게 되겠지요. 오르간을 통해서나 혹은 다른 방법을 통해서 말이오. 그러나 나는 언제나 내가 아름답고 신성하다고 느끼는 무엇인가에 의해, 다시 말하면 오르간 연주의 비법, 상징과 신화 같은 것에 의해 둘러싸여 있지 않으면 안 되오. 나는 그것을 간절히 필요로 하고 그것에서 떨어지고 싶지 않소. 그것이 내 약점이지요. 싱클레어, 나는 때때로 그러한 것을 원해서는 안 되고 그것은 사치이고 내 약점이라는 것을 느끼고 있으니까 말이오. 만약 내가 아주 단순하게 아무런 요구나 주장도 없이 운명에 자신을 맡긴다면 더 위대하고 더 정당하겠지요. 하지만 난 그럴 수가 없다오. 그것이야말로 내가 할 수 없는 유일한 일인 거요. 그것은 정말 어렵소. 그것은, 이 세상에 단 하나 존재하는 정말로 어려운 일이오. 나는 때때로 그것을 꿈꿨지만 한 번도 그렇게 할 수는 없었소. 나는 몸서리가 나오. 이렇듯 완전하게 벌거숭이가 되어 고독하게 서 있을 수만은 없소. 나도 별 수 없이 다소의 따뜻함과 먹을 것이 필요하오. 이따금씩은 자기 동류의 체온을 가까이에서 느끼고 싶어 하는 한 마리의 불쌍하고 연약한 개에 불과하지요. 자신의 운명 이외에는 아무것도 원하지 않는 사람에게는 이미 동류란 없소. 그는 아주 고독하고, 주변에는 싸늘한 세계의 공간밖에는 없지요. 겟세마네 동산에서의 그리스도가 그러했던 거요. 흔연히 십자가에 못 박히는 순교자도 있었지만, 그들 역시 영웅이 아니었고 자유롭지 못했었소. 그들 역시 자기들에게 친밀하고 다정한 무언가를 원했소. 그들에겐 모범이 있었고, 그들에겐 이상이 있었던 거요. 그저 운명만을 원하는 사람에게는 모범도 이상도 없는 거니까. 그들에겐 아무런 사랑도, 아무런 위안거리도 있을 수 없소. 그런데도 사람은 이런 길을 걷지 않으면 안 되오. 나나 당신과 같은 부류의 사람들은 진정으로 고독하긴 하지만 그래도 아직은 서로 피차라는 것을 갖고 있소. 우리들은 뭔가 남다른 것, 반항하는 것, 특이한 것을 추구하는 데서 남모르는 만족을 느끼긴 하지만 만약 온전하게 그 길을 가고자 한다면 그것까지도 단념해야 하오. 또 우리는 혁명가도 이상가도 순교자도 되려고 해서는 안 되오. 그것은 생각할 수도 없는 일이요."

그렇다. 그것은 생각할 수도 없는 일이었다. 그러나 꿈꿀 수는 있었으며, 미리 느끼고 예감할 수는 있는 일이었다. 몇 번인가 아주 조용한 시간에 나는 그것을 조금쯤은 느껴 본 적이 있었다. 그런 때에 나는 내 자신의 내부를 들여다보았고, 강하게 부릅뜬 내 운명의 모습의 두 눈을 들여다보곤 했다. 그 눈은 예지에 충만해 있기도, 미친 듯한 열기에 충혈되어 있기도, 애정에 빛나거나 깊은 악의에 차 있기도 했다. 그러나 어느 것이건 다 마찬가지였다. 그 어떤 것 하나라도 사람이 선택할 수 있는 것은 없었고, 무엇 하나 사람이 원한다고 해서 이루어질 수 있는 것도 없었다. 단지 자기 자신만을 원하고 자신의 운명만을 원할 수 있을 뿐이었다. 피스토리우스는 지도자로서 내가 이 길을 제법 멀리까지 나갈 수 있게 도움을 주었다.

그 시절, 나는 천지를 모르는 것처럼 돌아다녔다. 마음속에선 언제나 폭풍이 몰아쳤고, 발걸음마다 위험에 차 있었다. 나는 이제까지 내가 걸어온 길이 모두 그 속으로 사라지고 마는 아득한 심연이 내 앞에 펼쳐진 것 외엔 아무것도 볼 수가 없었다. 그리고 나는 마음속에서 데미안과 닮은 그 두 눈에 나의 운명이 깃든 지도자의 모습을 보았다.

나는 한 장의 종이에다 이렇게 썼다.

"인도자가 나를 버렸다. 나는 아주 캄캄한 어둠 속에 혼자 서 있다. 나는 혼자의 힘으로는 한 발짝도 걸어 나갈 수가 없다. 오, 나를 도와주오!"

나는 그 쪽지를 데미안에게 보내려고 했다. 그러나 결국 그만두었다. 그것이 어리석고 무의미한 일같이 느껴졌기 때문이었다. 나는 그 짧막한 기도문을 외우고는 때때로 혼자 마음속으로 중얼거리곤 했다. 그 기도는 언제 어디서나 나를 따라다녔다. 기도의 의미가 무엇인지 알 수 있게 된 것이었다.

나의 학창 시절은 끝났다. 나는 아버지의 제안으로 방학 동안 여행을 하기로 했다. 여행이 끝나면 나는 대학을 가야 했는데, 아직 어떤 학부로 갈지 정하지 못했다. 한 학기 동안 철학 수업을 듣기로 했다. 나는 다른 어떤 학과일지라도 만족했을 것이다.

에바 부인

방학 중에 나는 몇 해 전에 데미안이 그의 어머니와 살았던 집에 가 보았다. 정원을 산책하는 늙은 부인이 있어 나는 말을 건넸고, 이야기를 나누던 중에 이 집이 지금은 그 부인의 소유임을 알았다. 나는 부인에게 데미안 가족의 소식을 물어보았다. 부인은 그들을 잘 기억하고 있었지만 지금 사는 곳은 알지 못했다. 내가 그들에게 관심이 있다는 걸 알자 부인은 나를 집 안으로 데리고 들어가서 가죽 표지를 한 앨범 한 권을 찾아와 데미안의 어머니 사진을 한 장 보여 주었다. 나는 데미안의 어머니에 대한 기억이 거의 없었다. 그 조그마한 사진을 들여다보며 나는 심장 고동이 정지한 듯한 충격을 느꼈다. 그것은 내 꿈의 모습이었다! 내 꿈속에 나오는 얼굴이 바로 데미안의 어머니 얼굴이다. 자기 아들을 닮은, 모성적인 표정과 엄격함과 깊은 정열을 지닌 바로 키가 크고 거의 남자 같은 느낌을 주는 여자의 모습을 한, 아름답고 매력적이며 친근하면서도 접근하기 힘든, 데몬인 동시에 어머니이며 운명인 동시에 애인인 바로 그 얼굴이었다. 그 얼굴이 바로 이 사진 속 여자의 모습이었다!

나의 꿈의 모습이 이 지상에 실재한다는 사실을 이런 식으로 알게 되자 격렬한 기적을 본 듯한 충격이 나를 스쳐 갔다! 저런 얼굴의 여자가, 내 운명의 표정을 지닌 여자가 있었다! 그 여자는 지금 어디에 있는가? 어디에?—더욱이 그 여자는 데미안의 어머니였다.

그 후 나는 곧 여행을 떠났다. 이상야릇한 여행이었다! 나는 마음 내키는 대로 끊임없이 이 여자를 찾아서 이곳저곳을 돌아다녔다. 이 여자를 생각나게 하고, 이 여자를 연상하게 만들고, 이 여자를 닮은, 마치 뒤엉킨 꿈속에서처럼 나를 낯선 도시의 골목길로, 정거장으로, 열차 속으로 끌고 들어가는 모습만을 만나는 그런 날이었다. 또한 나의 찾아 헤맴이 얼마나 소용없는 일인지를 느끼게 하는 그런 날도 있었다. 그럴 때면 나는 어느 공원이나, 호텔의 정원이나, 역의 대합실에서 망연하게 앉아 있곤 했으며 나의 내부를 들여다보고 그 모습을 나의 내부에서 소생시키려고 애썼다. 그러나 곧 그것도 부끄럽고 무상한 짓이 되어 버렸다. 나는 한 번도 깊이 잠들 수 없었고 다만 낯선 곳을 달리는 기차 속에서 십여 분쯤 눈을 붙이는 것이 고작이었다. 취리히에서는 상당히 예쁘장했지만 약간은 철면피인 여자가 나를 따라오기도 했다. 나는 그 여자를 거들떠보지도 않고 마치 그 여자가 공기인 양 아무런 느낌 없이 걸어갔다. 다른 여자에게 한 시간이라도 관심을 보내느니 차라리 당장 죽는 편이 나을 것 같은 심정이었다.

나의 운명이 나를 끌어당기고 있으며, 그것이 실현될 날이 가까워졌음을 느꼈다. 그런데도 나는 그것을 스스로의 힘으로 앞당길 수 없다는 데에 대한 초조감으로 거의 미칠 지경이었다. 한번은 어느 정거장에서—인스부르크라고 생각되는데—막 떠나는 기차의 창가에서 그 여자를 연상시키는 모습을 보고는 며칠간을 비참함에 빠져 지냈다. 그러더니 불현듯 그 모습이 다시 꿈속에 나타났다. 나는 나의 추적의 무의미함을 깨닫고는 창피하고 처량한 심정이 되어 곧장 집으로 되돌아왔다.

이삼 주일 후 나는 H 대학에 입학했다. 만사가 다 나를 실망시켰다. 내가 수강한 철학사 강의는 공부하는 학생들의 태도와 마찬가지로 허무하고 기계적이었다. 모든 것은 너무나도 판에 박은 듯이 일정했고, 서로들 똑같이 행동하고 소년티를 못 벗은 얼굴에 나타나는 과장된 쾌활함은 너무나 암담하고 공허하여 구입한 완제품들처럼 보였다. 그러나 나는 자유로웠다. 온종일을 나를 위해서 바치면서 교외의 낡은 집에서 조용하고 안

락하게 지냈다. 내 책상 위에는 두서너 권의 니체가 놓여 있었다. 그와 더불어 살고 그의 영혼의 고독을 느끼며 그를 그토록 쉴 새 없이 몰아 댄 숙명을 느끼며 그와 더불어 괴로워했다. 그럼에도 그렇게 가차 없이 자신의 길을 걸어간 사람이 있었다는 사실에 기뻐했다.

어느 날 저녁이 늦도록 나는 가을바람에 나부끼듯 시내를 건들거리며 다녔다. 어느 음식점에선가 대학생들이 단체로 부르는 노랫소리가 들려왔다. 열린 창문을 통해서는 담배 연기가 자욱이 넘쳐 나오고 있었고, 노랫소리는 세찬 파도처럼 흘러넘쳤지만 조금도 흥겹지 않았고 생기 없이 단조로웠다.

나는 거리 모퉁이에 서서 그 소리에 귀를 기울였는데, 두 곳의 학생 주점에서는 면밀하게 훈련된 청춘의 쾌활함이 밤의 대기로 퍼져 나오고 있었다. 어디를 가도 집단이 있고, 어디를 가도 모임이 있고, 어디를 가도 운명의 발산과 군중 속으로의 도피가 있었다!

내 뒤에서 두 남자가 천천히 지나갔다. 나는 그들 대화의 한 토막을 들을 수 있었다.

"흑인 마을의 청년들의 집과 똑같지 않소?"

한 사람이 물었다.

"모든 것이 합치하는군요. 문신까지도 아직 유행이랍니다. 보십시오. 이것이 신유럽의 모습입니다."

그 음성이 내게는 이상스럽게도 경고하는 것처럼 귀에 익숙했다. 나는 어두운 골목길에서 그 두 사람을 따라갔다. 한 명은 자그마하고 세련되어 보이는 일본인이었는데, 나는 가로등 아래에서 그의 다소 검은 얼굴이 미소를 띠고 빛나는 것을 보았다.

그때 다른 남자가 다시 말을 했다.

"그런데 당신네 일본에서도 역시 더 나을 것이라곤 없겠지요. 군중을 추종하지 않는 사람은 어디를 가도 드문 법이니까요. 여기에도 간혹 그런 사람이 있긴 합니다만."

말 한 마디 한 마디가 즐거운 놀라움으로 내게 와 닿았다. 나는 이야기를 하는 그 사람을 알고 있었다. 그는 데미안이었다.

바람이 부는 밤에 나는 어두운 골목길에서 그와 일본인을 뒤따라가면서 그들의 대화에 귀를 기울이며 데미안의 목소리를 즐겁게 들었다. 옛날의 음색을 그대로 지니고 있었다. 그 음성에는 옛날의 아름다운 안정감과 침착성이 있었으며, 나를 압도하는 옛날의 힘 또한 그대로였다. 이제 모든 것이 잘 해결될 것이다. 나는 그를 발견했다.

교외의 거리 모퉁이에서 그 일본인은 데미안에게 작별을 고하고 어느 집의 현관문을 열었다. 데미안은 그 길을 되돌아 나왔는데 나는 거리의 한복판에 멈춰 서서 그를 기다리고 있었다. 두근거리는 심정으로 나는 그가 단정하고도 탄력 있는 걸음걸이로 나를 향해서 걸어오는 것을 보았다. 그는 갈색 비옷을 입고 가느다란 짧은 지팡이를 팔에 걸치고 있었다. 그는 발걸음을 전혀 흐트리지 않고 내 앞까지 와서 모자를 벗고 결단성 있는 입과 이마 위에 독특한 밝음을 지닌 옛날의 환한 얼굴을 나에게 보여 주었다.

"데미안!"

나는 불렀다.

그는 나에게 손을 내밀었다.

"그러고 보니 네가 여기 있었군, 싱클레어! 나는 너를 기다리고 있었어."

"내가 이곳에 있는 줄 알고 있었나?"

"확실히 알진 못했지만, 그렇게 되기를 줄곧 바라고 있었다네. 너를 오늘 저녁에 처음 만났지만, 너는 저녁 내내 우리를 뒤쫓아 왔었지."

"그럼 나를 금방 알아봤다는 말이야?"

"물론이야. 너는 확실히 변했어. 하지만 너는 여전히 표적을 달고 있잖아!"

"표적이라니, 무슨 표적?"

"네가 아직도 기억하고 있는지는 모르겠지만, 우리는 옛날에 그것을 카인의 표적이라고 불렀지. 그것이 우리들의 표적이야. 너는 언제나 그것을 지니고 있었어. 그래서 나는 너의 친구가 된 거야. 지금은 그것이 더 뚜렷해졌군."

"나는 그것을 몰랐어. 아니 무의식중에는 알고 있었는지도 모르지. 언젠가 나는 너의 초상을 그린 적이 있어. 데미안, 그런데 나는 그 초상이 나와도 닮았다는 데 놀랐었지. 그것이 바로 표적이었을까?"

"그것이 표적이지. 네가 여기에 와서 기쁘다! 어머니도 기뻐하실 거야."

나는 깜짝 놀랐다.

"데미안의 어머니? 어머니도 여기 계셔? 그렇지만 나를 전혀 모르실 텐데?"

"아, 어머니는 너에 대해 잘 알고 계셔. 네가 누군지 내가 말하지 않아도 어머니는 아마 너를 알아보실 거야. 넌 오랫동안 아무 소식이 없었지."

"가끔 편지를 하려고 마음먹기도 했지만 그렇게 되지 않았어. 나는 얼마 전부터 곧 너를 찾아낼 수 있으리라고 느꼈어. 난 매일같이 오늘 같은 날을 기다리고 있었던 거야."

그는 내 팔을 끼고 걸어 나갔다. 데미안은 침착하게 나의 내부로 옮겨 왔다. 우리는 곧 옛날처럼 지껄였다. 우리는 학창 시절과 견진성사 수업과 또 그 당시의 휴가 중에 있었던 그 불행했던 만남을 회상했다. 단지 이번에도 우리들의 사이를 밀접하게 연결해 준 그 사건만은, 프란츠 크로머에 대해서만은 말하지 않았다.

뜻밖에도 우리는 기이하고도 예감에 가득 찬 이야기의 중심으로 들어갔다. 우리는 데미안과 일본인이 나누었던 대화를 상기했고, 아울러 대학생의 생활과는 어쩌면 훨씬 동떨어졌다 여겨질 법한 내용의 이야기를 했다. 그렇지만 데미안의 말에 의하면 그것들은 대학 생활과도 밀접한 연관성이 있었다.

그는 유럽의 정신과 현시대의 특징에 관해 이야기했다. 그는 어디를 가도 단합과 집단행동만이 지배하고 있을 뿐 자유와 사랑이 지배하고 있는 곳이 없다고 말했다. 학생 단체와 합창단에서 국가에 이르기까지 이 모든 공동체는 강제적으로 형성되었으며, 불안과 도피와 절망감에 나온 공동체이며, 내부는 썩고 낡아 곧 붕괴되고 말 거라고 했다.

데미안이 말했다.

"연대란 아름다운 것이지만, 우리가 가는 곳마다 보이는 이러한 식으로 번창하는 것은 전혀 연대가 아니야. 연대는 개인과 개인이 서로를 알게 됨으로써 새롭게 탄생된 것인데, 한참 동안 세계를 변형시킬 수 있는 거야. 지금 연대로 보이는 것들은 오합지졸에 불과하지. 인간들은 서로가 두렵기 때문에 서로에게서 도망치고 있어, 신사는 신사끼리, 노동자는 노동자끼리, 학자는 학자끼리 말이야! 그런데 왜 그들은 두려워하는 것일까? 사람은 흔히들 자기 자신과 사이가 좋지 않을 때 두려움을 느끼지. 그들은 결코 자기 자신에게 귀의하지 않기 때문에 두려움을 느끼는 거야. 내부의 알지 못하는 것에 두려움을 품은 자들의 공동체라니! 그들은 모두 자신의 인생 법칙이 더 이상 오늘날을 살아가는 데 적당하지 않다는 것과 자기들이 좇아서 살아가고 있는 법칙이 낡은 방식이고, 그들의 종교, 그들의 도덕, 이 모두가 우리가 필요로 하는 것에 맞지 않다는 사실을 느끼고 있는 거야. 유럽은 수백 년간, 아니 그 이상의 시간 동안 그저 연구만 하고 공장만 세우고 있었거든! 한 사람을 죽이기 위해서 몇 그램의 화약이 필요한지는 정확히 알고 있지만 신에게 기도를 드릴 줄도, 한 시간만이라도 만족할 줄도 전혀 모르는 거야. 학생 주점 같은 곳을 한번 들여다보렴! 혹은 부자들이 드나드는 오락장이라도! 절망적이야! 싱클레어, 어디서도 진정한 명랑함이란 없어. 그렇듯 불안에 가득 차서 모여든 사람들은 더욱 겁을 먹고 악의에 차서 아무도 남을 믿으려 들지 않는 거야. 그들은 이상이 아닌 이상에 매달려서는 새로운 이상을 세우는 모든 사람에게 돌멩이를 던져 대는 거야. 싸움이 시작되리라는 것을 느껴. 그것이 올 거야. 머지않아 틀림없이 올 거야! 물론 그것이 세계를 '개선'하지는 못하겠지. 노동자가 공장주를 때려죽이거나 러시아와 독일이 서로 총질을 한다 해도 단지 소유주만 바뀔 뿐이겠지. 그러나 그렇다고 해서 그 모든 게 헛된 일이라는 건 아냐. 오늘날의 이상이 무가치하다는 것을 증명해 주는 셈이 될 테고, 석기시대의 신들을 제거해 줄 거니까. 지금 이대로의 이 세계는 바야흐로 죽어 가고 있어. 이 세계는 멸망하고 있으며 또 결국엔 멸망하고 말 거야."

"그럼 그땐 우리는 어떻게 될까?"

내가 물었다.

"우리? 아, 우리도 아마 함께 멸망하겠지. 우리와 같은 자들도 맞아 죽을 가능성이 있으니까. 그러나 우리는 단지 그것만으로 끝나는 건 아니야. 우리들에게서 남겨진 것이나 우리들 가운데서 살아남은 자들 주위로 미래 의지가 결집되겠지. 유럽이 얼마 동안 기술과 과학이라는 시장으로 떠들썩하게 눌러 덮었던 인간성의 의지가 결국엔 나타나게 되겠지. 그렇게 되면 인간성의 의지란 결코 국가나 민족, 단체나 교회 같은 오늘날의 공동체와 같지 않다는 것이 확연하게 드러날 거야. 자연이 인간에 원하는 바는 오히려 각 개인의 마음속에, 자네나 나의 마음속에 새겨져 있어. 그것은 그리스도의 마음속에도 적혀 있었고, 니체의 마음속에도 적혀 있었지. 이 중요한 흐름은 날마다 모습이 다를 수 있어. 하지만 오늘날의 공동체들이 붕괴되고 나면 공간이 생기게 될 거야."

우리는 꽤 늦게야 시냇가의 정원 앞에서 멈춰 섰다. 데미안이 말했다. "우리는 여기서 살고 있어. 가까운 시일 안에 한번 방문해 줘. 우리는 너를 몹시 기대하고 기다리고 있으니."

기쁜 심정으로 나는 냉랭해진 밤공기 속의 먼 귀로를 재촉했다. 시내의 여기저기에서 집으로 돌아가는 대학생들이 소란을 피우며 비틀거리고 있었다. 나는 자주 즐거움을 나타내는 그들의 우스꽝스러운 행동과 나의 고독한 생활 사이에서 격리감과 때로는 조소에 가까운 대립감을 느끼곤 했었다. 그러나 이제껏 한 번도 오늘 같은 침착성과 내밀한 힘으로 그것이 내게 얼마나 사소한 관계일 뿐인지를, 내게 그 세계는 이미 얼마나 멀리 사라져 버렸는지를 느낀 적은 없었다. 나는 내 고향의 관리들, 늙고 신분 높은 신사들을 상기했다. 그들은 마치 행복한 낙원의 추억처럼 음주로 허송한 그들의 대학 시절에 대한 추억에 집착했고, 마치 시인이나 낭만주의자들이 그들의 유년 시절에 바치는 것과 비슷하게 이제는 사라져 버린 그들의 대학 시절의 '자유'를 예배하곤 했다. 어디서나 똑같았다! 어디서나 그들은 행여 자기 자신의 책임을 상기시키고, 자기 자신의 길을 가도록 요구받을지도 모른다는 불안에서 자신의 과거 시절 어느 곳에서 '자유'를 찾고 '행복'을 찾았다. 사람들은 이삼 년간 폭음을 하고 환성이나 지르다가 기어들어 와서는 관청의 성실한 관리가 되었다. 그렇다. 이건 부패했다. 우리들의 나라는 부패한 것이다. 그리고 세상에는 이 대학생들의 멍청함보다도 훨씬 더 멍청하고 나쁜 수백 가지의 다른 멍청함이 있었다.

멀리 떨어진 숙소에 도착해서 잠자리에 들었을 때 이 모든 생각은 깡그리 사라져 버렸다. 내 온 정신은 오늘이 나에게 해 준 한 가지 약속에 목을 늘이고 매달려 있었다. 내가 원하기만 한다면 나는 내일이라도 당장 데미안의 어머니를 볼 수 있다. 대학생들이 술을 퍼마시거나 얼굴에 문신을 하거나 이 세상이 모조리 썩어 그 몰락을 기다리든 말든 간에. 그것이 내게 무슨 상관이랴! 나는 단 하나, 나의 운명이 새로운 모습으로 나를 마중 나오길 기다릴 뿐이었다.

나는 아침 늦게까지 곤하게 잤다. 새로운 날이 나에게는 엄숙한 축제일로서 시작되었고 그것은 유년 시절의 성탄절 축제 이래 경험하지 못한 그러한 날이었다. 나는 내심 불안했지만 그렇다고 두려워한 것은 아니었다. 나는 내게 지극히 중요한 날이 시작되고 있음을 느꼈고, 주위의 세계가 변화하고 기대하고 있으며, 연관에 차 있고 엄숙해져 있는 것을 보고 느낄 수 있었다. 소슬히 내리는 가을비조차 아름답고 고요하고 기꺼운 음악에 가득 찬 축제일의 분위기를 더했다. 생전 처음으로 외부의 세계가 나의 내부의 세계와 순수하게 일치된 음향을 울리고 있었다. 영혼의 축제일이 시작될 것이고, 사는 보람을 느끼게 될 것이다. 어떤 집도 어떤 진열장도 골목의 어떤 얼굴도 나를 방해하지는 못했다. 모든 것은 당연히 그렇게 있어야 하는 것처럼 있을 뿐이었지만, 옛날의 눈에 익은 공허한 모습이 아니라 기대에 차 있는 자연의 모습, 바로 그것이었으며 운명을 맞아들일 준비를 경건하게 하고 있었다. 내가 아직 소년이었을 때는 성탄절이나 부활절 같은 대축일의 아침에 나는 그런 세계를 보곤 했다. 세계가 아직도 이렇게 아름다울 수 있다는 사실을 나는 미처 모르고 있었다. 나의 내부 속에 들어가서 사는 일이나 외부의 것에 대한 의미는 내게서 멀어져 버렸다. 눈부신 빛의 상실은 유년 시절의 상실과 불가피한 관계를 맺고 있는 것이어서, 사람은 어느 정도의 영혼의 자유와 성인이 되는 대가로 이 사랑스러운 빛을 포기하지 않으면 안 된다고 체념하는 데 나는 익숙해져 있었다. 하지만 이제 나는 이 모든 것은 단지 파묻히고 어둠에 싸인 것처럼 보일 뿐이라는 것과, 자유롭게 된 사람이나 유년 시절의 행복을 포기한 사람도 이 세계가 빛나는 것을 볼 수 있으며 어린아이의 관찰과 같은 내적인 전율을 맛볼 수 있다는 것을 황홀하게 느꼈다.

그날 밤 나는 막스 데미안과 작별을 고했던 교외의 정원을 다시 보았다. 높다랗고 비에 젖어 잿빛으로 보이는 나무들 뒤에 가려진 채 밝고 살기에 편하게 생긴 조그마한 집이 서 있었다. 커다란 유리벽 뒤에는 꽃이 핀 높다란 관목들이 있었고 빛나는 유리창 뒤에는 그림과 책이 줄지어 있는 컴컴한 방의 벽이 있었다. 현관은 곧장 난방이 잘된 작은 거실과 통해 있었는데, 그곳에서 흰 앞치마에 까만 옷차림의 말 없는 늙은 가정부가 나를 안내해 주며 내 외투를 받아 걸었다.

가정부는 나를 거실 안에 혼자 남겨 두었다. 나는 사방을 둘러보며 내가 곧장 내 꿈의 한복판에 들어와 있음을 알았다. 문 위쪽의 까만 나무 벽 위에 걸린 검정 테두리의 액자 속에 내가 잘 아는 그림이 들어 있었다. 그것은 지구의 껍질을 깨고 날아오르려는 황금빛 매의 머리를 가진 나의 새였다. 나는 몹시 감동받고 그 자리에 붙박인 듯 서 있었다. 마치 이 순간 내가 이제껏 행하고 경험했던 모든 일이 해답과 실현으로 내게 돌아오는 것처럼 기뻤으며, 동시에 슬픈 마음이 들기도 했다. 번갯불처럼 빠른 속도로 수많은 형상이 나의 영혼을 스쳐 지나가는 것을 나는 보았다. 현관문의 아치 위에 돌로 된 문장이 달려 있었던 고향의 집, 그 문장을 그리던 소년 데미안, 두려움에 떨며 크로머의 속박에 얽매여 있던 어린 소년으로서의 나 자신, 조용한 기숙사의 한구석에서 동경의 새를 그리며 영혼이 제 스스로의 그물에 뒤얽혀 있던 청년으로서의 나 자신.─이 모든 것이, 이 순간에까지 이르는 모든 것이 나의 내부에서 다시 응답하고 긍정하고 대답받고 승인되었다.

젖어드는 눈으로 나는 나의 그림을 응시하며 내 자신의 마음을 읽었다. 그러고 나는 눈길을 내려뜨렸다. 새 그림 아래 열려진 문 앞에 까만 옷을 입은 키가 큰 부인이 서 있었다. 바로 그 사람이었다.

나는 한마디도 할 수 없었다. 자신의 아들처럼 시간과 나이를 초월한, 활기와 의지에 넘치는 얼굴에 아름답고 품위 있는 자태의 부인이 나를 향해 정답게 미소를 보내고 있었다. 그 여자의 눈길은 충족이었고 그 여자의 인사는 귀향을 뜻했다. 나는 아무 말 없이 그녀에게 두 손을 뻗었다. 그녀는 굳건하고도 따스한 두 손으로 내 손을 잡아 주었다.

"당신이 싱클레어지요? 나는 당장에 당신을 알아보았어요. 잘 오셨습니다!"

그녀의 음성은 낮고 따스했고 나는 감미로운 포도주를 마시는 것처럼 그 음성을 들이켰다. 그러고는 시선을 들어 그녀의 고요한 얼굴과 검고 깊이를 알 수 없는 두 눈을 들여다보고, 신선하고 성숙한 입술과 표적을 단 넓고 기품 있는 이마를 바라보았다.

"얼마나 기쁜지 모르겠습니다!"

이렇게 말하면서 나는 그녀의 두 손에 입을 맞추었다.

"저는 한평생 길 위에서 헤맸던 것 같습니다. 이제야 집에 돌아온 듯합니다."

그녀는 어머니 같은 미소를 지었다.

"아무도 집으로 돌아갈 수는 없어요."

그녀는 아주 다정스럽게 말했다.

"그러나 친밀한 두 길이 나란히 뻗어 있을 때는 온 세계가 잠시 동안은 고향처럼 느껴지지요."

그녀는 이곳을 찾아오는 동안 내가 느꼈던 것을 말했다. 음성이나 이야기하는 태도가 아들과 매우 비슷했다. 그러나 어찌 보면 전혀 딴판이기도 했다. 모든 것이 한결 성숙하게 느껴졌고 더 따스했으며 더 분명하게 느껴졌다. 옛날, 데미안이 그 누구에게도 소년의 인상을 주지 않았던 것처럼 그의 어머니도 다 큰 아들이 있는 어머니처럼 보이지 않았다. 얼굴과 머리칼에 감도는 숨결은 젊고 감미로웠으며 황금빛의 살결은 생기 있었고 주름살이라고는 찾아볼 수 없었으며 그 입은 마치 꽃처럼 피어 있었다. 내가 꿈속에서 본 것보다 훨씬 더 위풍 있는 모습으로 그 여자는 지금 내 앞에 서 있었는데, 그녀 가까이에 있는 것으로 사랑의 행복을 느끼게 해 주었고, 그녀에게 따스한 시선을 받는 것으로 벅찬 충족감을 안겨 주었다.

이것이 나의 숙명이 내게 모습을 보여 준 새로운 영상이었다. 이제 더는 엄격하지도 고독하지도 않았으며 너무나 성숙했고 기쁨에 넘쳤다! 나는 새삼스레 결심할 필요도 없었고 아무런 기원도 하지 않았다. 나는 목적지에 도달해 있었고, 그곳보다 더 앞으로 나아가는 길이 바로 가까이 행복의 나뭇가지에 그림자처럼 어려 있었으며, 새로운 약속의 나라를 향한 길이 온갖 즐거움의 정원에서부터 저 멀리 꼭대기까지 웅장한 모습으로 길게 뻗어 있었다. 나의 앞날이 어떤 식으로 전개되어 가든지 지금 여기에서 이 부인을 알고 그녀의 음성을 음미하며 그녀 가까이에서 숨 쉴 수 있다는 것만으로도 나는 행복했다.

그녀가 내게 어머니가 되든지, 애인이나 여신이 되든지, 그녀가 단지 여기에 있다는 것만으로도 충분했다. 나의 길이 다만 그녀의 길 가까이에 있다는 것만으로도 나는 좋았다.

그녀는 나의 매 그림을 가리켰다.

"당신이 이 그림을 보내왔을 때처럼 데미안이 기뻐한 적이 없었어요."

그녀는 생각에 잠긴 어조로 말했다.

"나도 물론 그랬지요. 우리는 당신을 기다렸어요. 우리는 이 그림을 받고 당신이 우리들에게로 오는 중임을 알았지요. 싱클레어, 당신이 아직 조그만 소년이었을 때 말이에요, 어느 날 데미안이 학교에서 돌아와서 당신에 관해 말한 적이 있어요. '이마에 표적이 있는 애가 있어요. 그는 틀림없이 내 친구가 될 거예요.' 하고 말이죠. 그 애가 바로 당신이었어요. 그러나 당신도 쉽지는 않았을 거예요. 그러나 우리는 언제나 당신을 믿고 있었답니다. 언젠가 한번 당신이 방학을 맞아 집으로 돌아왔을 때 데미안과 만난 적이 있었지요. 당신이 아마 열여섯 살쯤이었을 거예요. 데미안이 그 일을 이야기해 주더군요."

나는 말을 가로막았다.

"오, 맙소사. 그때의 이야기를 해 주었다고요? 내가 제일 비참했던 시절이었어요."

"알아요. 데미안은 내게 당신이 지금 최대의 곤란에 직면했다고 하더군요. 그는 또다시 공동체 속으로 도망가려고 애쓰고 있으며 심지어는 술집의 단골손님이 되었더라고 말해 주었어요. 그러나 성공하지 못할 거라고 했었지요. 그의 표적이 지금은 숨겨져 있지만 아무도 모르게 그의 내부를 불태우고 있을 테니까 그럴 수 없다고요. 그렇지 않았나요?"

"네, 그랬어요. 조금도 틀리지 않아요. 그 후 저는 베아트리체를 발견했고 마침내는 지도자가 한 명 나타나 저를 도와주었지요. 피스토리우스라는 사람이었어요. 그제야 비로소 저는 소년 시절에 왜 그렇게 데미안에게 결부되었어야 했던가, 왜 그에게서 벗어날 수 없었던가를 분명하게 깨달았지요. 부인—어머니, 저는 그 당시 때때로 자살까지 생각했답니다. 그 길은 누구에게나 그렇게 어려운 것인가요?"

그녀는 손으로 내 머리를 쓸어 넘기며 바람처럼 가볍게 쓰다듬어 주었다.

"태어나는 것은 언제나 어려운 일이지요. 새도 알을 깨고 나오려면 온힘을 다해야 한다는 걸 당신도 잘 알잖아요. 돌이켜 자신에게 한번 물어보세요. 대체 그 길은 그렇게도 어려웠던가? 그저 어렵기만 했던가? 그러나 역시 아름답지는 않았는가? 하고 말이에요. 당신은 보다 더 아름답고도 쉬운 길을 알고 있나요?"

나는 고개를 가로저었다.

나는 잠꼬대를 하는 것 같은 말투로 말했다.

"어려웠어요. 꿈이 내게로 오기까지 정말 어려웠어요."

그녀는 머리를 끄덕이면서 나를 뚫어지게 바라보았다.

"그래요. 사람은 누구나 자신의 꿈을 발견해야 하는 거예요. 발견하고 나면 길은 한층 쉬워지지요. 하지만 영원히 계속되는 꿈이란 없어요. 또다시 새로운 꿈이 나타나지요. 어떤 꿈에도 집착해서는 안 돼요."

나는 매우 놀랐다. 그것은 일종의 경고였을까? 방어였을까? 그러나 어떻다 해도 마찬가지였다. 나는 이미 그녀에게 인도를 받으며 목적지에 대해서는 묻지 않을 결심이 있었다.

"저는 잘 모르겠군요."

나는 말했다.

"얼마나 오랫동안 저의 꿈이 계속될지는 알 수 없어요. 저는 다만 그 꿈이 영원하기를 바라고 있어요. 새의 그림 아래에서 저의 운명은 마치 어머니처럼, 어쩌면 애인처럼 저를 맞이해 주었어요. 저는 그 운명에 속해 있으며, 그 밖에는 아무것도 속해 있지 않습니다."

"그 꿈이 당신의 운명인 한에서 당신은 그것에 언제나 충실해야겠지요."

그녀는 엄숙한 어조로 내 말을 보충해 주었다.

비애가, 그리고 이 행복한 순간 속에 그대로 죽고 싶은 열렬한 소원이 나를 사로잡았다. 눈물이—얼마나 오랫동안 나는 울지 않았던지!—억누를 길 없이 흘러나와 나를 압도하고 있었다. 나는 성급히 얼굴을 그녀에게서 돌려 창가로 걸어가서는 눈물에 흐려져 보이지 않는 눈으로 화분의 꽃 너머 먼 곳을 바라보았다.

등 뒤에서 그녀의 목소리가 들려왔다. 침착했지만 가장자리까지 가득 채워진 와인 잔처럼 사랑으로 가득 차 있는 목소리였다.

"싱클레어, 당신은 아직 어린애로군요! 물론 당신의 운명은 당신을 사랑하고 있어요. 당신이 변함없이 충실하다면 당신이 바라는 것처럼 언젠가는 완전히 당신의 것이 된답니다."

나는 간신히 자신을 억제한 뒤 다시 그녀 쪽으로 얼굴을 돌렸다. 그녀는 내게 손을 내밀었다.

"내겐 두서너 명의 친구가 있어요."

그녀는 미소를 띠면서 말하는 것이었다.

"두서넛밖에 안 되는 극소수지만 지극히 가까운 사람들이랍니다. 그들은 나를 에바 부인이라고 부르지요. 당신도 원한다면 나를 그렇게 불러 주세요."

그녀는 나를 문가로 데리고 가서 문을 열고 정원을 가리켰다.

"바깥으로 나가 보면 데미안이 있을 거예요."

높다란 나무 아래에서 나는 충격에 휩싸인 채 멍하니 서 있었다. 내가 눈을 뜨고 있는 것인지, 꿈을 꾸고 있는 것인지 이제까지보다 한층 더 분간할 수가 없었다. 빗방울이 나뭇가지에서 방울져 떨어져 내렸다. 나는 천천히 강기슭을 따라 멀리까지 뻗어 있는 정원으로 걸어갔다. 마침내 데미안을 발견했다. 그는 웃옷을 벗은 채 정원의 정자 안에 매달아 놓은 모래주머니 앞에서 권투 연습을 하고 있었다.

나는 깜짝 놀라 발을 멈추었다. 데미안은 아주 멋있어 보였다. 널따란 가슴, 야무지고 남성적인 머리, 긴장된 근육으로 치켜든 두 팔은 강하고 단단해 보였고 근육의 움직임이 파문이 이는 샘물처럼 허리와 어깨와 팔의 관절을 휘감고 있었다.

"데미안!"

나는 그를 불렀다.

"거기에서 뭘 하고 있어?"

그는 유쾌하게 웃었다.

"연습을 하고 있어. 난 그 조그만 일본인하고 격투를 하기로 했거든. 그 사람은 고양이처럼 날쌔고 빈틈이 없단 말이야. 그러나 나를 그렇게 맘대로 다루지는 못할 거야. 그에게 빚진 아주 사소한 굴욕적인 일이 있었지."

그는 셔츠와 웃옷을 걸쳤다.

"벌써 우리 어머니를 만나 봤어?"

그가 물었다.

"그래 데미안, 네 어머니는 정말 근사한 분이시더군! 에바 부인! 그 이름은 정말 완전히 그분에게 어울리는 이름이야. 모든 존재의 어머니 같단 말이야."

그는 잠시 생각에 잠긴 표정으로 나의 얼굴을 들여다보았다.

"벌써 그 이름을 안다는 말이지. 이봐, 그렇다면 네가 자랑할 만해. 어머니가 처음 만나서 이름을 가르쳐 준 것은 네가 처음이야."

이날부터 나는 그 집에 아들이나 형제처럼 드나들었고 어떤 때는 사랑하는 사람처럼 방문하기도 했다. 현관을 들어서며 내 뒤에서 문이 닫히는 소리를 들을 때면, 아니, 멀리서 정원의 키 큰 나무들이 나타나기만 해도 나는 흡족하고 행복한 마음이 되었다. 바깥에는 '현실'이 있었는데 현실 속에는 거리와 집, 사람과 시설, 도서관과 강의실 들이 있었다. 그런데 여기 집 안에는 사랑과 영혼이 있었고 전설과 꿈이 살아 숨 쉬고 있었다. 그렇지만 우리는 결코 세상과 단절되어 사는 것은 아니었으며 오히려 생각과 대화에서는 이 세상의 한복판에서 살았다. 우리는 단지 다른 영역에 속했을 뿐이었고, 다수의 사람들과 어떤 경계선으로 분리된 것이 아니라 단지 보는 방식의 차이에 따라 분리되었을 뿐이었다. 우리의 사명은 이 세계에 한 개의 섬을 보여 주는 일이었다. 그것은 하나의 이상에 불과할는지는 모르지만 하여간 살아가는 방식 가운데 하나의 가능성을 보여 주는 일임은 틀림없었다. 오랫동안 고립되어 있었던 나는 단지 완전한 고독을 맛본 사람들 사이에서만 가능한 공동체를 알게 되었다. 나는 결단코 행복한 사람들의 식탁이나 흥겨워하는 사람들의 축제로 되돌아가기를 바라지 않았고, 다른 사람들의 공동체를 보더라도 부러워하거나 향수를 느끼지 않았다. 그리하여 나는 차츰 '표적'을 단 사람들의 내밀한 냉정에 동조하게 되었다.

표적을 지닌 우리들은 세상 사람들로부터 이상스럽다든가, 미쳤다든가, 위험스럽다고 여겨지고 있을지도 모르는 일이었다. 우리는 깨달은 자 혹은 깨닫고 있는 자들이었고 우리의 노력은 갈수록 완전해지는 깨달음을 위해 경주하는 데 있지만, 반면 다른 사람들의 노력과 행복 탐구는 그들의 의견, 이상과 의무, 생활과 행복의 기준을 군중의 그것에 점점 더 밀착시키려고 애쓰는 데 있었다. 물론 그곳에도 노력과 힘과 위대성은 있었다. 그러나 우리들이 보기에는 우리들 표적을 지닌 자들은 새로운 것, 고립된 것, 미래의 것을 지향하는 자연의 의지를 제시하고 있는 데 반해, 그들은 다만 고집의 의지 속에 안주하고 있는 것처럼 느껴졌다. 그들에게 인류란—우리들과 마찬가지로 그들 역시 사랑해 마지않는 인류란—유지되고 보호받아야 할 완성된 그 무엇이었다. 우리들에게 인류란 우리 모두가 그것을 향해 가는 도중에 있는 것, 그 모습을 아는 사람이 아무도 없는 것, 그 법칙이 아무 데도 적혀 있지 않은 그런 아득한 미래인 것이었다.

에바 부인과 데미안과 나를 제외하고도 그 밖의 여러 부류의 탐구자들이 가깝고 먼 차이는 있을지언정 우리들의 공동체에 속해 있었다. 그들의 대다수는 특이한 길을 걸어가며 개별적인 목표를 세워 놓고 색다른 의견과 의무에 매진했는데, 점성술가와 카발라 학파나 톨스토이의 신봉자들도 있는가 하면, 여러 부류의 섬세하고 수줍고 마음이 여린 사람들, 새로운 소수 종파의 신봉자들과 인도의 요가를 장려하는 사람들, 채식주의자들을 비롯한 여러 사람들이 있었다. 이 모든 사람과 우리는 각자가 타인의 비밀스러운 삶의 꿈을 존중해 준다는 것 말고는 어떤 정신적인 것이나 현실적인 일에 공통점이 없었다.

그들 중에서도 과거에서 신과 새로운 구원의 영상에 관한 인류의 탐구의 흔적을 찾아내고 때로는 피스토리우스의 그것을 연상시키는 연구를 하는 사람들은 훨씬 우리와 가까운 거리에 있었다. 그들은 책들을 가져와서 고대 언어로 된 원서를 해석해 주었고, 고대의 상징물이나 의식의 도해를 우리들에게 보여 주면서 오늘날에 이르기까지의 인간이 소유했던 이상이란 결국 모두가 무의식적인 영혼의 꿈을 더듬어 가면서 그 속에서 자기의 미래 가능성의 예감을 추구하고자 한 꿈으로 이루어져 있음을 가르쳐 주었다. 이렇게 해서 우리는 고대의 이상스러운 천 개의 머리를 가진 신의 무리에서부터 기독교적인 개종의 여명에 이르기까지 신들의 엉킨 덩어리를 섭렵할 수 있었다.

우리는 종교가 고독하고 경건한 사람들의 고해에서 민족과 민족으로 옮겨 간 변천의 궤적을 잘 알게 되었다. 그리고 우리는 우리들이 수집한 모든 자료를 통해서 우리들의 시대에 비평적인 인식을 갖게 되었고, 방대한 노력으로 강력하고도 우수한 무기를 만들어 낼 수는 있음에도 정신은 극도로 황폐해져 가고 있는 현대 유럽에 대한 비평적인 안목을 갖게 되었다. 유럽은 온 세계를 얻었지만 결국은 그것으로 인해 자신의 영혼을 잃어버리게 될 것이다.

여기에도 물론 약간의 희망과 구제론의 신자와 고해자가 있었다. 유럽을 개종시키려는 불교 신자들이 있는가 하면 톨스토이 신봉자와 그 밖의 여러 종파의 추종자들이 있었다. 우리들은 이들의 의견에 귀를 기울이기는 했지만, 이들 교의들의 어느 것도 상징 이외의 다른 것으로 받아들이지는 않았다. 우리 표적을 지닌 자들에겐 미래의 형성에 아무런 염려도 책임 지워져 있지 않았다. 우리들에게는 모든 교파와 모든 구제론은 이미 오래전에 죽어 버려 쓸모없는 것으로 여겨졌다. 우리들은 다만 각자 완전히 자기 자신이 되고, 완전히 자기의 내부에서 작용하는 자연의 의지에 뒤따르며, 불확실한 미래가 초래할지도 모르는 온갖 일에 대해서 스스로 준비를 갖추도록 순수하게 살아가는 것을 의무로서 또한 운명으로서 느낄 뿐이었다.

새로운 탄생과 현대의 붕괴가 가까이 와 있었고 그것을 이미 느끼고 있음은 입 밖에 내든 안 내든 우리들 모두의 마음속에서는 분명한 일이었다. 데미안은 여러 차례 나에게 말했다.

　"무엇이 올 건지는 짐작할 수 없어. 유럽의 영혼은 무한히 오랫동안 쇠사슬에 매여 있는 짐승과 같아. 그것이 해방되었을 때 최초로 행할 행동은 필경 그리 칭찬할 만한 것이 되진 못할 거야. 그렇지만 여태껏 그렇게도 오래도록 노상 기만당하고 마비되어 왔던 영혼의 진정한 고난이 백일하에 드러날 수만 있다면 우리들이 지나온 길이나 돌아온 길 같은 것은 중요한 문제가 아니야. 그러면 우리들의 날이 오는 거야. 세상 사람들의 지도자나 새로운 입법자로서가 아니라―우리는 새로운 법률 같은 것은 더 이상 경험하지 않겠지만.―우리는 오히려 의지자로서, 운명이 부르는 곳이라면 어디든지 함께 가서 그곳에 서 있을 각오가 되어 있는 그런 사람으로서 필요하게 될 거야. 이봐, 모든 사람은 만약 그들의 이상이 위협을 받는다면 아마 믿을 수 없을 만한 짓을 충분히 해낼 용의가 있을 거야. 그러나 새로운 이상이, 아마도 위험스러우며 흉측하게 느껴질지도 모르는 그런 새로운 성장의 움직임이 문을 두드릴 때 거기에 있을 사람은 아무도 없을 거야. 그때에 거기에 있어서 함께 가는 소수의 사람들이 우리인 거야. 그것을 위해 우리는 표적을 달고 있는 거니까. 공포와 증오를 일으켜 그 당시의 인류를 좁다란 전원에서 위험스러운 넓은 세계로 몰아넣기 위해 카인이 표적을 갖고 있었던 것처럼 말이네. 인류의 역사에 영향을 끼친 모든 사람들은, 그게 누구던가를 막론하고 운명에 준비했다는 것만으로 유능하고 활동적이었던 거야. 모세와 부처가 그러했고 나폴레옹과 비스마르크도 그러했지. 그 사람이 어떤 파동에 휩쓸리는가, 어떤 극에 지배받는가 하는 것은 그 사람 자신의 선택 범위 내에 있는 일은 아니야. 만약 비스마르크가 사회민주주의자들을 이해하고 그들의 의견에 동조했다면 그는 영리한 지배자는 되었을지 모르지만 운명의 인물이 될 수는 없었을 테지. 나폴레옹도, 카이사르도, 로욜라도, 다른 모든 사람들도 그랬던 거야! 사람들은 그것을 언제나 생물학적이며 진화론적으로 생각해 볼 필요가 있어! 지구의 표면에 거대한 변혁이 일어나서 수생 동물을 육지로, 육상 동물을 물속으로 밀어 넣었을 때, 그런 새롭고도 전대미문의 일을 수행하고 새로운 적응력을 만들어 자신들의 종족을 구하는 운명을 준비했던 표본들이 있었어. 그것이 그 이전에 자신의 종족 가운데서 보수적이고 보존적인 성향을 가졌었는지, 아니면 오히려 기이한 별종이며 혁명적이었는지를 우리가 알 수는 없겠지. 그렇지만 그들은 준비를 하고 있었기 때문에 새로운 변화의 과정에서 자신의 종족을 구할 수 있었던 거야. 우린 그 점을 잘 알 수 있지. 그래서 우리는 준비를 하려는 거야!"

에바 부인은 우리가 그런 대화를 나누는 자리에 때때로 함께 있었다. 그러나 그녀 스스로는 이러한 식의 이야기를 하지 않았다. 그녀는 자신의 견해를 펼치는 우리들에게 신뢰와 이해심에 가득 찬 경청자이자 반향이 되어 주었는데, 그러한 생각들이 모두 그녀에게서 비롯되어 다시 그녀에게로 되돌아가는 것처럼 보였다. 그녀 가까이에 앉아 있는 일이나 그녀의 목소리를 듣고, 그녀를 에워싸고 있는 성숙함과 영혼의 분위기에 한몫 끼는 일이 나에게는 더할 수 없는 행복이었다.

나의 내부에서 어떤 변화나 혼돈이나 혹은 혁신이 일어나면 그녀는 곧잘 그것을 알아차렸다. 내가 잠잘 때 꾸는 꿈조차 나에게는 그녀로부터의 영감에 의한 것처럼 여겨졌다. 나는 자주 그녀에게 내 꿈 이야기를 했는데 그 꿈은 그녀에겐 쉽게 이해가 가고 자연스러운 것이었으며, 그녀가 분명한 느낌으로 파악해 낼 수 없는 기상천외한 일은 존재하지 않았다. 얼마 동안 나는 마치 우리들이 나눈 일상 대화의 복제와도 같은 꿈을 꾸었다. 세계는 온통 혼란에 빠지고 나는 혼자서, 혹은 데미안과 함께 긴장하며 위대한 운명을 기다리는 꿈이었다. 운명은 가려진 채였지만 어딘지 에바 부인의 표정을 지니고 있었다. 그녀에게 선택되거나 혹은 배척당하는 것이 바로 운명이었다.

여러 차례 그녀는 미소를 띠면서 말했다.

"당신의 꿈은 완전하지가 않아요. 싱클레어, 당신은 제일 좋은 것을 잊어버렸어요."

그 말을 듣고 나서야 그 잊어버린 부분이 생각이 났고 나는 어쩜 그것을 잊고 있었는지 이해할 수 없었다.

때때로 나는 불만을 느끼며 어떤 욕구로 고민하곤 했다. 그녀를 팔에 끌어안지도 못하면서 그녀를 가까이에서 지켜보기만 하는 건 더 이상 참을 수 없다는 생각이 들었다. 그녀도 곧 그것을 알아차렸다. 한번은 여러 날 동안이나 그녀를 찾아가지 않았다가 여전히 어지러운 마음으로 다시 그녀를 찾아가자 그녀는 한쪽으로 나를 데리고 가서 말했다.

"당신은 당신이 믿지도 않는 소원에 정신을 잃어서는 안 돼요. 당신이 무엇을 소원하고 있는지 나는 잘 알고 있어요. 당신은 이 소원을 바라거나 아니면 완전하고 올바르게 바라지 않으면 안 됩니다. 만약 당신이 그 소원의 이루려고 마음속에 완전한 확신이 들도록 소망할 수 있다면 그땐 그 소원을 성취할 수 있게 될 거예요. 그러나 지금 당신은 소원하면서도 다시 후회하기도 하고 동시에 두려워하고 있어요. 이 모든 것을 극복할 수 있어야 해요. 내가 전설 이야기를 하나 해 줄게요."

그녀는 별에 반한 젊은이의 이야기를 해 주었다. 그는 바닷가에 서서 손을 뻗치고 별에 예배했고 별의 꿈을 꾸고 자기의 생각을 별에 보냈다. 그렇지만 사람이 별을 끌어안을 수는 없음을 그도 알고 있었거나 또는 알고 있다고 생각했다. 그는 충족될 희망도 없이 별을 사랑하는 것이 자신의 운명이라고 생각했다. 체념과 자기 개선과 정화를 시키기 위한 충실한 고민을 이야기하는 한 편의 완전한 생명의 시를 지었다. 그러나 그의 꿈은 모두 별을 찾아갔다. 그는 어느 날 밤 다시 바닷가의 높은 벼랑 위에 서서 별을 쳐다보고 별을 향한 사랑을 불태웠다. 그리하여 동경이 절정에 달한 순간 그는 별을 향해서 허공으로 뛰어들었다. 그러나 그는 그 도약의 순간에 다시 한 번 번개처럼 생각했다. 정말 이루어지지 않을 일이다! 그는 바닷가에 떨어져 산산조각이 났다. 그는 사랑하는 법을 이해하지 못했던 것이다. 만약 그가 뛰어올랐던 그 순간에 단단하고 확실하게 그 일이 이루어질 거라고 믿는 정신력이 있었다면 그는 하늘로 날아 올라가서 별과 하나가 될 수 있었을 터였다.

"사랑은 간청해서는 안 되는 거예요."

그녀는 진지하게 말했다.

"또 요구해서도 안 되지요. 사랑은 자신의 내부에서 확신에 이르는 힘을 가져야 해요. 그러면 사랑은 끌려오는 것이 아니라 끌어당기게 되는 거지요. 싱클레어, 당신의 사랑은 나에게 끌리고 있어요. 당신이 나를 끌게 되면 나는 가겠어요. 나는 아무런 선물도 드리고 싶지 않아요. 나는 당신에게 획득당하고 싶은 거예요."

그러나 다음번에는 나에게 다른 이야기를 해 주었다. 희망도 없이 사랑하는 한 남자가 있었다. 그는 자신의 영혼 속에 완전히 침잠하여 사랑한 나머지 타 없어질 것 같다고 느꼈다. 그에게는 이 세계가 사라져 버렸으며 더 이상 푸른 하늘도 파릇한 숲도 보이지 않았다. 시냇물도 그에게는 졸졸거리지 않았고 하프도 그에게는 울리지 않았다. 모든 것은 사라져 버렸고 그는 가난하고 비참해졌다. 그러나 그의 사랑은 나날이 자라서 자신이 사랑하는 여자를 소유할 수 없느니 차라리 죽어 버리고, 파멸해 버리고 싶은 지경에까지 이르렀다. 그때 그는 사랑이 자신의 내부에 있는 모든 것을 불태워 버렸음을 느꼈다. 그리하여 그의 사랑은 자꾸만 강력해져서 그녀를 끌어당겼고, 그 아름다운 여자는 마침내 그를 따라오지 않을 수 없었다. 그녀가 왔고, 그는 그녀를 맞이하기 위해 두 팔을 활짝 벌리고 서 있었다. 그러나 막상 그 여자가 그의 앞에 와 서자 그녀는 아주 달라져 버렸고 그는 자기가 잃어버린 온 세계를 자기에게로 끌어당겼음에 깊은 전율을 느끼고는 그 세계를 바라보았다. 그 세계는 그의 앞에 서서 그에게 몸을 맡겨 왔다. 하늘과 숲과 시내, 이 모든 것이 새로운 빛을 띠고 생생하고도 화창하게 그에게 다가와서는 그의 것이 되었고 그의 말을 속삭였다. 이렇게 해서 그는 단순한 한 사람의 여인을 얻는 대신 온 세계를 그의 마음속에 지니게 되었다. 하늘의 모든 별은 그의 내부에서 타올랐고 그의 영혼을 뚫고 지나가며 환희의 불꽃을 튕겼다. 그는 사랑을 했다. 자기 자신을 발견한 것이었다. 그러나 대부분의 사람은 자기를 잃어버리기 위한 사랑을 한다.

　에바 부인에 대한 사랑이 내게는 내 생활의 유일한 내용처럼 느껴졌다. 매일같이 그것의 모양이 달라졌다. 때때로 나는 나의 본성이 나를 이끌어 도달하려고 애쓰는 것은 그 여자 개인이 아니라 나의 내심의 상징에 불과하며 그것은 나를 나의 내부로 더욱더 깊이 끌고 들어가려고 한다는 것을 확실하게 느꼈다. 때론 나는 내 마음이 발하는 절박한 질문에 대하여 마치 내속의 무의식적인 어떤 것이 대답하는 듯한 그녀의 이야기를 듣곤 했다. 또한 내가 그녀의 곁에서 관능적인 욕망에 불타올라 그녀가 만진 물건에 입 맞추는 그런 순간도 있었다. 그리고 점차로 관능적인 사랑과 관능적이지 않은 사랑이, 현실과 상징이 서로서로 겹쳐졌다. 내가 우리 집의 내 방에서 조용한 마음으로 그녀를 생각할 때면 그녀의 손을 나의 손 안에서, 그녀의 입술을 내 입술 위에서 느끼는 일이 떠오르기도 했다. 그러나 어떤 때는 그녀의 곁에서 그녀의 얼굴을 쳐다보며 이야기를 나누고, 그녀의 목소리를 듣고 있으면서도 그녀는 진정 현실로 존재하고 있는지, 아니면 내가 꿈을 꾸고 있는지 분간할 수 없기도 했다. 어떻게 사랑을 지속적으로 영원히 간직할 수 있는가를 나는 알아 가기 시작했다. 어떤 책을 읽으며 나는 새로운 것을 느꼈는데 그것은 에바 부인의 입맞춤과 똑같은 느낌이었다.

그녀는 나의 머리칼을 쓰다듬어 주며 성숙하고 향기로운 온기를 미소로 내게 보내 주었다. 나는 마치 내 자신의 내부에 무슨 진보라도 이룩한 것 같은 느낌을 받았다. 내게서 중요하고 운명적이었던 온갖 것들이 그녀의 모습을 지닐 수 있었다. 그녀는 나의 모든 사상으로 변신할 수 있었고 나의 모든 사상은 그녀로 변신할 수 있었다.

이 주 동안이나 에바 부인과 떨어져서 지내야 하는 것은 틀림없이 고통스러운 일이라 생각하며 나는 부모님과 함께 지내야 할 성탄절의 휴가를 두려워했다. 그러나 그것은 그리 고통스러운 일이 아니었다. 집에서 그녀를 생각하는 것은 멋진 일이었다. H 시로 되돌아와서도 나는 이 안정감과 관능적인 그녀의 현재로부터의 독립심을 즐기기 위해 이틀 동안이나 그녀의 집을 방문하지 않았다. 또한 나는 그녀와의 결합이 새로운 비유적인 방법으로 이루어지는 꿈을 꾸기도 했다. 그녀는 내가 용솟음치며 흘러들어 가는 바다였다. 그녀는 별이었고, 나 자신도 별로서 그녀에게로 가는 중이었으며 우리는 중간에 만나 서로 끌리고 있음을 느꼈으며 함께 머물렀고 원을 그리며 서로의 주위를 영원토록 행복하게 맴돌았다.

내가 다시 그녀를 방문한 첫날 나는 이 꿈을 이야기해 주었다.

"그 꿈은 참 아름답군요."

그녀는 조용히 말했다.

"그것이 진실이 될 수 있게 하세요!"

이른 봄날, 내가 결코 잊을 수 없는 날이 있었다. 나는 거실에 들어섰다. 창문이 하나 열려 있어서 훈훈한 바람이 히아신스의 무거운 향기를 방 안으로 휘몰아 넣고 있었다. 거실엔 아무도 없었으므로 나는 계단을 통해서 데미안의 서재로 갔다. 가볍게 문을 두드리고는 늘 그랬듯이 대답도 기다리지 않고 문을 열고 들어섰다.

방은 어두웠고 커튼은 모두 드리워져 있었다. 데미안이 화학 실험실로 꾸며 놓은 조그만 옆방으로 통하는 문이 열려 있었다. 그곳으로 먹구름 사이로 비치는 밝고 하얀 봄 햇살이 들어오고 있었다. 아무도 없다고 생각한 나는 무심코 한쪽 커튼을 젖혔다.

바로 그때 나는 커튼이 드리워진 창문 가까이에 데미안이 이상한 모습을 한 채 걸상에 웅크리고 앉아 있는 것을 발견했다. 언젠가 이런 일을 본 적이 있다는 느낌이 번갯불처럼 나를 스쳐 갔다. 그는 두 팔을 아무 움직임도 없이 내려뜨리고 두 손을 무릎 위에 놓은 채 앉아 있었다. 두 눈을 크게 뜬 채 다소 앞으로 숙이고 있는 그의 얼굴은 무감각해 보였고 눈동자에는 조그맣게 빛나는 빛의 반사가 마치 한 조각의 유리처럼 생기 없이 반짝거리고 있었다. 창백한 얼굴은 자기 내면에 깊이 침잠해 있었으며 몸서리쳐지는 마비 상태 이외에 다른 표정이라고는 그 무엇도 찾아볼 수 없었다. 그것은 마치 사원의 현관에 있는 태곳적 짐승의 가면처럼 느껴졌다. 그는 거의 숨도 쉬지 않는 것처럼 보였다.

나는 되살아난 추억에 몸을 떨었다. 수년 전, 내가 아직도 조그만 소년이었을 때 지금과 똑같은 그의 모습을 본 적이 있었다. 그렇게 그의 두 눈은 내부를 응시하고 있었다. 그렇게 그의 두 손은 생기 없이 나란히 놓여 있었으며, 그의 얼굴 위로는 파리 한 마리가 기어 다니고 있었다. 아마도 6년 전인 그때에도 그는 꼭 이렇게 나이 들어 보였고, 시간을 초월한 것처럼 보였다. 얼굴에 있는 주름살 하나도 오늘과 다름이 없었다.

나는 공포감에 사로잡힌 채 가만히 방을 나와 계단을 내려왔다. 거실에서 나는 에바 부인을 만났다. 그녀는 창백하고 피곤해 보였는데 그녀에게서는 그런 표정을 한 번도 본 적이 없었다. 그림자가 창문을 스쳐 지나가자 눈부신 하얀빛이 홀연히 사라졌다.

"저 데미안에게 갔었어요."

나는 성급하게 말했다.

"무슨 일이 생겼나요? 그가 잠을 자는 건지 아니면 무엇에 몰두하고 있는 건지 저는 잘 모르겠어요. 옛날에도 그렇게 하고 있는 것을 한 번 본 적이 있었지만요."

"물론 그 애를 깨우지는 않았겠죠?"

그녀는 황급히 물었다.

"예, 그는 내가 들어가는 소리도 듣지 못했어요. 저는 곧 되돌아 나왔어요. 에바 부인, 무슨 일이 생겼는지 제게 말씀해 주실 수는 없으세요?"

그녀는 손등으로 이마를 쓰다듬었다.

"걱정 마세요, 싱클레어. 아무 일도 없으니까요. 그 애는 명상에 잠긴 거예요. 그리 오래 걸리진 않을 겁니다."

그녀는 일어서서 막 비가 내리기 시작한 정원으로 나갔다. 나는 그녀를 따라 나가서는 안 된다고 직감했다. 나는 거실을 왔다 갔다 하면서 정신을 혼미하게 만드는 히아신스의 꽃향기를 맡기도 하고, 문 위에 걸린 내가 그린 새 그림을 쳐다보기도 하면서 오늘 아침 이 집을 가득 채우고 있는 기이한 그림자를 답답하게 호흡했다. 이것이 무엇일까? 도대체 무슨 일이 일어난 것일까?

에바 부인은 곧 되돌아왔다. 빗방울이 그녀의 까만 머리카락에 방울져 있었다. 나는 그녀 곁으로 다가가서 그녀에게 몸을 굽히고 머리카락에 맺힌 물방울에 입을 맞추었다. 나에겐 그 물방울이 눈물 같은 맛으로 느껴졌다.

"그에게 가 보고 올까요?"

나는 소곤거리는 낮은 어조로 물었다. 그녀는 연약하게 미소를 지었다.

"어린애 같은 짓 말아요, 싱클레어!"

그녀는 자기 자신의 마음속에 깃든 마력을 깨뜨리기라도 하려는 듯이 크게 나무랐다.

"지금은 가고 나중에 다시 오세요. 지금은 당신과 아무런 이야기도 할 수 없군요."

나는 그 집에서 나와 시내를 지나 산으로 달려갔다. 흩날리는 가는 빗방울이 나를 향해 다가왔고 구름은 무엇엔가 억눌린 듯 겁을 집어먹은 것처럼 나지막이 흘러가고 있었다. 아래쪽은 바람이라곤 거의 불지 않았지만 높은 곳은 폭풍이 일고 있는 것 같았다. 아주 잠시 동안 태양이 강철 같은 잿빛 구름 사이로 파리하게 때론 눈부시게 얼굴을 내밀곤 했다.

그때 하늘에서는 누런 구름이 흘러가고 있었다. 그 구름이 잿빛의 벽에 걸리고 바람은 몇 초간 이 누런 구름과 잿빛 하늘로 하나의 형상을, 한 마리의 거대한 새의 형상을 만들었다. 이 새는 푸른 혼돈으로부터 뛰쳐나와서는 날개를 치면서 하늘로 사라져 버렸다. 그러고 나자 폭풍이 몰아치는 소리가 들리고 비가 우박과 뒤섞여 쏟아졌다. 짤막하지만 엄청나게 무서운 천둥소리가 빗발에 얻어맞은 풍경 위에서 울려 왔다. 그러더니 곧 다시 햇살이 비쳐 들고 갈색의 숲 너머에 있는 가까운 산 위에 희미한 눈이 거슴츠레 비현실적으로 빛나고 있었다.

몇 시간 후에 내가 흠뻑 젖은 채 되돌아오자 데미안이 손수 현관문을 열어 주었다.

그는 자기 방으로 나를 데리고 갔다. 실험실은 가스 불이 타고 있고 종이가 사방에 흩어져 있는 걸로 보아 그가 일을 하고 있었음을 짐작하게 했다.

"앉아."

그는 의자를 권했다.

"피곤하지. 지긋지긋한 날씨야. 자넨 바깥에서 몹시 헤맨 모양이군. 곧 차를 가져올 거야."

"오늘은 뭔가 시작됐어."

나는 주저하면서 말했다.

"이건 단순한 천둥 번개가 아닐 수도 있어!"

그는 무엇인가를 찾아내려는 듯이 나를 쳐다보았다.

"너, 무엇을 보았니?"

"응, 구름 속에서 잠깐 동안이지만 하나의 형상을 봤어."

"무슨 형상을?"

"한 마리의 새였어."

"그 매? 그것이었나? 네 꿈속의 새 말이야?"

"응, 내 매였어. 그것은 누렇고 굉장히 컸어. 곧 검푸른 하늘로 날아 들어가 버렸지."

데미안은 깊은 한숨을 내쉬었다.

문을 두드리는 소리가 들렸다. 늙은 가정부가 차를 가져왔다.

"자, 싱클레어, 차를 들어. 나는 네가 그 새를 본 것이 우연이라고 생각하지 않아."

"우연? 그런 것을 우연히 볼 수 있을까?"

"그렇지, 우연히 볼 수는 없겠지. 그것은 무엇인가를 의미하고 있을 거야. 무엇을 의미하는지 알겠어?"

"아니, 나는 다만 그것은 변화를, 운명의 한 걸음을 뜻한다고 느낄 뿐이야. 나는 그 매가 우리들 모두와 관계가 있다고 생각하고 있어."

그는 성급한 걸음으로 이리저리 서성거렸다.

"운명의 한 걸음이라고!"

그는 큰 소리로 외쳤다.

"나도 똑같은 꿈을 꾸었어. 어머니도 어제 똑같은 것을 의미하는 예감을 느끼셨다더군. 나는 사다리를 타고 어떤 나무줄기엔가 탑으로인가 올라가는 꿈을 꾸었어. 내가 위에 올라가서 보니까 그곳은 넓은 평야였는데, 온 나라가, 도시 마을 할 것 없이 모두 불타고 있는 거야. 나는 아직 전부를 이야기할 수는 없어. 아직 모든 것이 뚜렷하게 파악되진 않았으니까."

"너는 꿈을 너와 관련해서 해석하니?"

나는 물었다.

"나와 관련해서? 그야 물론이지. 자기와 관련되지 않는 꿈을 꾸는 사람은 아무도 없어. 그렇지만 그 꿈은 나 혼자만 관련된 것은 아니었어. 거기에 대해선 네 말이 맞아. 나는 자기 자신의 영혼의 동요를 보여 주는 꿈과, 매우 드물게 꾸긴 하지만, 온 인류의 운명을 암시해 주는 꿈을 정확히 구별할 수 있어. 물론 그런 꿈은 드물지만. 그것이 예언이 되어서, 꿈에서의 일이 실현되었다고 말할 만한 꿈은 아직 한 번도 꾼 적이 없어. 그런 꿈은 해석이 너무 애매하지. 그렇지만 내가 꾼 그 꿈이 내게만 관련된 것이 아니라는 것만은 확실히 알 수 있지. 다시 말하자면 그 꿈은 과거에도 여러 번 꾸어 왔고 지금도 계속되고 있는 옛날의 다른 꿈에 속해 있는 거야. 이 꿈들은 싱클레어, 내가 예전에도 너와 이야기한 적이 있지만, 내가 예감을 얻고 있는 그런 꿈들이란 말이지. 우린 우리들의 세계가 정말 부패했다는 것을 알고 있지만, 그것만으로는 멸망이나 그와 비슷한 일을 예언할 근거가 될 순 없어. 그러나 나는 여러 해 전부터 꿈으로부터 이 세계의 붕괴가 다가오고 있다고 결론짓거나, 느꼈어. 네가 어떤 식으로 이야기해도 좋지만, 하여간 그와 같은 것을 느끼는 그런 꿈을 꾸어 왔어. 그것은 처음에는 아주 약하고 아슬아슬한 예감이었지만 갈수록 뚜렷하고 강해졌지. 아직도 나는 나와도 관련 있는 어떤 크고 무서운 무엇이 다가온다는 것 이외에는 아무것도 몰라. 싱클레어, 우리는 우리들이 여러 번 이야기했던 일을 경험하게 될 거야! 이 세계는 스스로 혁신하려 하고 있어. 죽음의 냄새가 나. 죽음 없이는 어떠한 새로운 것도 올 수 없는 법이니까. 그것은 내가 생각했던 것보다 한층 몸서리쳐지는 일이야."

나는 깜짝 놀라서 물끄러미 그를 바라보았다.

"네 꿈의 나머지 부분을 내게 이야기해 줄 수는 없을까?"

나는 조심스러운 태도로 부탁했다.

그는 머리를 절레절레 흔들었다.

"그럴 순 없어."

문이 열리고 에바 부인이 들어왔다.

"여기에 같이 있었군! 설마 슬퍼하고 있는 건 아니겠지요?"

그녀는 다시 싱싱해진 얼굴로 전혀 피곤해 보이지 않았다. 데미안은 어머니에게 미소를 보냈다. 그녀는 겁에 질린 아이에게 다가오는 어머니처럼 우리들에게로 왔다.

"우리는 슬퍼하고 있는 게 아니에요, 어머니. 그저 이 새로운 표적에 관해 좀 추측해 보고 있었어요. 그렇지만 그것엔 아무 것도 없어요. 오려고 하는 것은 갑자기 오겠지요. 그러면 우리는 우리가 알아야 할 것을 결국 알게 될 거예요."

그러나 나는 기분이 몹시 언짢았다. 작별을 고하고 혼자 거실을 지날 때 풍겨 온 히아신스의 향기가 시들고 무미한 죽음의 냄새처럼 느껴졌다. 한 자락의 그림자가 우리들을 덮쳐 온 것이다.

종말의 시작

여름 학기에도 H 시에 머무르고 싶다는 나의 뜻은 관철되었다. 우리는 집 안에 있는 대신 시간이 날 때마다 시냇가에 있는 정원에 나와 있었다. 씨름에 완전히 진 일본인은 가 버렸고 톨스토이 신봉자도 오지 않았다. 데미안에겐 말이 한 필 있었는데, 그는 매일같이 빠뜨리지 않고 말을 탔다. 나는 종종 그의 어머니와 단둘이 있었다.

때때로 나는 이러한 내 생활의 평화로움을 의아하게 생각했다. 나는 너무나 오랫동안 고독하게 지냈고, 나의 괴로움과 싸우는 데 익숙해져 있었으므로 H 시에서 지낸 이 수개월이 내게는 마치 안락하고 황홀하게, 단지 아름답고 유쾌한 사물과 감정 속에서만 살아도 좋은, 어떤 꿈의 섬에서 보내는 시간처럼 느껴졌다. 나는 이것이 우리가 생각하는 새롭고 보다 더 높은 공동체의 전조임을 예감했다. 그러나 이 행복감에도 깊은 비애가 엄습해 왔는데 이 생활이 오래 지속될 수는 없음을 잘 알고 있었기 때문이었다. 나는 풍요롭고 안락한 생활을 타고나지 않았다. 내겐 고뇌와 광분이 더 필요했다. 어느 날이고 나는 이 아름다운 사랑의 영상에서 잠 깨어, 단지 고독이나 싸움만이 있는, 아무런 평화도 공존도 없는 그런 다른 사람들의 차가운 세계 속에 다시금 혼자 서게 되리라는 것을 절실히 느꼈다.

그런 생각을 한 뒤부터 나는 아직 나의 운명이 아름답고 고요한 풍경 속에 머무름을 기뻐하며 갑절의 애정으로 에바 부인의 옆을 떠나지 않았다.

여름의 몇 주일은 너무나도 빠르게 지나갔다. 학기도 벌써 끝나가고 있었다. 이별이 목전에 다가와 있었지만 나는 이별을 생각할 수가 없었다. 사실 나는 이별에 대해 생각조차도 하지 않으려 들며 꿀이 있는 꽃에 나비가 집착하듯이 그렇게 이 아름다운 날들에 집착하고 있었다. 그것은 행복의 시절이었고, 내 인생 최초의 충족이었으며 공동체에의 가입이었다. 다음에는 무슨 일이 올 것인가? 나는 또다시 싸워야 하고, 동경에 괴로워하고, 꿈을 꿀 것이며, 고독해질 것이었다.

이러한 날들을 보내던 어느 날, 이러한 예감이 몹시 강렬하게 나를 엄습해 왔다. 동시에 에바 부인에 대한 나의 사랑이 갑자기 고통스럽게 불타올랐다. 가슴이 저려 왔다. 머지않아 나는 그녀를 보지도 못하고, 집 안을 거니는 그녀의 확고하고도 다정한 발소리를 듣지도 못하며, 내 책상 위에서 그녀가 준 꽃을 볼 수도 없다! 그런데 나는 무엇을 얻었던가? 그녀를 얻는 대신 그녀를 얻으려 싸우기만 하고, 영원히 그녀를 나의 것으로 빼앗는 대신 꿈을 꾸었고, 안락에 내 몸을 맡기고 있었을 뿐이다! 이제까지 그녀가 나에게 이야기한 진정한 사랑에 관한 온갖 말들과 헤아릴 수 없이 많은 세련된 경고의 말들과, 셀 수 없이 가벼운 유혹, 혹은 약속 같은 것들이 불현듯 뇌리에 되살아났다. 나는 그것들에서 무엇을 이룰 수 있었던가? 아무것도 없었다. 아무것도!

내 방의 한복판에 서서 나는 모든 의식을 집중해 에바 부인을 생각했다. 나는 그녀에게 내 사랑을 느끼게 하고 그녀를 나에게 끌어당기기 위해 애썼다. 그녀는 내게로 와야 하며, 나의 포옹을 열망해야 하며, 나의 입맞춤이 그녀의 성숙한 사랑의 입술을 탐욕적으로 헤쳐 놓지 않으면 안 되었다.

나는 일어선 채로 손발이 차가워질 때까지 긴장을 늦추지 않았다. 내 몸에서 힘이 빠져나가고 있음을 느꼈다. 무언가 차가운 것이 나의 내부에 단단하게 응어리졌다. 나는 잠깐 가슴속에 한 개의 수정을 품은 것 같은 감각을 느끼다 그것이 나의 자아임을 깨달았다. 냉기가 가슴까지 올라왔다.

그 무서운 긴장에서 깨어나자 나는 무엇인가가 오고 있음을 느꼈다. 나는 죽을 지경으로 피로했다. 그러나 불타오르듯이 황홀하게도 에바 부인이 방 안으로 들어오는 것을 바라볼 준비가 되어 있었다.

그때 긴 길에서 말발굽 소리가 울려 왔다. 그것은 아주 가까이에서 요란스럽게 들리더니 갑자기 멈췄다. 창가로 뛰어가니, 데미안이 말에서 내리는 것이 보였다. 나는 아래로 내려갔다.

"무슨 일이야, 데미안? 설마 너희 어머니께 무슨 일이 생긴 건 아니겠지?"

그는 내 말을 거의 듣고 있지 않았다. 그는 매우 창백해 보였으며, 땀이 그의 이마에서 양쪽 볼 위로 흘러내리고 있었다. 그는 잔뜩 열이 오른 말의 고삐를 정원의 울타리에 매고는 나의 팔을 잡아 끌었다.

"너도 벌써 뭔가 알고 있는 거야?"

나는 아무것도 몰랐다.

데미안은 나의 팔을 꽉 눌러 쥐고 어둡고 연민에 찬 이상한 시선으로 나를 바라보았다.

"그래, 이봐. 이제 시작되었어. 물론 너도 러시아와의 긴박한 긴장 상태를 알고 있었겠지만 말이야."

"뭐라고, 전쟁이 일어났다는 거야? 나는 그러리라고는 생각하지 않았어."

주변에는 아무도 없었지만 그는 아주 낮은 어조로 말했다.

"아직 정식으로 선전포고 한 건 아니야. 하지만 전쟁이야. 내 말을 믿어. 나는 그날 이후로 이 문제를 가지고 너를 괴롭히진 않았지. 하지만 나는 그때부터 세 차례나 새로운 징조를 보았어. 예컨대 그것은 세계의 몰락도 아니고, 지진도 아니며, 혁명도 아니야. 전쟁이 일어나는 거야. 너는 이 사태가 어떤 결과를 초래할지 볼 수 있을 거야! 사람들에게는 그것이 기쁨이 되겠지. 지금도 사람들은 벌써 전쟁이 일어난 것을 기뻐하고 있어. 그들에겐 생활이 무미건조하게 느껴졌었단 말이지. 하지만 싱클레어, 너도 이것이 단지 시작에 불과하다는 것을 곧 알게 될 거야. 모르긴 하지만 대전쟁, 굉장한 대전쟁이 될 거야. 하지만 그것도 역시 단순한 시작에서 비롯되는 것이지. 새로운 것이 시작되고 있어. 그 새로운 것은 낡은 것에 집착하고 있는 사람들에게는 질겁할 일이 되겠지만. 너는 어떻게 하려고 하지?"

나는 낭패감을 느꼈다. 내게는 모든 것이 낯설었고 아직도 사실처럼 들리지가 않았다.

"나는 모르겠어. 너는?"

그는 어깨를 움찔했다.

"동원령이 떨어지면 나는 곧 입대할거야. 나는 소위거든."

"네가? 그런 줄은 조금도 몰랐어."

"그렇겠지. 그건 나의 적응 중의 하나지. 너도 잘 알겠지만 나는 언제나 다른 사람의 눈에 띄기를 좋아하지 않았고 언제나 올바르기 위해서 좀 과다한 일을 해 왔어. 나는 일주일 내로 전쟁터에 가리라고 생각해……."

"제발……."

"이봐, 이 일을 감상적으로 해석해서는 안 돼. 물론 내게도 살아 있는 사람에게 발포를 명하는 일은 조금도 재미나지 않을 거야. 하지만 이건 부차적인 문제에 불과해. 이제 우리들 모두는 커다란 수레바퀴 속으로 휩쓸려 들어갈 거야. 너도 마찬가지겠지. 너도 분명 징집당하겠지."

"그럼 너희 어머니는, 데미안?"

이제야 비로소 나는 불과 15분 전에 있었던 일을 상기했다. 세상은 얼마나 변해 버렸는가! 그 감미롭기 그지없는 영상을 불러일으키려고 나는 온 영혼을 모으고 있었는데, 지금 운명은 새로이 위협적이고 무서운 가면 뒤에서 나를 노려보고 있었다.

"어머니 말인가? 아, 어머니는 아무 걱정도 할 필요가 없어. 어머니는 믿을 만한 분이니까. 오늘날 이 세상의 어느 누구보다도 말이야. 너는 우리 어머니를 그렇게도 사랑하는 건가?"

"너도 그것을 알고 있었구나, 데미안?"

그는 밝고 아주 활달하게 웃었다.

"이 어린 친구야! 물론 알고 있었지. 우리 어머니를 사랑하지 않고서 에바 부인이라고 부른 사람은 아직 아무도 없었어. 그런데 어땠지? 너는 오늘 어머니나 나를 부른 거야, 그렇지 않니?"

"그래, 불렀지……. 나는 에바 부인을 불렀어."

"어머니는 그걸 감지하셨어. 어머니가 갑자기 나더러 너에게 가 봐 달라고 부탁하시더군. 그때 마침 러시아에 관한 소식을 이야기하던 참이었어."

우리는 되돌아서 걸었고 이미 할 말이 거의 남지 않았다. 그는 자신의 말을 풀고는 올라탔다.

이 층의 내 방에 들어와서야 비로소 나는 데미안이 전해 준 소식으로 인해, 아니 그 이전의 긴장으로 인해 내가 얼마나 기진맥진한가를 느꼈다. 하지만 에바 부인은 내가 부르는 소리를 들었던 것이다! 나는 내면의 생각만으로 그녀에게 도달했던 것이다. 그녀가 직접 와 주었더라면……. 오지 않았다 해도 이 모든 것은 얼마나 기이한 일인가. 그리고 얼마나 아름다운 일인가! 이제는 전쟁이 일어난다. 우리가 자주 이야기했던 바로 그 일이 시작되리라. 데미안은 곧 일어날 일에 대해 미리 알고 있었을 것이다. 세계의 조류는 천천히 우리 곁을 지나는 것이 아니라, 순식간에 우리의 가슴 한복판을 뚫고 흘러갔다. 모험과 거친 운명들이 우리를 부르고 있었다. 지금이 아니라도 머지않아 세계가 우리를 필요로 하고 스스로를 변화시키려고 하는 순간이 온다는 것은 얼마나 기이한 일인가. 데미안이 옳았다. 그것을 감상적으로만 받아들여서는 안 되었다. 다만 이상한 일은 이제 내가 그렇게도 고독하게 염원해 왔던 '운명'이라는 문제를 그렇게 많은 사람들과, 아니, 온 세상과 더불어 경험해야 한다는 사실이었다. 물론 좋다!

나는 마음의 준비를 끝냈다. 시내를 걸어가는 저녁 무렵, 거리는 구석구석 흥분으로 들끓고 있었다. 어디를 가도 '전쟁'이라는 말밖에는 들려오는 것이 없었다. 나는 에바 부인의 집으로 갔다. 정원에 마련된 정자에 앉아 에바 부인과 함께 식사를 했다. 나와 에바 부인은 식사를 하며 전쟁에 관련된 어떤 말도 하지 않았다. 단지 내가 집으로 돌아가려 할 때 에바 부인이 내게 한 마디의 말을 했을 뿐이다.

"친애하는 싱클레어, 오늘 당신이 나를 불렀지요. 내가 직접 가지 않은 이유는 이미 잘 알겠지요. 그러나 이걸 잊지 마세요. 당신은 이제 부르는 법을 알게 된 거예요. 그러니 언제든지 표적을 지닌 누군가가 필요하게 될 때 그 방법을 사용하세요."

그녀는 몸을 일으키고는 정원의 황혼 속으로 걸어 나갔다. 잠잠한 나무들 사이를 이 신비에 찬 여인은 아주 당당한 걸음으로 지나갔고 그녀의 머리 위에는 조그만 뭇별들이 조용하게 빛나고 있었다.

내 이야기의 끝이 가까워졌다. 사태는 급속히 진전되어 전쟁은 곧 시작되었고, 데미안은 은회색의 군복을 입고 이상스럽고 낯선 모습으로 떠나갔다. 나는 그의 어머니를 집으로 데려다 주었다. 얼마 지나지 않아 나도 그녀와 작별을 했다. 그녀는 내 입에다 입을 맞추고 잠시 나를 가슴에 끌어안아 주고는 불타는 큰 두 눈으로 나의 눈을 바싹 들여다보았다.

모든 사람은 형제와도 같았다. 그들은 조국과 명예를 생각했다. 그러나 그것은 운명이었다. 한순간 그들 모두가 운명에 가려지지 않은 얼굴을 들여다본 것에 불과했다. 젊은 사람들이 병영에서 나와 기차를 탔고 그 많은 얼굴들 위에서 나는 하나의 표적을 보았다. 그것은 우리들의 표적이 아니라, 사랑과 죽음을 의미하는 아름답고 고귀한 표적이었다. 나 역시 한 번도 본 적이 없는 사람들에게 포옹을 당했다. 나는 그것을 이해할 수 있었고 자연스럽게 그에 응답했다. 그들이 그런 짓을 하는 심정은 단순한 도취일 뿐이지 운명의 의지는 아니었다. 그렇지만 그 흥분은 신성했다. 그것은 모두가 운명의 눈에 잠깐 동안 도취된 시선을 던진 데서 기인했다.

내가 전쟁터에 왔을 때는 겨울이 가까이 다가와 있었다.

처음에 나는 끊임없이 들려오는 총소리에도 모든 것이 다소 실망스러웠다. 예전의 나는 인간이 왜 이토록 하나의 이상을 위해 살 수 없는지를 진지하게 생각해 보지 못했다. 그런데 지금에 와서 나는 많은 사람이, 아니 모든 사람이 이상을 위해 죽을 수도 있다는 것을 실제로 보았다. 물론 그것은 개인적인 선택적

이상이 아니라, 사람들 모두가 바라는 이상임에 틀림없었다.

  그러나 시간이 지나면 지날수록 나는 내가 인간을 과소평가하고 있었음을 깨달았다. 아무리 군인으로서의 의무와 공통적인 위험이 그들을 획일화했다 하더라도, 살아 있는 사람들이나 죽어 가는 사람들이나 대단히 훌륭한 태도로 운명의 의지에 접근하는 것을 보았다. 나는 많은 사람들, 대단히 많은 사람들이 공격할 때뿐 아니라 다른 때에도 목적에 대해서는 아무것도 아는 바 없이 터무니없이 운명에 완벽하게 헌신하는 것을 보았다. 그들은 확고하지만 아득하고, 약간 홀린 듯한 시선을 갖고 있었다. 설령 이들이 언제나 자기가 원하는 바를 믿고 있고, 그렇다고 말한다 하더라도, 그들은 준비되어 있고, 쓸모가 있고, 자신들로부터 미래가 형성될 것이라고 생각할 것이다. 그리고 이 세계가 전쟁과 영웅주의를, 명예나 그 밖의 낡아 빠진 이상을 완고히 고집하고 있는 것처럼 보이면 보일수록, 표면적으로는 인간성의 모든 음성이 멀리서 들릴 듯 말 듯 울리면 울릴수록, 이 모든 것은 마치 전쟁의 외적이고 정치적인 목적에 대한 질문이 단지 피상적인 것에 불과한 것처럼 느껴졌다. 가장 깊숙한 곳에서 무엇인가가 형성되고 있었다. 새로운 인간성과 같은 그 무엇인가가. 내가 볼 수 있었던 많은 사람들이—그들 가운데의 대다수가 내 옆에서 죽어 갔지만—그들의 적에게 증오나 분노도, 살육이나 파괴의 감정도 갖지 않았다는 것을 느낄 수 있었다. 아니, 그들에게 적이란 그 목적과 마찬가지로 매우 우연한 것이었다. 가장 과격한 것조차도 본래의 감정은 적에게 행해진 것이 아니었고, 그 피비린내 나는 행동은 마음의 원에서 나오는 발사였고, 새롭게 태어나기 위해 미쳐 날뛰고 죽이고 파괴하고 스스로 죽어 버리려는 내부에서 분열된 영혼의 발산에 불과한 것이었다. 거대한 한 마리의 새가 알에서 나오려고 싸우고 있는데, 그 알은 이 세계와 같은 것이므로 이 세계는 산산조각 나지 않으면 안 되었던 것이다.

어느 이른 봄날 밤, 나는 우리가 점령한 농가 앞에서 보초를 서고 있었다. 맥없는 바람이 우울하게 간간이 불어왔고 플랑드르 지방의 높은 하늘엔 구름덩이가 흩날려 가고 있었다. 구름의 뒤쪽 어딘가에 달이 떠 있는 것 같았다. 그날은 하루 종일 왠지 불안했고 무엇인지 알 수 없는 근심이 내 마음을 어지럽히고 있었다. 나는 그 어두운 전초지에서 이제까지의 내 생활과 에바 부인과 데미안을 열렬히 생각했다. 나는 백양나무에 기대서서 움직이는 하늘을 응시하고 있었다. 남몰래 바르르 떨고 있는 하늘의 밝은 빛이 곧 커다랗게 솟아오르는 형상의 행렬이 되었다. 나의 맥박이 이상할 정도로 가냘프게 뛰고 바람과 비를 거의 느끼지 못하는 피부의 상태와 선뜻선뜻 느껴지는 내부의 경각성 때문에 나는 지도자가 내 주위에 있음을 느꼈다.

구름 속에 대도시가 보였고, 그곳에서는 수백만 명의 사람들이 광대한 풍경 속으로 떼를 지어 흩어져 갔다. 그들의 한복판에 반짝이는 별을 머리에 단, 산맥처럼 거대하며 에바 부인 같은 표정을 지닌 힘찬 신의 모습 하나가 나타났다. 그 모습 속으로 사람들은 마치 커다란 동굴 속으로 들어가는 것처럼 빨려 들어가서는 없어졌다. 그 여신은 땅바닥에 웅크리고 앉았다. 여신의 이마 위에 박힌 점이 환하게 빛났다. 마치 꿈이 그 여신을 지배하고 있는 것처럼 보였다. 여신은 두 눈을 감았고 그 커다란 얼굴이 고통으로 일그러졌다. 돌연 여신은 아주 날카로운 소리로 비명을 질렀다. 그러자 이마에서 별들이, 수많은 반짝이는 별들이 튀어나오고 그것들은 멋진 활모양과 반원을 그리면서 어두운 하늘로 날아 올라갔다.

그 별들 가운데 하나가 날카로운 소리를 내면서 내게 쏜살같이 똑바로 날아왔다. 마치 나를 찾는 것 같았다. 그러자 그것은 굉음을 내며 수없는 불꽃으로 작열했고 나를 솟구쳐 올렸다가 다시 땅으로 내동댕이쳤다. 우레와 같은 소리를 내면서 세계가 내 위에 무너져 내렸다.

나는 흙에 뒤덮이고 많은 상처를 입고 백양나무 곁에 쓰러진 채 발견되었다.

나는 지하실에 누워 있었고 포탄이 나의 머리 위에서 우르릉거리고 있었다. 나는 화물차 안에 누워서 황막한 벌판 위를 덜거덕거리며 지나갔다. 나는 대개 잠을 자거나 혼수상태였다. 깊이 잠들면 잠들수록 무엇인가가 나를 끌어당기고 있으며, 나를 지배하는 어떤 힘을 내가 따라가고 있다는 느낌이 격렬하게 들었다.

나는 마구간의 짚더미 위에 누워 있었다. 몹시 어두워 누군가가 내 손을 밟고 지나갔다. 그러나 나의 내심은 더 계속해서 가려고 애썼다. 한층 더 강력하게 그것은 나를 끌어당기고 있었다. 나는 다시 차 안에 누워 있었고, 그 후에는 들것인지 사다리 위인지 모를 곳에 누워 있었다. 점점 더 강력하게 그 어느 곳으로 가라는 명령을 받고 있음을 느꼈고, 마침내 나는 그곳에 가야만 한다는 절박감 외엔 아무것도 느낄 수가 없었다.

드디어 나는 목적지에 도달했다. 밤이었고, 나는 완전히 의식을 회복하고 있었다. 바로 이 순간 나는 내 마음속에서 강력한 끌림과 절박감을 느꼈다. 나는 내가 어떤 홀 바닥 위에 잠자리를 펴고 드러누워 있으며, 내가 부름받은 바로 그곳에 있다고 느꼈다. 나는 사방을 둘러보았다. 나의 매트리스 바로 옆에 다른 매트리스가 놓여 있었고 그 위에는 누군가가 누워 있었다. 그는 몸을 굽혀 나를 바라보았다. 그는 이마 위에 표적을 갖고 있었다. 막스 데미안이었다.

나는 말을 할 수가 없었다. 그도 말을 할 수가 없었거나 하려고 하지 않았다. 그저 나를 바라볼 뿐이었다. 그의 머리 위 벽에 걸린 등불이 그의 얼굴을 비춰 주었다. 그는 나에게 미소를 지어 보였다.

무한히 오랜 시간을 그는 끊임없이 내 두 눈만 들여다보고 있었다. 그러다가 그는 얼굴을 천천히 내 가까이로 가져와 우리는 거의 얼굴이 맞닿을 정도가 되었다.

"싱클레어!"

그는 거의 속삭이듯 말했다.

나는 눈으로 그에게 그의 말을 알아들었다는 신호를 보냈다.

그는 거의 동정에 가까운 미소를 지었다.

"꼬마!"

그는 웃으면서 말했다.

그의 입은 이제 나의 입과 아주 가까이에 있었다. 그는 나직이 말을 계속했다.

"프란츠 크로머를 아직도 기억하고 있나?"

그는 물었다. 나는 그에게 눈을 깜박여 보였다. 미소도 지을 수 있었다.

"어린 싱클레어, 들어 봐! 나는 떠나지 않으면 안 돼. 자네는 아마 언젠가 나를 다시 필요로 하겠지. 크로머나 그 밖의 일 때문에 말이야. 그땐 네가 나를 부른다고 해서 나는 그렇게 쉽게 말이나 기차를 타고 갈 수 없을 거야. 그럴 때 너는 자기 자신의 내부에 귀를 기울여야 해. 그러면 내가 너의 내부에 있음을 알게 될 거야. 알겠어? 그리고 조금만 더! 에바 부인이 부탁했어.

만약 네가 언젠가 나쁜 처지에 있을 때는 그녀가 나에게 보낸 입맞춤을 너에게 전해주라고 했어……. 눈을 감아, 싱클레어!"

나는 순순히 눈을 감았다. 그치지 않고 쉴 새 없이 피가 조금씩 흐르는 내 입술 위에 그가 가볍게 입 맞추는 것을 느꼈다. 그 후 나는 잠이 들었다.

다음 날 아침 눈을 떴다. 부상으로 인해 붕대를 감지 않으면 안 되었던 것이다. 마침내 잠에서 완전히 깨자 나는 재빨리 옆의 매트리스로 몸을 돌렸다. 거기에는 내가 한 번도 본 적이 없는 낯선 사람이 누워 있었다.

붕대를 감는 것은 몹시 아팠다. 그리고 그 이후에 내게 일어났던 모든 일이 아팠다. 그러나 나는 열쇠를 발견했고, 때때로 어두운 거울 속에 운명의 형상이 졸고 있는 그곳, 내 자신의 내부에 완전히 들어가기만 하면 되었다. 나는 단지 그 어두운 거울 위에 몸을 굽히기만 하면 되었다. 그러면 이젠 완전히 데미안과 같은, 내 친구이자 지도자인 데미안과 같은 내 자신의 모습을 거기서 발견할 수 있었다.

헤르만 헤세, 자기 성찰의 기록
독일 문학의 선구적 작품《데미안》

《데미안》은 헤르만 헤세가 1919년 '에밀 싱클레어'라는 이름
으로 출간한 소설이다. 당시 문단에서 대문호로 불리던 헤르만
헤세는 작가로서 자신의 소설이 작품성만으로도 인정받을 수
있는지 확인해 보고자 했다.

그의 시도는 성공적이었다. 제1차 세계 대전 중인 1916년부
터 집필을 시작해 1919년에 출간된《데미안》은 뜨거운 반응
을 불러일으켰다. 사람들은 이 작품을 '청년 운동의 성경'이라
고 불렀다. 젊은이들은 자신들의 고뇌를 그대로 표현해 낸 것
을 높이 평가하며 이 작품에 열광적인 지지를 보냈다. 이 작품
은 폰타네 문학상을 수상했는데 문학계에서는 '에밀 싱클레어'
라는 신인 작가의 정체가 관심의 중심이었다.

소설가 토마스 만이《데미안》을 출간한 출판사에 '에밀 싱클
레어'가 누구인지 알려 달라고 간청한 일례도 있었다. 결국 평

론가 코로디가 《데미안》 문체 분석을 통해, 이 작품이 헤르만 헤세의 것이라고 밝혀냈고 《데미안》은 헤르만 헤세의 이름으로 다시 발간되었다.

《데미안》은 세계 대전 이후 황폐해진 땅에서, 수많은 청년들이 아무 이유도 없이 자신을 희생하고 파괴해야 했던 현실과 자아의 관계를 친절하고도 치밀하게 안내한다. 개인주의적이고 철학적인 사유가 관습화된 독일에서 개인의 내면을 면밀히 탐구하지 않고서는 전쟁이라는 현실을 똑바로 이야기할 수 없었다.

헤르만 헤세의 《데미안》은 제1차, 제2차 세계 대전 이후 현대 독일 문학에서 '전쟁'과 '개인'의 관계를 치밀하게 제시한 선구적인 작품이다.

두 세계

소설의 화자는 중년의 '에밀 싱클레어'다. 중년의 나이에 유년 시절을 회상하며 이야기를 써 내려가는 소설의 화자는 헤르만 헤세와 많이 닮아 있다. 당시 중년의 나이였던 헤르만 헤세는 세계 대전에서 체험한 인간의 잔인함, 쾌락을 추구하는 본능, 질서의 혼란을 자기 내면에 있는 그대로 받아들이기로 했다. 그리고 이렇게 2차적인 자아의 변화를 소설로 집필한 것이 《데미안》이었다. 유년 시절 '에밀 싱클레어'의 인물 배경 역시 헤르만 헤세와 비슷하다. 주인공 싱클레어는 신앙적인 삶을 사는 유복한 가정에서 자랐으며 일반 공립학교가 아닌 라틴어 학교를 다닌다. 즉 부모의 따뜻한 보살핌과 기독교 신앙의 가르침 안에서 자라는 평범한 소년이었던 것이다. 그는 부모가 만들어 준 밝은 세계가 주는 평안함 속에서 안락을 누렸지만, 동시에 부모의 세계 밖에 있는 어둠의 세계에도 두려움과 함께 호기심을 갖고 접촉하고 있었다. 그곳에는 때로 욕설과 싸움이 있었지만 때로 솔직한 감정의 교류가 그를 유혹하고 있었다. 싱클레어는 자신의 환경으로부터 밝음과 어둠의 두 세계를 발견하고 모두 마음에 품으면서, 어느 곳에도 온전히 속하지 못한 채 갈등하게 된다.

한편 주위 사람들에 의해 견고하게 유지되고 있었던 싱클레어의 밝은 세계는 프란츠 크로머를 만나면서 흔들리기 시작한다. 처음에는 그저 우쭐대기 위해서 시작했던 거짓말을 발단으로, 싱클레어는 프란츠 크로머에게 약점을 잡힌다. 단 하나의 잘못을 프란츠 크로머에게 들켰을 뿐인데 인생이 송두리째 지배당하기 시작한 것이다. 싱클레어의 자아는 항상 가까이 있었지만 직접 경험해 보지는 못했던 어두운 세계로 빠져든다. 탕자처럼 부모의 뜻을 거역하고 죄를 저질렀다는 죄책감과 양심의 가책으로 인해 싱클레어는 극도로 두려워하면서도 부모에게 고백하지 못한 채 떳떳하지 못한 일을 계속하게 된다. 선악의 이분법적 세계에 갇혀 이러지도 저러지도 못하는 고통스러운 유년기를 보내게 된 것이다. 꼬마 싱클레어를 이루는 세계인 부모님도, 누나들도, 신도, 학교도 어둠의 세계에서는 아무 효력이 없었다. 싱클레어는 온전한 자기 자신만의 문제를 처음 갖게 된다.

카인

크로머와의 관계는 완벽하게 혼자서 자신의 힘으로 해결해야 할 문제였지만, 싱클레어는 아무런 해답을 찾지 못하고 크로머에게 끌려다닐 뿐이었다. 어둠의 세계에서 스스로의 힘으로 헤쳐 나올 방법을 찾지 못해 허우적대고 있는 싱클레어에게 데미안이 구원의 손길을 내민다. 데미안은 싱클레어가 갖고 있는 내면의 갈등과 외부의 고통을 발견하고, 선악의 이분법적 세계로부터 벗어나 독립할 수 있게끔 그를 돕는다.

데미안은 싱클레어에게 성서에 나오는 카인과 아벨의 이야기에 새로운 해석을 내놓으며 싱클레어와 논쟁을 펼친다. 동생 아벨을 죽인 카인이 사실은 영웅이라는 데미안의 견해에 싱클레어는 반박했다. 그는 타인의 생각에 처음으로 의구심을 갖는다. 싱클레어에게는 작은 시작이었지만, 카인과 아벨 이야기는 자신의 내면을 맴도는 끝없는 의문으로 남는다. 고요하던 싱클레어의 내면에 하나의 질문이 던져진 것이다. 싱클레어는 데미안을 통해 흔히 알고 있고 한 번도 의심해본 적이 없는 성서의 이야기를 전혀 다르게 바라볼 수 있음을 깨닫는다. 즉, 카인은 극악무도한 살인자가 아니라, 강인한 내적인 힘을 갖고 신으로부터 독립하였기에 약한 자들로부터 질시를 받은 종족을 상징한다고 볼 수 있게 된 것이다.

모든 진실과 진리는 우리가 아는 것과 다를 수 있다는 데미안의 주장에 싱클레어는 자신도 모르게 비판적인 사고와 자아의 새싹을 틔우기 시작하며, 프란츠 크로머와 맞설 결심을 한다. 스스로 삶의 문제를 해결해 나갈 단초를 발견한 것이다.

예수 옆에 매달린 도둑

데미안은 달변가나 지식인처럼 '말뿐인' 자아 성장을 요구하지 않는다. 자신의 인생에 직접적으로 부딪치며, 책임 의식을 갖고 삶을 추구할 수 있는 내면의 성장을 중요시한다. 데미안은 예수 옆에 매달린 도둑에 대한 이야기로 싱클레어와 또 한 번 심각한 논쟁을 벌인다.

악마의 세계에서 살아온 두 도둑이 죽기 직전에 한 명은 회개했고, 한 명은 회개하지 않았다. 기존의 상식대로라면 당연히 회개한 도둑이 칭찬받아야 했지만 데미안은 생각이 달랐다. 악마의 세계에서 살아온 자가 천사의 사탕발림에 넘어간 것은 비겁하고 기회주의적일 뿐이라는 것이다. 오히려 자신의 삶에 책임을 지고, 악마의 세계에서 벌을 받는 쪽을 택한 도둑이 더 나은 인간이라고 말이다.

이 논쟁은 단순히 비판적 사고를 키우기 위해 사고의 틀을 깨고자 했던 소재일 수 있다. 하지만 자아가 성장하는 데에는 말뿐인 자아 성장이 아닌 자신의 선택을 책임질 수 있는 의무 또한 중요하다는 것을 이야기한다. 이 책임 의식은 마지막 '종말의 시작'에서 전쟁에 참여하는 수많은 사람들의 책임 의식을 설명하는 단초가 된다. 현실에서 자기 존재에 책임을 지며 살아가는 것은 어쩌면 자아의 성장 정도와 상관없이 운명적으로 주어지는 의무다.

베아트리체

소년기의 싱클레어는 고독과 방황 속에서 헤매며 자신을 통제하지 못했다. 그는 데미안을 통한 새로운 해석과 그와의 교류를 통해, 어릴 적 선악의 이분법적 세계의 구분과 가르침이 절대적인 것이 아님을 알게 되고 부모의 밝은 세계로부터 독립한다. 하지만 그 대신 자신의 가치를 스스로 찾아 나서야 하는 책임의식과 무게감을 안은 채 고등학교에 진학하게 된다. 그리고 자아를 찾기 위한 싱클레어의 여행이 시작된다.

내면적인 혼란을 겪고 있던 싱클레어는 고독과 냉소 가운데 패거리들과 어울려 술과 향락, 성욕에 취해 지낸다. 그는 금지된 것, 악의 세계를 맘껏 경험하지만 그 속에서 몸과 마음이 망가지는 자신을 보며 한편으로는 쾌감을, 다른 한편으로는 참담한 좌절을 맛보아야 했다. 어린 시절에 밝음의 세계에 갇혀있는 대신에 이제는 어둠의 세계에 사로잡힌 자신을 발견한 것이다.

하지만 유년 시절과는 달리, 그는 늪에서 스스로 헤어 나오는 방법을 강구했다. 그것이 바로 베아트리체였다. 베아트리체는 싱클레어의 자아가 추구하는 이성적이고, 가족적이고, 친밀하면서도 밝은 세계와 어두운 세계를 둘 다 아우를 수 있는 첫 번째 표적이 된다.

자신의 내면에서 이 표적을 발견하기 위해 싱클레어는 끊임없는 좌절과 방황과 탐구를 반복한다. 그 질기고 간절한 노력에 첫 번째 표적 베아트리체가 완성된 것이다. 싱클레어가 끊임없이 추구한 질문에 자아가 첫 번째 답을 제시한 것이다.

새는 알에서 나오려고 투쟁한다

소년기를 지나 어른으로 향해 가는 싱클레어는 베아트리체의 표적 다음에 어린 시절 고향집 현관 위에 있던 문장에 새겨진 새를 그린다. 뭐라고 표현하기 어려운 이 두 번째 발견을 싱클레어는 무작정 데미안에게 전송한다. 그리고 데미안에게서 답이 왔다.

"새는 알에서 나오려고 투쟁한다. 알은 세계다. 태어나려고 하는 자는 한 세계를 깨뜨리지 않으면 안 된다. 새는 신에게 날아간다. 신의 이름은 아브락사스다."_본문 중에서

알에서 깨어 나오려고 애쓰는 싱클레어의 자아를 향한 길잡이가 드디어 나타난 것이다.

야곱의 싸움

길잡이를 찾아 낸 싱클레어는 본격적으로 아브락사스라는 존재를 탐구하기 시작한다. 즉, 좀 더 면밀하게 자아를 탐구하기 시작했다고 볼 수 있다. 자신의 내면이 정말 원하는 것은 무엇인지, 나를 구성하는 외부적 요인과 내부적 요인은 무엇인지. 자아를 탐구하며 답답해하는 싱클레어의 고민들은 아브락사스의 존재에 대한 물음과 많이 닮아 있다.

이때 싱클레어는 오르간 신부 피스토리우스를 만나 그로부터 아브락사스의 의미를 배우게 된다. 그는 신이기도 하면서 동시에 악마이기도 한 아브락사스를 알아가면서, 선과 악의 내면의 갈등을 통합해나가는 내적 자아의 힘을 발견하게 된다. 그는 피스토리우스와의 만남을 통해 자신의 내적 자아의 진보를 경험하고, 점차로 자신의 꿈, 생각, 감정에 대해 신뢰를 가지게 된다. 그는 이제 자신의 성적 욕구를 더욱 성숙하게 다룰 수

있게 되었다. 어느 날 그는 어머니이자 연인이면서 동시에 창녀이자 매춘부인, 낯선 여성의 영상을 꿈속에서 대면하게 된다. 싱클레어는 마치 야곱의 씨름처럼 자신의 꿈에 나타난 영상과 씨름하면서, 선악의 모든 대립되는 세계가 자신 안에서 통합되는 일체감, 즉 아브락사스를 체험하게 된다. 이제 비로소 어릴 적 〈두 세계〉의 억눌림과 죄의식으로부터 완전히 갈라서고 자유로워진 것이다.

하지만 싱클레어와 스승인 피스토리우스와의 관계는 곧 파국을 맞게 된다. 싱클레어는 피스토리우스가 내뱉는 아브락사스의 가르침에 대해 의문을 갖는다. 즉, 아브락사스는 선과 악을 통합하는 내적인 건강한 분별력으로 새로운 것을 창조해내는 힘인데, 이러한 가르침과 달리 피스토리우스는 과거의 종교 의식에 집착하는 모습을 보였기 때문이다. 이에 대한 싱클레어의 신랄한 비판으로 인해 두 사람의 관계는 깨지고 만다. 하지만 그는 이 경험을 통해, 아브락사스의 진정한 성취는 자기 자신에게로 나아가 자신의 운명을 찾아 그 운명을 자신 속에서 온전히 살아내는 것, 그리고 스스로 새로운 것을 만들어내고자 실천하는 것, 이를 위해 감당해야 할 고독의 깊이가 절대적이라는 것을 깨닫게 된다. 이러한 깨달음 속에서 그는 대학에 진학한다.

싱클레어의 자아에 중요한 두 세계는 내면의 세계와 외부의 세계다. 아브락사스 역시, 선의 세계와 악의 세계를 모두 포괄하는 두 세계의 접점에 있는 존재다. 싱클레어가 곧 아브락사스이며, 아브락사스가 곧 싱클레어이다. 자신의 세계에 대해 어느 정도 완전하게 인식하기 시작하는 지점인 것이다.

에바 부인

싱클레어의 자아는 아브락사스라는 길잡이를 통해 어느 정도 완전한 단계로 나아가고 있었다. 하지만 싱클레어 본인이 정말 간절히 원하는 것이 무엇인지에 대한 답은 찾지 못했다. 그 와중에 싱클레어는 데미안과 재회하고 그의 어머니를 만나게 된다. 이때 싱클레어는 데미안이 했던 이야기를 다시 떠올린다.

"무엇이든 '우연히' 발견되고, '우연히' 시작되는 것은 없다. 사람이 무언가 간절히 원하는 것이 있다면 그것은 이루어진다. 우리를 둘러싼 모든 것이 나를 얽매 오더라도, 자신의 내면에 귀 기울이고 집중해야 한다. 우리들 마음속에는 모든 것을 알고, 모든 것을 원하고, 우리들 자신보다 모든 것을 더 잘 해내는 누군가가 들어 있다는 사실을 인식해야 한다."_ 본문 중에서

데미안은 제국주의와 전체주의의 망령이 지배하여 1차 세계

대전이 발발하기 직전인 당시의 시대 상황에 대해 깊은 관심을 갖고, 이에 대한 고민을 나누는 공동체 모임에 참여하고 있었다. 싱클레어는 이 모임에 참여했고, 이 모임을 통해 사랑과 우정을 나누고 세계에 대한 진지한 대화를 나누었다. 즉, 그는 자유롭고 독립된 개인들의 연대 공동체인 데미안과 에바 부인의 이 모임을 사랑했고 그 안에서 커다란 충족감을 누렸다.

그와 함께 싱클레어는 에바 부인에게서 이성애를 느낀다. 에바 부인은 그가 꿈 속 영상을 통해 그토록 강렬하게 내면에서 그리워했던 아브락사스의 얼굴이었기 때문이다. 그녀는 그에게 있어서 한편으로는 자신을 내면의 성숙으로 이끄는 한 상징의 모습으로, 다른 한편으로는 관능적 욕구를 불태우게 만드는 현실 속 여인의 모습으로 다가왔다. 하지만 그는 때때로 흔들리면서도 에바 부인과의 관계에서 죄책감에 빠지지 않고 아브락사스의 성숙함을 잃지 않는다.

종말의 시작

싱클레어는 이렇게 훌륭하게 자아를 성장시키는 듯했다. 하지만 싱클레어를 둘러싼 두 세계는 그렇게 쉬운 존재가 아니었다. 내면적인 물음도, 답도 상관없이 외부 세계는 싱클레어의 내면을 비웃기라도 하듯이 전쟁이라는 거부할 수 없는 상황을 만들어 놓는다.

이것은 모든 개인들이 내면적인 자아의 성장을 추구하는 것도 중요하지만, 그 접점에는 반드시 외부 세계와 연결점이 있다는 것을 보여 주는 것이다. 인간 내면의 생각과는 다르게 피할 수 없는 전쟁의 과정도 세계를 다시 재창조해 내는 과정 중 하나일 수 있다. 여기에 참여하는 수많은 병사들은 그동안 우리가 무시해 왔던 성숙되지 않은 존재들이었다. 하지만 그것은 과소평가였다. 떠맡겨지긴 했지만 공동의 책임을 다하기 위해 이들은 전쟁터로 왔던 것이다.

우리가 피할 수 없어서 어쩔 수 없이 준비했다 하더라도 삶은 늘 우리에게 사력을 다하지 않으면 안 되는 과제를 준다. 싱클레어의 자아도 마찬가지였다. 데미안도 마찬가지였다. 다른 병사들도, 에바 부인도 마찬가지였다. 자아는 이렇게 어느 순간 완성되는 것이 아니라, 끊임없는 과제를 제시하며 우리 삶을 흔들어 놓는다. 지식인 헤르만 헤세의 시선으로는 그 어떤 탐구도 전쟁의 잔인함과 쾌락과 혼란함을 설명할 수 없었다. 현실에 분명하게 존재했지만 설명되지 않는 것들이었다. 헤르만 헤세는 그것은 현실의 존재를 있는 그대로 받아들이는 것 외에는 방법이 없었다. 내면에서 이해되지 않더라도 우리는 현실의 있는 그대로를 직시해야 한다.

새가 알에서 나와 새로운 세계를 창조하듯이, 우리도 세계로 통하는 자신의 껍질을 부수는 데 사력을 다해야 한다. 자신과 싸워 가는 길은 참 좁고 힘들지만, 그 길에 집중하며 인생의 돛대를 세워야 끊임없이 성장할 수 있다.

한 개인이 독립적으로 성장하려면 우리는 의존하고 있던 많은 것들에서 독립해야 한다. 따뜻한 가족, 부모님의 품, 도덕적인 신, 의지가 되는 친구, 기대고 싶은 사랑, 추구하고 싶은 이상향 등. 하지만 이 많은 것들을 떠나 홀로 서려면 자아의 내면적인 탐구와 비판적인 사고뿐만 아니라 다른 것도 필요하다. 이를테면, 전쟁처럼 자아의 힘으로 어쩔 수 없는 외부적 요소들은 내면적인 자아의 이야기로는 설명할 수 없다. 지식만으로 설명할 수 없는 새로운 세계를 인식하려면 자아가 끊임없이 낡은 세계의 껍질을 벗어 내고 새로 태어나는 방법밖에 없다.

빠르게 변화하는 현대사회에서 우리는 삶의 순간마다 주어지는 고민들을 애써 외면하려 한다. 하지만 우리는 각자 스스로의 고민에 치열하게 답을 찾을 필요가 있다. 내 안의 자아가 어떻게 해야 껍질을 깨고 나와 새로운 세계와 만날 수 있는지, 우리는 훈련이 부족하다. 그래서 밝은 세계에 조금만 위협이 가해져도 금방 죽을 것처럼 공포에 질린다. 하지만 이 공포는 새가 알에서 나오려고 투쟁하듯이, 사력을 다해 껍질을 부수고자 한다면 극복할 수 있다. 겁에 질려 평생 자아를 세상 밖으로 꺼내 보지도 못하느냐, 당당히 세계와 마주하느냐는 우리들 선택에 달려 있다. 그 선택에 《데미안》이 길잡이가 되어 줄 것이

다. 수많은 '에밀 싱클레어'가 세상 밖으로 나올 수 있기를 기대
한다.

이순학

Hermann Hesse

1877년   독일 남부 뷔르템베르크의 칼프에서 태어났다. 아버지 요
          하네스는 신교의 목사였고 어머니 집안도 유서 깊은 신학
          자 가문이었다.

1881년   부모와 함께 바젤로 이주하여 9세까지 살다가 다시 칼프
          로 돌아왔다. 이때를 제외하고 대부분 칼프에서 보냈다.

1890년   괴핑엔 라틴어 학교에 입학했다. 이듬해에 뷔르템베르크
          국가시험에 합격하여 명문 신학교 수도원이었던 마울브
          론 기숙 신학교에 들어갔다.

1892년   시인이 되기 위해 마울브론 기숙 신학교를 도망쳐 나왔다.
          6월에 자살을 기도하여 잠시 정신 요양원에서 지냈다.

1893년　칸슈타트 김나지움을 그만두었다. 이듬해에 병든 어머니를 안심시키고자 칼프의 시계 공장에 수습공으로 들어가서 시계 톱니바퀴를 닦으며 기술을 배웠다. 3년 후 시계 공장을 그만두고 튀빙겐에서 서점 점원으로 일하며 집필을 시작했다.

1899년　낭만주의 문학에 심취하여 첫 시집《낭만적인 노래》와 산문집《자정 이후의 한 시간》을 출간했다. 이 작품들로 라이너 마리아 릴케의 인정을 받았다.

1901년　처음으로 이탈리아를 여행했다.

1904년　첫 장편소설《페터 카멘친트》를 출간했다. 이미 시인으로서 문학적 재능을 인정받았지만 이 소설로 문학적 지위가 더욱 확고해졌다. 이 해에 9세 연상의 피아니스트 마리아 베르누이와 결혼했다.

1906년　마울브론 수도원 학교의 경험을 바탕으로 자전적 소설이자 두 번째 장편소설인《수레바퀴 아래서》를 출간했다. 이듬해에《이 세상에》를, 그다음 해에《이웃들》을 출간했다.

1910년　음악가 소설인《게르트루트》를 출간했다.

1911년 인도를 여행했다. 2년 후, 인도 여행의 경험을 담은《인도에서. 인도 여행의 기록》을 출간했다.

1915년 《크눌프》를 출간했다

1919년 헤세의 영혼의 성장 기록으로 통하는《데미안》을 출간했다. 문단에서 대문호로 인정받던 헤세는 작가로서 작품으로만 인정받는지 확인해보고 싶어서 '에밀 싱클레어'라는 가명으로《데미안》을 발표했고, 결과는 성공적이었다.

1920년 《방랑》,《클링조어의 마지막 여름》을 출간했다.

1922년 《싯다르타》를 출간했다.

1923년 부인 마리아와 이혼하고 스위스 국적을 취득했다.

1925년 《요양객》을 출간했다. 이후《그림책》,《뉘른베르크 여행》,《황야의 이리》,《관찰》등을 해마다 한 권씩 출간했다.

1930년 《나르치스와 골드문트》를 출간했다.

1939년 제2차 세계대전이 발발했다. 1945년 종전될 때까지 헤세의 작품은 독일에서 출판 금지되었다.

1943년 《유리알 유희》를 출간했고, 이 작품으로 1946년 노벨문학
상을 수상했다. 이후《후기 산문》,《서간집》,《픽토르의 변
신》,《마법》등을 발표하며 왕성하게 작품 활동을 했다.

1956년 '헤르만헤세상'이 제정되었다.

1962년 스위스 몬타뇰라의 명예시민이 되었다. 그해 8월 9일 뇌출
혈로 쓰러져 사망했다. 이후 아본디오 묘지에 안치되었다.

옮긴이 **이순학**

세상은 쓰고, 인생은 끊임없이 지속되는 극심한 고통이지만 문학의 힘과 역할을 믿는다. '시인과 사상가의 나라' 독일과 내면의 탐구자 헤르만 헤세에게 매료되어 독일 문학과 독어 교수법을 공부했다. 세상의 경계에서 방황하며 끊임없이 내면을 탐구한 헤르만 헤세의 작품을 주로 번역하고 있다. 옮긴 책으로《데미안》,《수레바퀴 아래서》가 있다.

큰글씨 데미안

초판 1쇄 펴낸 날 **2018년 1월 30일**

지 은 이 헤르만 헤세
옮 긴 이 이순학
펴 낸 이 장영재
펴 낸 곳 (주)미르북컴퍼니
자 회 사 더클래식
전   화 02)3141-4421
팩   스 02)3141-4428
등   록 2012년 3월 16일(제313-2012-81호)
주   소 서울시 마포구 성미산로32길 12, 2층 (우 03983)
E-mail sanhonjinju@naver.com
카   페 cafe.naver.com/mirbookcompany

(주)미르북컴퍼니는 독자 여러분의 의견에
항상 귀 기울이고 있습니다.

파본은 책을 구입하신 서점에서 교환해 드립니다.
책값은 뒤표지에 있습니다.